사피엔스 한국문학	서영은
중·단편소설	먼 그대
10	사막을 건너는 법
	사다리가 있는 창

『사피엔스21』

사피엔스 한국문학 중·단편소설 10
서영은 먼 그대

초판 1쇄 펴낸날 2012년 2월 13일

지은이 서영은
엮은이 권일경
펴낸이 최병호
본문 일러스트 이경하
펴낸곳 (주)사피엔스21
주소 10403 경기도 고양시 일산동구 중앙로 1233 현대타운빌 205
전화 031)902-5770   **팩스** 031)902-5772
출판등록 제22-3070호
ISBN 978-89-6588-082-0 44810
ISBN 978-89-6588-072-1 (세트)

* 파본은 교환해 드립니다.
* 이 책에 실린 모든 내용에 대한 권리는 (주)사피엔스21에 있으므로 무단으로 전재하거나 복제, 배포할 수 없습니다.

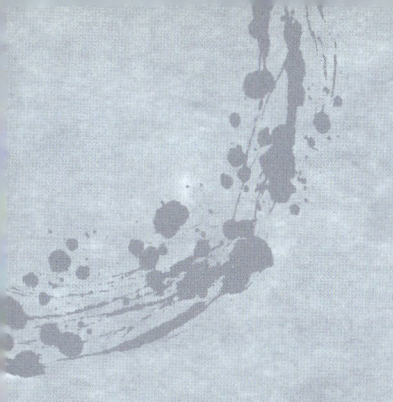

서영은

사피엔스 한국문학 중·단편소설 10 | 엮은이·권일경

먼 그대
사막을 건너는 법
사다리가 있는 창

사피엔스 한국문학 - 중·단편소설을 펴내며

　『사피엔스 한국문학』은 청소년과 일반 성인이 한국 문학을 대표하는 작가들의 대표 작품을 편하게 읽으면서도 한국 현대 문학의 흐름을 이해하는 데 다소라도 도움이 되도록 기획한 선집(選集)입니다. 이미 다수의 한국 문학 선집이 시중에 출간되어 있으나, 이번 선집은 몇 가지 점에서 이전 선집들과의 차별화를 시도하였습니다.

　첫째, 안정되고 정확한 텍스트를 독자에게 제공하는 데 주안점을 두었습니다. 문학 작품은 말 그대로 언어라는 실로 짠 화려한 양탄자입니다. 더군다나 한국 문학을 대표하는 작가들의 대표 작품들이라면 두말할 나위가 없겠지요. 이들 작품을 감상하는 데 있어서 정확하면서도 편안한 텍스트를 제공하는 것은 선집이 지녀야 할 핵심 덕목이라고 할 수 있습니다. 그래서 이번 선집은 각 작품의 최초 발표본과 작가 생애 최후의 판본, 그리고 가장 최근에 발간된 비판적 판본(critical version) 등을 참조하여 텍스트에 정확성을 최대한 기하되, 현대인이 읽기 쉽도록 표기를 다듬었습니다. 또한 낯설거나 어려운 낱말에 대한 풀이를 두어서 작품 감상의 흐름이 끊어지지 않고 작품에 자연스럽게 몰입할 수 있도록 편집하는 데 많은 노력을 기울였습니다.

둘째, 선집에 포함될 작가와 작품을 선정하는 데 고심에 고심을 기울였습니다. 물론 기존 문학 선집들의 경우에도 작가 및 작품 선정에 그 나름의 고심을 기울였을 것입니다. 하지만 문학 선집이라는 것은 시대의 흐름과 독자의 취향, 현대적 문제의식 등을 종합적으로 고려해야 하는 것이어서, 시간이 지나고 세상이 바뀌면 작가 및 작품의 선정 기준과 원칙도 달라질 수밖에 없습니다. 이번 선집은 이러한 점들을 고려하여 작가와 작품을 엄선하되, 오늘을 살아가는 청소년과 일반 성인들이 갖고 있는 문제의식 및 취향에 부합할 수 있도록 노력하였습니다.

셋째, 청소년을 위한 최선의 한국 문학 선집이 될 수 있도록 하였습니다. 오늘날 세상은 디지털 문명으로 매우 빠르게 흘러가고, 우리 청소년들은 입시의 중압감과 온갖 뉴미디어의 홍수 속에서 자칫 마음을 키우고 생각을 넓히는 데 소홀해지기 쉽습니다. 이러한 정보의 홍수와 경쟁의 급류 속에서 문학은 자칫 잃기 쉬운 성찰의 기회를 제공해 줍니다. 시대와 호흡하면서 인간의 삶이 제기하는 다양한 문제를 다채롭게 형상화한 작품을 읽으며, 그 작품 속에 그려진 세상과 인물에 공감하면서 때로는 충격을 받고, 때로는 고민에 휩싸이며, 그 속에서 새로운 자아를 발견하는 과정을 통해 청소년들이 깊은 생각과 넓은 마음을 키울 수 있을 것이라 확신합니다. 작품별로 자세한 해설을 달고 그 해설에서 문학 교육의 핵심 내용을 비중 있게 다룬 것 또한 청소년 독자를 위한 배려에서 비롯된 것입니다.

 문학 선집을 엮는 일은 두렵고도 설레는 일입니다. 감히 작가와 작품을 고른다는 것도 두려운 일이었거니와, 이 선집을 시대가 요구하는 최고의 선집으로 만들어야겠다는 사명감도 이번 문학 선집을 엮는 과정에서 저희 엮은이들과 편집자들의 어깨를 짓누르는 한편 가슴 벅찬 기대를 품게 만들었습니다. 부디 이 선집으로 많은 이들이 한국 문학의 정수(精髓)를 만끽하길 바랍니다. 그리고 날카로운 질책과 따스한 성원을 아울러 기대합니다.

 끝으로 이 자리를 빌려 물심양면으로 선집의 출간을 뒷받침해 주신 (주)사피엔스21의 권일경 대표 이사님 이하 편집부 직원 모두에게 감사를 드립니다. 또한 이 선집을 위해 작품의 출간을 허락하신 작가들과 저작권을 위임받아 여러 편의를 제공해 준 한국문예학술저작권협회 측에도 감사의 말을 전합니다.

엮은이 대표 _ 신두원

일러두기

1. 수록 작품은 최초 발표본과 작가 생애 최후의 판본, 그리고 가장 최근에 발간된 비판적 판본(critical version) 등을 참조하여 텍스트를 확정했습니다. 참조한 판본은 작품 뒤에 밝혔습니다.
2. 한 작가의 작품 배열은 청소년들의 눈높이와 문학사적인 지명도를 고려하여 그 순서를 정하였습니다.
3. 뜻풀이가 필요하다고 판단되는 낱말과 문장은 본문 아래쪽에 그 풀이를 달았습니다.
4. 표기는 원문에 충실히 따르는 것을 원칙으로 하되, 맞춤법과 띄어쓰기는 최대한 현행 표기법을 따랐습니다. 단, 해당 작가만의 개성이 묻어 있는 말이나 방언, 속어, 고어 등은 최대한 원문대로 살려 놓았습니다.
5. 위의 원칙들은 작가에 따라, 지문과 대화에 따라, 문체에 따라, 문맥에 따라 적용의 정도가 달라질 수 있습니다.

차례

간행사 4

먼 그대 10
사막을 건너는 법 60
사다리가 놓인 창 104

작가 소개 240

먼 그대

당신에게는 사랑하고 그리워하는 '그대'가 있습니다. 그런데 '그대'는 너무 멀리 있어 당신은 '그대'의 온기조차 느낄 수 없습니다. 그래서 당신의 삶은 어둠 속에서 차디찰 뿐입니다. 자, 이제 당신은 어떻게 하시겠습니까? '그대'가 멀리 있어 당신의 삶이 고통스러우니 그만 '그대'를 지울까요? 아니면 '그대'를 그리워하고 '그대'와 만날 날을 기다리며 당신 삶의 어둠을 버틸까요?

먼지 낀 유리창 너머로 바람이 세차게 몰아치고 있는 거리를 차분히 내다보며, 문자는 장갑을 한쪽 또 한쪽 끼었다.

빨 때마다 오그라들고 털이 뭉쳐 작아질 대로 작아졌기 때문에 그녀는 장갑 낀 손가락 새새*를 꼭꼭 눌러 주어야 했다. 몇 년 전 이미 한차례 유행이 지나간 알록달록한 털장갑을 여태 끼고 다니는 사람은 그녀 주위에 아무도 없었다. 장갑만 구식인 건 아니었다. 소매 끝이 날깃날깃 닳아빠진 외투며, 여름도 겨울도 없이 신어 온 쫄쫄이식 단화, 통은 넓고 기장은 짧아 발목이 껑뚱해 보이는 쥐똥색 바지, 보푸라기가 한 켜나 앉은 투박한 양말, 서랍에서 꺼내어 얼쩐거릴* 때마다 반찬내를 물씬 풍기는 가방 등, 몸에 걸치고 지닌 것마다 구멍만 뚫리지 않았다 뿐이었다.

새새 사이사이
얼쩐거리다 눈앞에 잠깐씩 보이다 사라지다.

문자의 이런 차림새는 사십 고개를 바라보도록 노처녀로 알려진 그녀의 입장을 더한층 측은해 보이게 했다. 아동 도서를 간행하는 H출판사에서 문자는 영업부, 편집부 통틀어 최고참이었다. 입사 이래 현재까지 그녀는 줄곧 교정일만 보아 왔다.

 편집부 정원은 부장을 포함해서 일곱이었다. 그사이 문자만 제외하고 자리마다 얼굴이 수없이 바뀌었다. 대학을 갓 졸업한 축일수록 반년도 못 채우고 떠나갔다. 출근 첫날부터 의자가 기우뚱거린다, 화장실이 더럽다, 층계가 가파르다 등등의 불만이 하나씩 쌓여 가다가 나중엔 말끝마다 '이놈의 데 얼른 떠나야지, 더러워서 못 해먹겠어.' 하고 구시렁거렸다 하면 견뎌야 한 두 달이 고작이었다.

 문자는 그런 나이 어린 동료들로부터 노골적으로 따돌림을 받았다. 그네들로서는, 가리마에 새치가 희끗희끗하도록 무엇 하나 이룩해 논 것 없이, 한평생 있어 봐야 별볼일없는 출판사에, 그것도 말석에서만 십 년을 보낸 노처녀 동료가 있다는 그 자체가 자존심 상하는 일이었다.

 그네들의 눈엔, 문자가 교정지를 앞에 하고 등을 쭈그리고 있을 때는, 그녀의 등뒤에만 보이지 않는, 유난히 시린 바람이 회오리치고 있는 듯이 여겨질 때가 많았다. 그리고 그녀의 턱 언저리는 늘상 소름이 돋아 까실까실한 것같이 보였다.

 점심시간에 다들 우르르 몰려나가 곰탕 한 그릇씩 먹고, 다방에 들러 커피까지 마신 뒤 사무실로 돌아와 보면, 두 손으로 뜨거운 보리차 컵을 감싸 쥔 문자가 그네들을 맞았다. 그네들은 문자가 측은하다 못해 마음이 언짢아져, 어쩌다 그녀 쪽에서 말을 건네 오면 심히 퉁명스럽게 내쏘았다.

그렇더라도 문자는 한 번도 기분 나쁜 표정을 드러내는 일이 없었다. 나이 어린 부장으로부터 이따금 민망할 정도로 면박을 받아도 늘 다소곳이 받아들였다. 동료 간에 그런 것처럼 사내 규칙에 대해서도 그녀는 한마디 불평 없이 성실하게 지켰다. 다른 동료들이 입 모아 사장을 험구하고, 시설이나 월급에 대해서 불평을 늘어놓아도 그녀만은 잠자코 듣고만 있었다.

그런 그녀를 두고, 나이 어린 동료들은 문자가 밥줄이 떨어질까 봐 두려워해서 몸을 사리는 줄로 알았다. 그네들은 문자가 주눅들고 처량해 보일 때마다 남몰래 자기 자신에게 다짐하곤 했다.

"나도 저렇게 될까 무섭다. 얼른 여기를 떠야지."

문자는 이제 창문으로부터 돌아섰다. 퇴근 시간이 이십여 분이나 지났음에도 다른 동료들은 자리에 앉은 채 노닥거리고만 있었다. 퇴근 시간이 임박해지자 한참 전화가 오고 가고 하더니 저마다 약속이 된 모양이었다.

면박(面駁) 면전에서 꾸짖거나 나무람.
험구하다(險口--) 남의 흠을 들추어 헐뜯거나 험상궂은 욕을 하다.
노닥거리다 조금 수다스럽게 재미있는 말을 자꾸 늘어놓다.
임박(臨迫) 어떤 때가 가까이 닥쳐옴.

문자는 가방을 집어 들고 부장 쪽으로 다가갔다. 그가 다른 동료랑 하던 얘기를 끝낼 때까지 기다린 끝에 먼저 가겠다는 인사말을 남기고 사무실에서 나왔다.

계단을 서너 개 내려오노라니, 안에서 미스 최의 조심성 없는 목소리가 그녀에게까지 들려 왔다.

"참 안됐어요. 토요일인데도 전화 한 통 걸려 오지 않구."

"집으로 가 봤자 반겨 주는 사람도 없을 테구."

"어머, 왜요? 결혼은 안 했더라도 가족은 있을 거 아녜요?"

"이런, 한 사무실에서 너무들 하시군. 같은 여자끼린데 신상 파악은 하고 있어야지."

"본인이 가르쳐 주지도 않는데 어떻게 알아요?"

"하긴 나도 몇 다리 건너 들은 소리지만, 부모는 일찍 돌아가시고 오빠가 한 분 있었는데 수년 전에 이민 가고 그때부터 내내 혼자 처지인가 봐. 고생도 무지무지하게 하고. 지금까지도 용두동인지 어디에 세 들어 있는 방 전세금이 전부라나 봐."

"이상하다? 옷도 안 해 입고, 도시락도 꼭꼭 싸오겠다, 그만큼 알뜰하게 십 년이나 직장 생활을 한 사람이 어째서 그 정도밖에 못 모았을까."

"이상하구 자시구, 남에게 신경 쓸 거 없이 미스 최나 뜸 들이지 말고 대격 면사포 쓰라구."

문자는 그네들이 혹시나 이쪽에서 들었다는 것을 알고 무안해할까 봐 나머지 계단은 소리를 죽여 살금살금 내려왔다.

길에 나서니 바람이 생각보다 매웠다. 언제나 좁은 골목에 한두 대쯤은 정차하고 있어 행인을 불편하게 하던 승용차들도 보이지 않았다. 길 양쪽으로 즐비한˚ 밥집의 문전도 평일 같으면 드나드는 사람들로 한창 북적댈 시간이었으나 한산하기만 했다. 어느 집 추녀의 못이 삭았는지 함석˚ 귀˚가 들려 널뛰듯 덜컹거리는 소리만 자못 바람의 기세를 짐작케 했다.

그녀는 목덜미가 선득거리자 외투 깃을 올렸다. 회사 앞 골목을 빠져나오며 그녀는 생각했다.

'내 인생이 남 보기에 그렇게 안되어 보일 만큼 실패한 걸까?'

그러자 괜히 웃음이 터져나올 것 같아 입술을 지그시 깨물었다. 자기가 동료들과 세상 사람들을 멋지게 속여 넘기고 있는 듯한 기분이 들었기 때문이다. 물론 그녀가 세상 사람들 앞에 은닉하고˚ 있는 것은 남루한˚ 옷차림의 이 도령이 도포 속에 감춰 가지고 있던 마패 같은 것은 아니었다. 또는 텔레비전이나 영화에서 가난한 여주인공이었던 여자가 알고 보니 무슨 재벌 총수의 딸이더란 식의 돈 많고 지위 높은 아버지를 감춰 두어서도 아니었다. 글쎄, 그녀로선 남들이 눈치채지 못하는 자기 맘속의

즐비하다(櫛比--) 빗살처럼 줄지어 빽빽하게 늘어서 있다.
함석 표면에 아연을 도금한 얇은 철판. 지붕을 이거나 양동이, 대야를 만드는 데 쓴다.
귀 모가 난 물건의 모서리.
은닉하다(隱匿--) 숨기다.
남루하다(襤褸--) 옷 따위가 낡아 해지고 차림새가 너저분하다.

어떤 그윽하고 힘찬 상태, 그걸 뭐라 해야 할지 알 수 없었다.

문자로선 유행의 흐름이란 데 따라 바지통이 넓어지든 좁아지든, 외투 길이가 짧아지든 길어지든, 또 동료들이 자기를 미스라 부르든 선생이라 부르든, 의자가 기우뚱거리든, 사장이 잔소리가 많든 적든, 그런 것은 정말 아무래도 좋은 일로 여겨졌다.

언젠가 자칭 '교정박사'라는 비교적 나이 든 한 여자가 새로 입사했다. 그녀는 출근한 지 열흘도 못 되어 옆자리의 남자 직원이 자기를 선생이라 부르지 않고 미스라 부른다고 대판 싸운 끝에 이튿날 사표를 집어던졌다. 문자는 삿대질을 하며 악악거리는 그녀를 멀거니 신기한 듯이 쳐다보며 이렇게 생각했다.

'남들이 자기를 뭐라 부르든 그게 무슨 큰 대수로운 일이라고.'

도로 자기의 교정지 위로 고개를 떨군 문자는 턱을 깊숙이 감춘 채 혼자 빙그레 미소지었다.

타인의 눈에 자기가 형편없이 초라하게 비치어 있는 것을 의식할 때도 그녀는 잠자코 맘속으로만 이렇게 생각했다.

'그래, 불쌍해 보여도 좋고, 초라해 보여도 좋다. 너희 맘대로 생각해라.'

또 어떤 날은 출근해서 서랍을 열어 보면 쓸 만한 사무용품들이 다 없어지고 몽당연필 하나와 볼펜 껍질만 소롯이 남아 있는

소롯이 오롯이. 고요하고 쓸쓸하게.

경우도 있었다. 그때도 그녀는 몽당연필 하나만으로 견디든가 자기 돈으로 다른 볼펜을 사 오면 사 왔지 절대로 내색하지 않았다. 그녀는 속으로만 이렇게 생각했다.

'그래 좋다. 내게서 필요한 것이 있으면 다 가져가라.'

다른 회사로 옮겨 가 부장이 된 옛 동료가 봉급을 더 많이 주겠다는 조건으로 몇 차례나 그녀를 끌어가려 했을 때도 문자는 한사코 거절했다.

'몇 푼 더 받겠다고 이리저리 철새처럼 옮겨 다닐 사람은 다 니라지. 하지만 난 그깟 몇 푼 없어도 살 수 있어.'

일요일이나 공휴일에 일직을 하는 거며, 그 밖의 사내(社內) 궂은일들을 모두 슬그머니 그녀 앞으로 미뤄 놓고 달아날 때도 마찬가지였다.

'좋다. 그까짓 얼음물에 청소 좀 한다고 손이 떨어져 나가는 건 아니니까, 뺄 사람은 빼라지.'

물론 이보다 몇 배나 불리하고 괴로운 일을 당한 경우도 마찬가지였다. 그녀는 자기에게 지워진 어떤 가혹한 짐에 대해서도 결코 화를 내거나 탄식하지 않았고, 피하지도 않았다. 그녀의 억센 정신은 아직도 얼마든지 무거운 짐을 짊어질 수 있다는 듯이, 항시 무릎을 꿇고 있었다.

내색하다(- 色 --) 마음에 느낀 것을 얼굴에 드러내다.
일직(日直) 그날의 당번으로 직장을 지키는 일.

하지만 H출판사 직원들이나 주위 사람들이 보기에 문자는 그저 '죽은 듯이 가만히 있는 사람'으로만 보였다. 그네들은 아무도 문자의 그런 침묵이 '어떤 상황, 어떤 조건 아래서도 나는 살아갈 수 있다'는 절대 긍정적 자신감에서 기인된다˙는 것을 몰랐다.

더욱이 그 자신감이, 자신들의 키를 훨씬 넘어 아주 높은 곳에 있는 어떤 존재와 겨루면서 몇만 리나 되는 고독의 길을 홀로 걸어오는 동안 생겨난 것이라고는 꿈에도 몰랐다.

아무리 그렇더라도 남에게 아쉬운 소리를 하는 일만큼은 문자로서도 너무나 곤욕스러웠다. 정말 저녁때까지는 무슨 일이 있어도 이십만 원을 구해야 했다.

짓눌린 듯 무거운 맘으로 문자는 공중전화를 바라보며 걸었다. 한 청년이 전화에 매달려 통화를 하고 있었다. 그의 높은 웃음소리가 그곳서 꽤 떨어진 문자에게까지 들려왔다. 며칠 전 통화했을 때 이모는 분명히 확실한 어조로 잘라 말했다. 그러나 이제 다급해진 문자는 다시 한 번 더 이모에게밖에 매달릴 데가 없었다. 그녀의 사정을 가장 잘 알고, 이따금 급할 때마다 돈을 변통해˙ 왔던 친구에겐 아직 갚지 못한 빚이 있어 더 이상 매달려 볼 염치가 없었다.

기인되다(起因--) 어떤 것에서 원인이 생겨나다.
변통하다(變通--) 돈이나 물건 따위를 남에게 빌리다.

청년의 통화는 한정 없이 늘어질 듯했다. 상대 쪽에서는 빨리 오라고 조르는 모양이었고, 이쪽에서는 WBC 타이틀매치 위성 중계를 놓칠까 봐 지금은 안 되겠다는 내용이었다.

청년의 등 뒤에 서서 시린 발을 동동거리며 문자는 건너 빌딩의 높은 꼭대기 위로 빠른 물살처럼 흘러가는 음산한 구름을 초조하게 바라보았다. 바람은 쉬이 잘* 것 같지 않았다. 청년은 자기 주장대로 관철된* 것이 흡족한 듯 담배를 한 대 피워 물고서야 공중전화 앞을 떠났다. 문자는 아직도 청년의 미적지근한 체온이 배어 있는 수화기를 집어 들었다.

"이모, 전화 또 했어요."

그 이상 할 말은 없었다. 찍찍거리는 잡음만 한동안 계속되었다. 이윽고 이모 쪽에서 '쯧쯧' 하고 약간 짜증스럽게 혀를 찼다.

"하여간 얼굴이나 좀 보자."

눈물이 핑 돌아 앞이 흐릿한데도 문자는 기를 쓰고 그래야 하는 듯이 누군가 전화 받침대에다 그려 논 낙서를 손톱으로 지우고 또 지웠다.

매달 얼마씩 가져가는 것 이외에 이따금 한수가 적지 않은 목돈을 요구해 오는 데 대해서 문자는 한 번도 그 이유를 묻지 않

자다 바람이나 물결 따위가 잠잠해지다.
관철되다(貫徹--) 자신의 주장이나 요구대로 일이 되다.

았다. 오히려 돈을 받아 넣으면서 불안해진 한수가 제풀에 화를 내곤 했다.

"젠장, 내가 뭐 이러고 싶어서 그러는 줄 알아. 두고 보라구."

그는 항시 이번만은 틀림없다고 전제하면서, 광산에 자금을 투자해 줄지도 모르는 유력한 자본주를 만나는 데 급히 필요하다고 했다. 문자에겐 그의 말의 진부는 아무래도 상관없었다. 옥조를 그가 데리고 있는 이상, 그를 도와줌으로써 옥조에게도 간접적으로 도움이 될 거라 여겨지기 때문이었다.

설사 그가 집에는 한 푼도 들여놓지 않고 예전의 씀씀이대로 그것을 하룻밤 술값으로 날려 버린다 하더라도, 역시 상관없었다. 문자는 이제 그런 일 때문에 더 이상 마음 상하지 않았다. 한수는 그녀에게 천 개의 흉터를 내었을 뿐, 그녀가 그 흉터를 스스로 딛고 일어선 지금에 이르러서 그는 이미 그녀의 맘속으로부터 지나가 버린 그 무엇이었다. 그가 무자비한 칼처럼 그녀에게 낸 상처 하나하나를 딛고 일어설 때마다, 문자의 정신은 마치 짐을 얹고 또 얹고 그러는 동안 자기 속에서 그 짐을 이기는 영원한 힘을 이끌어 낸 불사(不死)의 낙타 같았다.

그러나 한수는 문자의 주위 사람들이나 마찬가지로 그런 사실을 조금도 눈치채지 못했다. 그는 바보스러울 만큼 착하다고 여겨지던 그녀가 딱 한 번 '무서운 여자다' 하고 생각된 때가

진부(眞否) 진실과 거짓.

있었다. 왜 그렇게 생각되었는지 그 이유는 그 자신도 확실히 알지 못했다.

문자가 옥조를 낳은 지 한 달도 못 되어서였다. 그는 아내의 등을 떠밀어서 문자로부터 옥조를 빼앗아 오게 했다. 아내와의 사이에 일남 일녀를 둔 그가 새삼스레 그 자식이 탐났을 리는 없었다. 그는 옥조를 데려옴으로 해서, 문자를 영원히 자기 곁에 붙잡아 둘 수 있으리라고 계산했다.

데려온 핏덩이를 내려놓으면서 그의 아내가 상기된˙ 얼굴로 말했다.

"세상에, 얼마나 변변치 않은 년이었으면 집 안을 그 꼴로 해 놓고 산단 말이우. 미리 겁부터 줄려고 뭘 좀 때려 부술까 해도 눈에 띄는 게 있어야지. 없다 없다 해도 손바닥만 한 경대조차 없는 여편네는 내 생전 처음이라니까."

한수의 아내는 말은 그렇게 했지만, 기실˙은 문자의 살림이란 게 캐비닛 하나뿐임을 보고 속으로 적이˙ 안심했었다. 아무것도 없이 산다고 늘상 남편으로부터 들어 온 터이긴 해도 그녀는 설마 했었다. 왜냐하면 남편이 광업소 소장으로 있었을 무렵, 봉투나 값진 선물을 가지고 찾아오는 업자들이 문턱에 줄을 이었던 만큼, 그가 마음만 먹는다면 그쪽으로 얼마든지 빼돌릴 수도

상기되다(上氣--) 흥분이나 부끄러움으로 얼굴이 붉어지다.
기실(其實) 사실.
적이 꽤 어지간한 정도로. 상당히.

있었기 때문이다.

그래서 한수의 아내는 남편 덕으로 뜻하지 않은 밍크나 악어백이나 보석 같은 것을 몸에 휘감게 될 때마다, 혹시 그녀가 나보다 더 좋은 걸 갖고 있는 게 아닐까, 하는 의구심이 치밀어올라 남편 속을 슬그머니 떠보곤 했다. 그러다 한수는 광업소를 그만둔 뒤 자영(自營)해 보겠다고 중석 광산을 하나 사들였다. 그리곤 지녔던 동·부동산은 물론 집이며 선산까지 팔아 광산에 집어넣었다. 끼닛거리가 없어 자신에게 남은 마지막 보석반지까지 팔아야 했을 때 한수의 아내는, 나만 이렇게 빈털터리가 되는 게 아닐까, 그녀는 여전히 몸에다 보석을 휘감고 있는데 나만 거지꼴이 되는 게 아닐까 싶어 새삼스레 속이 지글지글 끓었다.

올케에게서 빌린 밍크와 악어백으로 치장하고, 용두동 개천가의 개구멍만 한 쪽문을 밀고 들어서, 한달음에 문자의 살림속을 읽고 난 그녀는 그동안 공연히 가슴을 태웠다 생각하니 우습고 허전했다. 남편이 가져다주었음 직한 것은 정말 아무것도 눈에 띄지 않았다. 한때 방방마다 놓아두었던 그 흔한 텔레비전 한 대도 없고 보면, 남편의 그녀에 대한 사랑이란 건 대수롭지 않은 게 분명했다.

자영하다(自營--) 사업 따위를 자신이 직접 경영하다.
중석(重石) 텅스텐. 흰색이나 회색을 띠고 광택이 있으며, 순수한 것은 잘 늘어나고 녹이 슬지 않는다. 녹는점은 3,400℃로 금속 가운데 가장 높다.
동·부동산(動·不動産) 현금, 유가증권 등의 동산과 토지나 집 따위의 부동산.
선산(先山) 조상의 묘를 모신 산.

그러나, 한수의 아내는 애 엄마가 순순히 아기를 내놓더냐고 남편이 물어보자 매처럼 사납게 눈을 부릅떴다.

"순순히 안 내놓음, 지년이 별수 있어요? 호적에도 못 오른 년이 새끼를 낳아 놓고 할 말 하겠다고 들면 그게 되려 뻔뻔스럽지. 어쨌든 눈물 한 방울 안 흘리고 새끼만 잠자코 들여다보더니 딱 한마디 합디다. 아기가 한밤중에 깨어서 우는 습관이 있으니 그럴 때는 숟갈로 보리차를 몇 모금 떠먹이라나 어쩌라나."

한수는 그 얘기를 듣는 순간 아내에겐 들리지 않게 "하여간 맹추라니까. 제 속으로 난 자식인데 그렇게 맥없이 뺏겨?" 하고 중얼거리다가 단단한 쇠꼬챙이에 명치를 치받힌 듯 입을 다물었다. 갑자기 그 소리 없는 조용함이 간담*을 서늘하게 하는 그 무엇으로 그의 가슴에 와닿았던 것이다.*

한수가 십 년 전 처음 문자의 자취방으로 드나들기 시작했을 때는 한겨울이었다. 유난히도 눈이 잦았던 그해 겨울을 문자는 거의 지붕 위에서 살다시피 보냈다. 눈이 쌓인 채로 놔두면 그 물이 언제까지나 콘크리트 천장으로 스며들어 곳곳에서 낙수*가

명치 사람의 복장뼈 아래 한가운데의 오목하게 들어간 곳.
간담(肝膽) 1. 간과 쓸개를 아울러 이르는 말. 2. 속마음을 비유적으로 이르는 말. 여기에서는 2의 뜻으로 쓰임.
✤ 한수는 그 얘기를 듣는 순간 ~ 그의 가슴에 와닿았던 것이다 한수는 자신이 낳은 자식마저 순순히 내어주는 문자의 태도에서 역설적이게도 그녀의 강인하고 굳센 마음과 태도를 은연중 느낀 것이다.
낙수(落水) 처마 따위에서 물이 떨어짐. 혹은 떨어지는 물.

지곤 했다. 오르내릴 사다리도 변변치 않았고, 고압선이 길게 늘어져 있어 위험하기 짝이 없는데도, 문자는 부삽을 들고 날개가 달린 듯 지붕으로 오르내렸다. 식당을 한다는 주인집 내외가 비죽이 웃으며 대청마루에 선 채 구경 삼아 쳐다보고 있거나 말거나, 그녀는 빨갛게 상기된 얼굴로 마치 춤추듯 가볍게 눈을 퍼서 지붕 아래로 집어던졌다. 어쩌다 지나가던 행인이 흙탕물이 튀었다고 화를 내면, 날듯 뛰어내려 그의 바짓가랑이를 털어주며 만족할 때까지 몇 번이나 사과하고 나서 또다시 지붕으로 올라가곤 했다.

또한, 헛간이나 다름없는 문자의 부엌에는 수도가 없었기 때문에 안집 마당에 있는 수도에서 일일이 물을 길어다 먹었다. 안집 마당으로 가자면 부엌 뒷문으로 나가서 높고 가파른 계단을 내려가야 했다. 이전의 세 든 사람들에겐, 그 계단이 죽지 못해 오르내리는 굴욕의 사다리로 여겨졌었다. 그 가난한 여인들은 자신이 양손에 물 바께쓰를 들고 끙끙거리며 계단을 오르는데, 주인집 여자가 비죽이 웃으며 자기의 뒷모습을 주시하는 것이 무엇보다 싫었다.

그러나 똑같은 방을 빌려 사는 처지이면서도 문자는 그녀들과 전혀 달랐다. 그녀가 뒷문 앞에 나타날 때 보면, 무슨 좋은 일

부삽 아궁이나 화로의 재를 치우거나, 숯불을 담아 옮기는 데 쓰는 조그마한 삽.
주시하다(注視--) 주의를 기울여 지켜보다.

을 하다가 중단하고 나온 것처럼 항시 두 뺨이 발그레했다. 때로 그녀는 양손에 바께쓰를 든 것도 잊고 층계참에 서서 한참 동안씩 하늘을 쳐다보곤 했다. 그리고 난 뒤엔 두 뺨에 발그레한 빛이 안에서 불을 켠 것처럼 더욱 짙어졌다. 그녀가 계단을 내려오는 모습은 마치 몸속에 깃들어 있는 싱싱한 생명의 탄력이 음계를 밟고 있는 듯이 보였다. 그래서, 그 계단은, 그 위에 있는 아주 신비롭고 아름다운 세계를 그녀 혼자만 누리기 위해 외부로 나타난 부분을 일부러 조악(粗惡)하게 꾸며 논 것같이 보였다.

주인집과 그 집에 세 들어 사는 여느 식구들은 문자가 새벽같이 층계참에 나와 매운 연기를 마셔 가면서도 연탄 화덕에다 신나게 부채질을 활락활락 해 대며 때로는 콧노래까지 흥얼거리는 광경을 종종 볼 수 있었다. 그도 그럴 것이 그 부엌의 아궁이에선 물이 솟았기 때문이다.

아궁이뿐만 아니라, 지붕이며 방고래를 고쳐 달랠 만한 데도 문자가 혼자 힘으로 잘 참아 나가자, 주인집은 고마워하기는커녕 오히려 그녀에게 물세 불세까지도 터무니없이 물리었다. 그래도 문자는 한마디도 따지지 않고 달라는 대로 선선히 내주었다. 마치 큰 여유가 있어 그만한 일은 불문에 붙이는 것처럼.*

층계참(層階站) 층계의 중간에 있는 좀 넓은 곳.
조악하다(粗惡--) 거칠고 나쁘다.
화덕(火-) 쇠붙이나 흙으로 아궁이처럼 만들어 솥을 걸고 쓰게 만든 물건.
방고래(房--) 온돌방의 구들장 밑으로 나 있는, 불길과 연기가 통하여 나가는 길.
✱ 불문에 붙이는 것처럼 따지거나 묻지 않는 것처럼.

때문에 한집에 세 들어 사는 여인들은 문자의 살림 형편이 겉보기보다 훨씬 알심 있을* 거라고 추측했다. 어느 날 그녀들은 자기들끼리 짜고 불시에 문자를 찾아갔다. 방 안을 찬찬히 둘러본즉, 물이 스며든 천장은 페인트칠이 일어나 너덜거렸고, 녹슨 손잡이가 달린 캐비닛 이외에 이렇다 할 세간이라곤 아무것도 없었다. 그녀들로서는 문자의 두 뺨에 서린 발그레한 홍조와 노래를 몸에 휘감고 있는 듯한 그 발랄한 생기가 어디에서 연유하는지 더욱 몰라졌다. 그녀들은 문자가 수돗가에 나왔다가 떠나고 난 뒤에, 향기 좋은 꽃으로 가슴을 꾹 눌렀다가 뗀 것 같은 그 느낌을 어떻게 설명해야 할지 알 수 없었기 때문에, 그중 누가 엄지손가락으로 돌았다는 시늉을 해 보이면 거기에 전적으로 동의하는 듯 폭소를 터뜨렸다.

그녀들이 이미 확인한 바와 같이 문자는 남다른 무엇을 소유했던 게 아니었다. 그녀로선 무엇을 하든 그 일을 하면서 사랑하는 사람을 생각한 것뿐이었다. 콩나물을 다듬든, 연탄불을 피우든, 지붕 위의 눈을 치우든 그를 생각하노라면 어딘가 높은 곳에 등불을 걸어 둔 것처럼 마음 구석구석이 따스해지고, 밝아 오는 것을 느꼈다. 그 따스함과 밝은 빛이 몸 밖으로 스며 나가 뺨을 물들이고, 살에 생기가 넘치게 하는 것을 그녀 자신은 오히려 깨닫지 못했다.

❉ 알심 있을 야무지게 속이 차 있을.

한수가 그녀에게 오는 것은 단지 일요일 밤뿐이었지만, 그는 항시 그녀의 시렁˚ 위에 걸려 있는 등불이나 다름없었다. 시장에서 물건을 깎다가도 그녀는 '그가 만약 이 사실을 안다면' 하고 깎는 일을 그만두었고, 남과 다툴 뻔하다가도 그를 떠올리면 분노가 촉촉하게 가라앉았다.

이렇게 해서 월요일, 화요일…… 토요일을 보내는 사이에 그는 그녀의 존재 자체를 조금씩 연금(鍊金)˚시켜, 이윽고 일요일이 되었을 땐 그녀의 손길이 닿기만 해도 닿는 것은 무엇이든지 금빛 물이 들었다.

문자는 그가 미처 문을 두드리기도 전에 이미 그의 발걸음 소리를 알아듣고 미리 나가서 그를 맞아들였다. 그녀가 그의 옷을 벗기면 그 옷이 금빛으로 물들었고, 양말을 벗기면 양말이 그러했다. 뜨거운 물이 담긴 대야를 가져와 그의 발을 씻기면 그 발 역시 금빛이 났다.

그녀가 그를 위해 마련한 저녁상은, 가난한 자가 일주일 내내 거친 솔과 젖은 걸레로 마룻바닥을 힘들여 닦아서 번 돈으로 성전(聖殿) 앞에 켤 양초를 사는 것같이 마련된 것이었다.˚

한수는 그녀가 살코기를 집어 줄 때마다 입을 딱 벌려 받아먹

시렁 물건을 올려놓기 위해 벽 따위에 선반처럼 만든 것.
연금(鍊金) 쇠붙이를 불에 달구어 두드려 단련하는 것.
✱ 가난한 자가 일주일 내내 거친 솔과~양초를 사는 것같이 마련된 것이었다 일주일 동안 힘들여 수고하고 애써 모은 돈으로 정성껏 소중하게 마련한 것이었다.

기만 할 뿐, 자기도 그녀의 입에 그 고기를 먹여 주려는 생각은 한 번도 해 보지 않았다. 한수의 마음은 무디고˙ 이기적이어서 온 방 안에 가득 찬 금빛을 보지 못했고, 가만히 있어도 그 침묵이 노래임을 알지 못했다. 심지어는 그녀의 몸을 만지면서도 잘 익은 과육˙에서 나는 것과 같은 향기가 자기 손가락에 묻어나는 것도 몰랐다.

그는 마치 돈 없는 주정뱅이가 어쩌다가 값싼 술집을 발견하고도 긴가민가하여 자꾸 주머니 속의 가진 돈을 헤아려 보듯이, 문자가 과연 자기가 줄 수 있는 것만으로도 만족하고 자기와 살아 줄 것인지를 알고자 끊임없이 탐색의 눈초리를 번득였다. 그는 이미 아내와 자식들이 있었으므로, 그가 문자와 더불어 지낼 수 있는 시간은 그가 빼내어도 그의 아내가 눈치채지 못할 만큼의 시간에 한정되어 있었다. 그는 또한 여당 소속 국회의원의 비서라는 그럴싸한 직업을 가지고 있었지만 수입은 보잘것없었다. 그래서 그는 문자에게 생활비 같은 것을 보태 줄 처지가 못 되었다.

그는 문자로부터 어떤 요구도 받은 적이 없으면서, 항시 이 여자가 내가 줄 수 있는 한도 밖의 것을 요구해 오면 어쩌나 하고 불안해했다. 그는 문자가 화장도 하지 않고, 모양도 내지 않고,

---

무디다 느끼고 깨닫는 힘이나 표현하는 힘이 부족하고 둔하다.
과육(菓肉) 열매에서 씨를 둘러싸고 있는 살.

집 안에 값나가는 물건을 사 놓으려 하지도 않는 걸로 봐서, 욕심 없는 성격이라는 것을 간파˙했으면서도 여전히 경계를 게을리하지 않았다.

그러던 차에 그가 모시고 있던 K의원이 장관으로 발탁되었고, 그의 도움으로 광산과 출신의 한수는 반관반민˙의 동동광업소 소장으로 임명되었다.

그의 수입은 이제 문자에게 정식으로 딴살림을 시킬 수 있을 만큼 풍족해졌다. 그는 멋진 새집을 사서 이사를 했고, 그의 아내와 자식들은 좋은 옷을 입었고, 가만히 앉아 심부름하는 사람들의 시중을 받았고, 과일과 케이크는 미처 먹지 못해 곰팡이가 필 정도로 지천˙이었다.

그럼에도 그는 문자에겐 아무것도 나누어 주지 않았다. 사과 하나, 귤 하나도. 이따금 그는 문자에게 가져가려고 무심히 과일 바구니 하나를 집어 들었다가도 도로 내려놓았다. 일단 그녀에게 무엇을 주기 시작하면, 혹시나 끝없이 요구의 손길을 뻗쳐 오지 않을까 겁이 났다.

문자는 여전히 그에게 아무것도 요구하지 않았다. 주인집에서 방값을 올리자 그녀는 자기 힘으로 구해 보다가 끝내는 방을

간파(看破) 속내를 꿰뚫어 알아차림.
반관반민(半官半民) 정부와 민간이 공동으로 자본을 대어 회사, 시설, 단체 등을 설립·경영하는 일.
지천(至賤) 매우 흔함.

옮겼다. 그사이 물가가 많이 올라서 문자가 그에게 예전과 같은 저녁상을 차려내기 위해서는 자기가 일주일 살 몫에서 더 많이 쪼개 내야 했다. 그녀는 버스를 두 번 타는 대신 한 번만 타고 나머지는 걸었다. 그리고 점심도 라면으로 때웠다.

　반대로 한수의 몸에서는 날이 갈수록 기름이 번지르르하게 흘렀다. 그는 매번 올 때마다 구두를 갈아 신었고, 와이셔츠와 넥타이와 커프스 버튼˚과 내의까지도 달라졌다. 양복도 가지각색으로 늘어났다.

　어느 날 문자는 시계를 보고 자리에서 일어나는 그의 내의 자락을 뒤에서 꽉 움켜쥐며 "가지 말아요. 오늘 밤만은 함께 있어 줘요." 하고 등에 얼굴을 묻었다. 그러나 이내 잡은 옷자락을 맥없이˚ 놓아 주는 순간, 울컥 울음이 넘어오는 것을 간신히 참았다. 예전에는 문자의 손길이 닿는 것마다 금빛으로 물들었던 것이 이제는 그녀의 가슴을 미어지게 할 때가 많았다. 그녀는 그에게 옷을 입혀 주려고 옷걸이에서 양복을 걷어 내다 그 속주머니에 찔려진 두툼한 돈뭉치를 보고도 목이 메었고, 보자기에 싸서 아랫목에 묻어 두었던 그의 구두를 꺼내다가 밑창에 새겨진 고급 상표를 보고도 가슴이 미어졌다.✽

커프스 버튼　와이셔츠나 블라우스의 소맷부리에 채우는 장식용 단추.
맥없이(脈--)　기운이 없이. 힘없이.
✽ 그녀는 그에게 옷을 입혀 주려고 ~ 고급 상표를 보고도 가슴이 미어졌다　광업소장이 되고 수입이 넉넉해져 풍요한 삶을 살면서도 전혀 문자를 돌보거나 배려하지 않는 한수를 보며 문자의 서운함이 쌓여 가는 모습을 보여 준다.

그녀의 맘속에서는 끝없이 해일(海溢)이 일고, 번개가 치고, 폭풍이 몰아치는 종말 같은 나날이 계속되었다. 아무도 없는 강가나 깊은 산속에 가서 목놓아 울고만 싶은 슬픔이 그녀의 두 뺨에서 발그레한 홍조를 차츰차츰 스러지게 했다.

또다시 집값이 올라 하루 종일 방을 구하러 다니다 돌아오던 길에, 문자는 소주 두 병을 샀다. 안주도 없이 단숨에 소주 두 병을 비우고 나서 그녀는 의식을 잃었다. 눈을 떴을 때 그녀는 자기가 눈부신 아침 햇살과 끈적거리는 오물 속에 누워 있음을 발견했다.

새로이 눈물이 괴어 올라 눈앞이 어룽졌다. 그녀는 이를 악물었다. 그때 그녀 속에서 낙타 한 마리가 벌떡 몸을 일으켜 세우며 외쳤다.

"고통이여, 어서 나를 찔러라. 너의 무자비한 칼날이 나를 갈가리 찢어도 나는 산다. 다리로 설 수 없으면 몸통으로라도, 몸통이 없으면 모가지만으로라도. 지금보다 더한 고통 속에 나를 세워 놓더라도 나는 결코 항복하지 않을 거야. 그가 나에게 준 고통을 나는 철저히 그를 사랑함으로써 복수할 테다. 나는 어디도 가지 않고 이 한자리에서 주어진 그대로를 가지고도 살 수 있다는 것을 보여 줄 테야. 그래, 그에게뿐만 아니라,

---

해일(海溢) 바닷물이 크게 일어서 육지로 넘쳐 들어오는 일.
스러지다 형체나 현상 따위가 차차 희미해지면서 없어지다.

내게 이런 운명을 마련해 놓고 내가 못 견디어 신음하면 자비를 베풀려고 기다리고 있는 신(神)에게도 나는 멋지게 복수할 거야!"

회사에도 못 나가고 그녀는 이틀을 꼬박 누워 앓았다. 그 이튿날은 일요일이었다. 문자는 일어나서 아무런 일도 없었던 것 같이 그를 맞기 위해 목욕을 하고, 시장에 다녀와서 은행 알을 깠다.

그날 저녁 그의 넥타이를 받아 옷걸이에 걸다가 문자는 그것에 꽂혀 있는 진주 넥타이핀을 발견했다. 그러나 그녀의 가슴은 이전처럼 미어지지 않았다. 마침내 그녀의 맘속으로부터 그가 가진 모든 것이 무관해졌던 것이다. 그가 누리는 모든 것이 그녀와 무관해졌다. 문자는 오로지 곁에서 담담한 맘으로 지켜볼 뿐이었다. 그의 끝없는 욕망이 그의 집 문전에 줄을 잇는 업자들의 선물 상자와 돈 봉투를 딛고 자꾸자꾸 높아지는 것을.

어느 날 새벽에 라디오와 TV에서는 베토벤의 영웅교향곡 2악장을 끝없이 되풀이하여 들려주었다. 계엄령이 선포되었고 국회와 내각이 해체되었다. 그런 뒤 두 달도 못 되어서였다.

❋ 내게 이런 운명을 ~ 멋지게 복수할 거야 아무리 극한 상황에 놓이고 고통으로 인하여 힘이 들더라도 이를 끝까지 인내하고 감수해 내겠다는 문자의 의지와 다짐을 보여 주고 있다.
은행(銀杏) 은행나무의 열매. 음식으로 먹거나 약으로 쓴다.
무관해지다(無關---) 관계나 상관이 없어지다.
❋ 어느 날 새벽에 라디오와 ~ 끝없이 되풀이하여 들려주었다 박정희 대통령의 서거를 암시한다.

한수는 수염이 텁수룩하고 초췌해진˙ 얼굴로 비틀거리며 문자에게 나타났다. 몸을 가누지 못할 만큼 취해 방바닥에 퍼지르고 누운 그에게서 문자는 하나씩 옷을 벗겨 냈다. 갑자기 그가 문자의 옷자락을 움켜쥐며 목쉰 소리로 울먹였다.
 "난 이제 아무것도 아냐, 우리집 문전엔 인적˙이 끊겼어. 그렇지만 너까지 날 괄시하면˙ 죽여 버릴 테다."

 이모가 목욕 중이었으므로 문자는 거실에 앉아 기다려야 했다. 그녀가 앉아 있는 소파는 보드라운 깃방석˙ 같았고, 아라비아풍의 두툼한 양탄자가 깔려 있어 발밑도 포근했다. 모든 것이 포근하고 쾌적했다.
 천장에서부터 내려뜨려진 하얀 망사 커튼 너머로 뜰의 나무들이 세찬 바람에 휘청거리는 것이 보였다. 이곳에서는 추운 바깥 날씨조차도 아프고 시린 것이 아니라 쾌적하고 달콤하게 느껴졌다. 음산한 하늘에서 차츰 먹빛이 배어났다.
 욕실에서 타일 바닥을 때리는 상쾌한 물줄기 소리가 들려왔다. 문자는 갑자기 등이 시리고 몸이 저렸다. 그러한 자기 자신에게 그녀는 이렇게 타일렀다.

초췌해지다(憔悴---/顦顇---) 병, 근심, 고생 따위로 얼굴이나 몸이 여위고 파리해지다.
인적(人跡/人迹) 사람의 발자취. 또는 사람의 왕래.
괄시하다(恝視--) 업신여기다. 하찮게 대하다.
깃방석(-方席) 새털을 넣어 만든 방석.

'약한 사람들은 자신의 삶을 보드라운 소파와 양탄자와 금칠을 한 벽난로와 비싼 그림과 쾌적한 침대 위에 세운다. 그런 뒤엔 그 물질로 해서 알게 된 쾌적한 맛에 길들여져 그들은 이내 물질의 노예가 된다. 그들의 갈망은 끝없이 쓰다듬는 손길에 의해서 잠을 잘 잔 말의 갈기와 같다. 하지만 내 정신의 갈기는 만족을 모르는 채 항시 세찬 바람에 펄럭이기를 갈망한다.'

주방 쪽에서 슬리퍼 끄는 소리가 났다. 아줌마가 주스 쟁반을 들고 왔다.

"오랜만이에요, 아줌마."

"좀 자주 놀러오시잖구. 애기는 잘 커요?"

"네?"

"어쩌면 엄마를 고렇게 쏙 빼다 박은 것 같죠?"

"어떻게 아세요?"

"사진을 봤어요. 저기 사진이 있잖아요."

아줌마는 거실의 한쪽 벽을 가리켰다. 문자는 아줌마가 주방으로 되돌아갈 때까지 기다렸다가 장식장 앞으로 갔다. 다섯 살이 된 옥조가 생일을 맞았으므로, 문자는 한수에게 부탁하여 아이를 데려와서 하루 동안 함께 지냈었다. 사진은 그날 이모 집에서 찍은 것이었다.

갈기 말이나 사자 따위의 목덜미에 난 긴 털.

옥조는 이종들의 팔에 안겨 밝게 웃고 있었다. 옥수수처럼 고른 치열이 하얗다 못해 푸르렀다. 문자는 사진틀을 꺼내어 손에 들고, 먼지가 낀 양 손바닥으로 닦고 또 닦았다.

한수의 아내가 아기를 데리러 나타나기 며칠 전부터 문자는 밤마다 아기를 빼앗기는 꿈을 꾸었다. 때로는 아기를 안고 검은 옷의 괴한을 피해 산으로 들로 쫓겨 다니기도 했고, 때로는 아기를 이미 빼앗겨 실성한 듯이 찾아다니다 잠이 깨기도 했다. 잠이 깨어 보면 꿈속에서 질렀던, 자기 목소리 같지 않은 비명의 여운이 그저도 귓가에 맴돌고 있었다.

불을 켜고, 그 바람에 불빛에 눈이 시려 아기가 눈두덩이를 옴찔옴찔 움직이는 것을 확인하고도 그녀는 여전히 그것이 꿈일까 봐 겁이 났다.

아기를 보고, 또 보는 동안 악몽의 환영은 멀어지는 것이 아니라 더욱더 그녀를 옥죄었다. 당장 아기를 데리고 먼 곳으로 도망치고만 싶었다. 어느 순간 갑자기 문자는 누구에겐지 모르게 무릎을 꿇고 울음 섞인 목소리로 탄원했다.

"그러면 왜 안 된다는 거지? 나는 그동안 너무 힘들었어. 연명할 것만 남기고 나는 늘 빈손으로 지냈어. 내 손은 무엇을

이종(姨從) 이모의 자녀.
치열(齒列) 이가 죽 박혀 있는 열(列)의 생김새.
환영(幻影) 눈앞에 없는 것이 있는 것처럼 보이는 것.
연명하다(延命--) 목숨을 겨우 이어 살아가다.

움켜쥐는 버릇을 잊어버린 지 오래야. 하지만 이제 내 속으로 난 혈육만큼은 놓치고 싶지 않아. 위안받기를 거부하는 일이 이제는 너무 힘들어! 고통스러워!"

그러자 그녀 속에서 또다시 낙타가 우뚝 몸을 일으켰다.

"너는 할 수 있어. 도달하기 위한 높은 것을 맘속에 지님으로써 너는 고통스러울지 모르지만, 그 고통이 너를 높은 곳에 이르게 하는 사닥다리가 되는 거야."

그래도 문자는 고개를 가로저으며 계속 신음했다.

그러나 이제 딸의 사진을 보고도 문자는 담담하게 미소 지을 수 있었다.

타일바닥을 때리던 줄기찬 물소리가 그치고 나서 욕실 문이 열렸다. 뜨거운 물의 쾌적함에 한껏 도취된 듯 이모의 눈빛은 약간 몽롱했고 우윳빛 살갗에는 분홍색이 감돌았다. 그녀는 브러시로 잘 염색된 갈색 머리카락을 빗어 내리며 소파가 있는 데로 걸어왔다. 깃이 깊이 파인 비단 겉옷 사이로 나이를 멈춘 듯 피둥피둥하고 탄력 있어 보이는 앞가슴이 물결쳤다.

문자는 옥조의 사진을 가만히 제자리에 세워 놓고 돌아섰다.

"옥조는 끝내 그 집에다 둬둘 거니?"

거침없는 이모의 말투는 반드시 문자를 믿거라 해서만은 아닌 듯했다. 문자는 무릎 위에 두 손을 가지런히 모아 쥐고, 다지

도취되다(陶醉--) (어떤 것에) 마음이 흠뻑 취하다.

고 또 다져서 표면이 탄탄하게 굳어진 땅과 같은 표정이 되며 짧게 대답했다.

"네."

"왜? 그 집에서 안 내놓겠대?"

"아뇨, 그쪽에서는 데려가래요."

"그럼 잘됐다. 옥조만 데려오고 나서 그 사람과는 연을 끊어라. 그 사람은 이제 운이 다했어. 끌면 끌수록 너만 손해라는 걸 알아야 해."

"…… 옥조는 안 데려올 거예요, 이모."

"너 참 이상한 애다. 네 새낀데 가엾지도 않니?"

"가엾어요. 그리고 너무너무 데려오고 싶어요. 하지만, 나는 그 아이를 데려옴으로써 나 자신을 만족시키고 싶지 않아요. 옥조를 내놓을 때 이미 그 아이는 제 맘에서 떠나갔어요. 그렇다고 그 아이를 사랑하지 않는다는 얘기는 아녜요. 제가 옥조를 사랑하는 맘은 여느˙ 엄마들이랑 달라요. 얼마 전 징기스 칸에 관한 전기를 보았어요. 그는 금나라를 치고 나서, 그 낯선 나라의 낯선 사람에게 자기 아들을 버리고 떠나더군요. 징기스 칸으로 하여금 영원한 영웅이 되게 한 것은 아들을 버림으로써 사랑까지도 밟고 지나갈 수 있었던 바로 그 힘이었던 것 같아요. 소유에 대한 집념과 마찬가지로 혈육 역시도

여느 다른 보통의.

초극(超克)되어야 할 그 무엇이라 여겨져요. 나는 꼭 누구랑 끊임없이 대결하는 긴장 상태 속에서 살고 있는 것 같아요.˝

"무슨 소린지 한 마디도 모르겠구나. 주스나 마셔라. 아줌마, 나는 당근 주스로 갖다 줘."

문자는 이모의 살찌고 나태해 보이는 손을 가만히 바라보았다. 뜨거운 물속에서 나른해졌던 손은 건조해지자 끝이 쪼글쪼글해졌고, 청회색 매니큐어 칠도 벗겨져 얼룩덜룩했다. 재미 삼아 손톱으로 매니큐어 칠을 긁어내던 이모가 불현듯 생각난 듯이 목소리를 높였다.

"얘, 참 그러잖아도 내가 전화할까 했는데 네 발로 왔으니 잘 됐다. 너 이제 그쯤에서 결혼하면 어떻겠니? 마땅한 사람이 있단다. 시집가서 지금 옥조 아빠한테 쏟는 정성의 반의반만큼만 남편한테 쏟아도 너는 귀염 받고 잘살 거야."

설마 이 얘기를 하자고 오라 했던 건 아니겠지. 문자는 초조해져 창밖을 살폈다. 이제는 뜰의 나무들까지도 먹빛으로 변해 있었다. 한수는 집을 나서고 있을지도 몰랐다.

"어떠니? 그렇게 해 볼래? 나이는 쉰 살이고 애가 둘 있지만 할머니가 데리고 있댄다. 압구정동에 아파트 한 채, 또 과천

초극(超克) 어려움을 극복해 냄.
✤ 얼마 전 징기스 칸에 관한 전기를 ~ 긴장 상태 속에서 살고 있는 것 같아요 징기스 칸의 예를 통해 온갖 고통을 감수하고 인내하며 살고 있는 문자의 속내 혹은 마음의 바탕에 깔린 생각이 드러나 있다.
나태하다(懶怠--) 행동, 성격 따위가 느리고 게으르다.

가는 어디에도 목장을 할 만한 산도 있다더라. 직업은 변호사야. 한쪽 눈이 짜부라진 게 큰 흠이지만, 흠으로 치면 너한테도 그만한 게 있으니 쌤쌤이지 뭐."

이모는 문자에게서 좋은 반응을 기대했으나, 그녀는 수심˚ 찬 얼굴로 창밖만 바라보고 있었다. 돈 때문에 저러지 싶었지만 이모는 자기 쪽에서 먼저 돈 얘기를 꺼내고 싶지는 않았다. 이모는 나오지도 않는 하품을 짝 찢어지게 했다. 겸연쩍은 한순간을 그렇게 해서 넘겼다.

하품 소리에 문자는 창 밖에서 이모에게로 눈길을 돌렸다. 하품 때문에 질척해진 눈가를 본 순간 그녀는 이유 모를 분노를 느꼈다. 그러나 다음 순간 그녀는 자기 속의 낙타가 그 분노를 지그시 밟고 지나가는 것을 느꼈다.

"이모, 내가 부탁드린 거 어떻게 됐어요?"

"돈 말이니?"

"네."

"나한텐 없다고 했잖아. 하지만 아줌마가 나한테 맡겨 둔 거라도 가져갈 테면 가져가. 이자를 줘야 하는데 괜찮겠니? 오부˚다."

"네, 좋아요."

수심(愁心) 걱정과 근심.
오부(五-) 100분의 5. 월 이자가 원금의 5%라는 말.

그러고도 이모는 선뜻 일어나려 하지 않았다. 손톱으로 매니큐어 칠을 긁어내는 데 자지러져 있으면서 그녀는 여전히 홍얼홍얼 잔소리를 늘어놓는다.

"너 내 말 허술하게 듣지 마라. 이모라고 두 눈이 시퍼렇게 살아 있으면서 조카가 결혼한 것도 아니고, 그렇다고 안 한 것도 아닌 그런 상태로 일생을 지내게 할 수야 없지 않니? 지하에 계신 느이 엄마가 알아봐라, 날 얼마나 원망하겠니? 그리고 너 매일 돈에 쪼들리는 거 지겹지도 않니? 그 변호사한테 시집만 가 봐라. 팔자가 획 바뀔 텐데."

"네, 알아요."

이모가 이미 대답에는 신경을 쓰고 있지 않다는 것을 알고 문자는 맞장구만 쳤다.

"하여간 어렸을 때부터 네 속엔 괴물이 들어앉아 있었어. 가다가 진창이 있으면 돌아가야 할 텐데, 너는 발이 빠지면서도 돌아갈 줄 모르는 고집쟁이야."

"네, 알아요."

문자는 문자대로 다른 데 정신이 팔려 있었다. 리비아를 여행하고 온 사람이 쓴 글 중에 이런 구절이 있었다.

리비아는 국민 소득이 일인당 만 달러였고, 인구는 삼백만밖에 되지 않았다. 그 나라 정부의 절대 과제 중 하나는 인구를 늘

허술하다 (사람의 행동이나 태도가) 무심하고 소홀하다.

리는 일이었다. 그래서 정부에서는 다산(多産)을 권장하는 한편, 사막의 오지에 사는 사람들을 도시로 끌어내기 위해 돈다발로 유혹한다. 푹신한 양탄자에 에어컨 장치에 안락한 침대에 꼭지만 틀면 수돗물이 콸콸 쏟아져 나오는 집에서 편안히 살게 해 줄 테니 제발 도시로 나오라고 간청한다.

그러나 사막에서 살아온 유목민의 상당수가 그 유혹을 뿌리치고 더 깊이 사막 속으로 들어간다. 대부분의 인간은 시달리는 것, 즉 갈증을 몹시 두려워한다. 그런데 그들만은 갈증뿐인 사막 속으로 더 깊이 파고든다. 사막의 갈증. 흙조차도 타고 바래져서 먼지 같은 모래땅. 해가 뜨면 땅과 하늘 사이는 분홍색 열 안개의 도가니가 된다. 해가 지면 그 추위 또한 살인적이다. 사막 속의 인간이 열사(熱死)와 동사(凍死)로부터 자기를 보호할 것은 그의 살갗뿐이다. 그들은 무엇 때문에 이 갈증의 길을 스스로 택해서 가는가.

리비아에는 조상 적부터 전해져 내려오는 전설 같은 지도가 있다. 그 지도에는 사막의 땅속 깊은 곳으로 흐르는 푸른 물길이 그려져 있다. 그들은 이 길을 신(神)의 길이라고 부른다.

사막의 오지에서 나오지 않는 사람들만은 이 푸른 물길이 어디에 있는지 안다고 한다.

오지(奧地) 외진 곳, 두메.
열사(熱死) 더위와 햇볕에 지쳐 죽는 것.

문자는 이모에게 다시 한 번 더 돈 얘기를 상기시켜야 했다. 이모가 돈을 가지러 방으로 들어간 사이에 문자는 옥조의 사진을 한 번 더 봐 두려고 장식장 앞으로 갔다.
　가엾은 자식. 엄마가 네게 지운 짐이 너무 가혹하지? 하지만 너도 네 힘으로 네 속에서 낙타를 끌어내야 한다. 엄마가 너의 삶을 안락한 강변도 있는데 굳이 고통의 늪가에다 던져 놓은 이유를 그 낙타가 알게 해 줄 거야. 그것이 사랑이란 것을 알게 해 줄 거야.
　문자는 이모가 건네 준 돈을 받아 가방에 넣고 나서 아줌마에게 고맙다는 인사말이라도 하려고 주방 쪽으로 돌아섰다.
　"얘, 얘, 넌 그냥 가라. 아줌마한텐 나중에 내가 얘기해 줄게."
　문자는 어리둥절한 채 이모가 허둥거리며 쇼핑백에다 주워 담아 주는 과일을 받아 들었다.*

　"저어……."
　셈을 치르려던 문자는 상점 주인의 망설이는 얼굴을 쳐다보았다.
　"저어, 아까 아저씨가 들어가시면서 오징어 한 마리하고 고량주 두 병을 가지고 가셨어요."

---

* 얘, 얘, 넌 그냥 가라 ~ 과일을 받아 들었다 이모는 문자에게 아주머니의 돈을 빌려 주는 것처럼 말하였으나, 사실은 그 말이 거짓이었으므로(자신의 돈을 아주머니의 돈인 것처럼 속이고 빌려 준 것이었으므로) 문자가 아주머니에게 감사의 말을 전하는 것을 서둘러 차단한 것이다.

"네, 알겠어요. 그건 얼마죠?"

"가만 있거라 보자, 천팔백 원이군요."

찬거리를 들고 문자는 상점에서 나왔다. 다닥다닥 붙어 있는 집들의 노란 창문들이 그녀로 하여금 한층 더 지치고 피곤하여 쉬고 싶은 생각을 간절하게 했다. 그러나 한수가 와 있으니 쉴 수도 없으리라. 그는 요즘 들어 부쩍 허물어진 모습에 주사(酒邪)까지 늘고 있었다.

문자는 높고 가파른 언덕을 올라갔다. 가는 도중에 그녀는 고목나무 아래서 다리를 쉬었다. 언제나 다름없이 신선한 영감이 가슴을 뿌듯하게 차올랐다.

그 고목은 몸뚱아리가 온전치 못한 불구의 몸임에도 늠름한 키에 풍성한 가지를 지니고 있었다. 그의 가지 하나하나가 모두 하늘을 어루만지려는 갈망의 손으로 보였다. 저토록 높은 데까지 갈망의 손을 뻗치기 위해서는 아마도 그의 뿌리는 자기 키의 몇 배나 깊이 땅속으로 더듬어 들어갔을 것이다. 생명수를 찾아 부단히, 차고 견고한 흙 속으로 하얀 의지를 뻗쳤다. 나무의 뿌리가, 자신의 발밑에 맞닿아 있다는 것을 생각하면 문자는 시린 삶의 아픔이 가시는 듯한 위안을 느꼈다.

주사(酒邪) 술이 취하면 나오는 못된 버릇.
영감(靈感) 영혼을 울리는 생각이나 느낌.
갈망(渴望) 간절히 바람.
생명수(生命水) 생명을 살리는 물. 또는 생명을 유지하는 데 꼭 필요한 물.

문자는 미처 집에 닿기도 전에 대문 안에서 얼굴만 내밀고 자기를 기다리고 있던 주인집 여자를 만났다. 가슴이 철렁했다. 역시 그랬다.

"아유 속상해 죽겠어. 색시 저거 좀 봐요. 저기다 또 오줌을 누었어요. 개도 그렇진 못할진대, 남의 집 얼굴이나 다름없는 문간에다 찌린내를 진동치게 해 놓는다니. 우리는 둘째 치고 담벼락 주인이 알고 쫓아올까 봐 무섭군요."

"정말 죄송해요, 아주머니. 지금 당장 씻어 내겠어요."

문자는 부엌 겸 자기 방 출입문으로 들어가서 찬거리랑 가방을 내려놓고 대야에 물을 퍼 담았다. 주인집 여자는 여전히 눈꼬리에 독을 묻혀 가지고 서서 문자를 흘겨보았다.

지칠 대로 지친 육체에 굴욕의 비수가 꽂히자 감미로운 동요가 일어났다.

'고통의 사닥다리를 오르는 일이 다 쓸데없는 짓이라면? 이 길의 끝에 아무것도 없다면? 모든 것이 다 조작된 의미라면? 아픔과 고통의 끝이 또 다른 아픔과 고통의 연속으로 이어진다면……?'

그럼에도 그녀의 팔은 오랫동안 낙타의 지칠 줄 모르는 다리가 되어 왔던 까닭에 걸레질을 멈추지 않았다.

문자가 담장을 말끔히 씻어 놓고 안으로 들어가려니, 주인집 여자가 그제서야 다소 누그러진 음성으로 그녀를 붙잡아 세웠다.

"색시, 잠깐만 기다려요. 편지 온 게 있어요."

잠시 후에 주인집 여자는 푸른 항공 엽서 하나를 들고 나왔다. 그것을 건네주며 그 여자는 밑도 끝도 없이 쌕 웃었다. 그 웃음은 또다시 문자의 가슴을 철렁하게 했다. 틀림없었다.

"이사 온 지 육 개월도 안 됐는데 이런 말 하기가 뭣하지만, 이해해 줘요. 우리 아들이 방을 따로 쓰겠다고 자꾸 보채는구려. 복덕방비는 이쪽에서 물어 줄 테니 다른 데 방을 좀 봐 보려우?"

"네, 알겠어요."

문자는 선선히 대답하고 안으로 들어갔다.

발등이 터진 한수의 헌 구두를 집어 한쪽으로 가지런히 세워 놓고 방문을 열었다. 한수는 곯아떨어져 자는 중이었다. 빈 고량주 병이 머리맡에 나뒹굴었다. 그의 머리는 텁수룩하게 자라 귀를 덮었다. 와이셔츠 깃은 때에 절어 있었다. 새우처럼 등을 구부리고 자는 모습을 바라보고 있는 동안, 문자에겐 이제야말로 내가 이 사람을 진정으로 사랑하는 게 아닐까 하는 생각이 스쳐갔다.*

손에 들려진 편지 생각이 난 것은 그 다음 일이었다. 편지는 뜻밖에도 미국에 간 오빠로부터 온 것이었다. 문자는 저녁을 지으려는 생각이 앞서 편지를 대강대강 읽었다.

✽ 그의 머리는 텁수룩하게 자라 ~ 사랑하는 게 아닐까 하는 생각이 스쳐갔다 문자는 광업소장에서 물러난 후 몰락한 한수의 남루하고 초라한 모습을 더 애틋한 마음으로 바라보고 있다.

"이건 무슨 편지야?"

밥상을 차리는데 방 안에서 그의 목소리가 들려왔다.

"오빠에게서 온 거예요."

"내용이 뭔데?"

"날 보고 들어오래요. 자기가 하는 슈퍼마켓이 너무 잘돼서 손이 모자란대요."

"쳇, 지금까지 소식 한 장 없다가 겨우 손이 모자라니 와서 도와 달라구? 당장 회답을 써 보내, 웃기지 말라구. 물주만 만나 봐, 그까짓 슈퍼마켓 같은 건 열 개라도 차릴 수 있어."

탁, 하고 성냥불 긋는 소리가 들려왔다. 그가 짜증이 난 것은 편지의 내용 때문이라기보다, 돈을 구했는지 못 구했는지 빨리 말해 주지 않기 때문이라고 헤아려졌다.

밥상을 차리다 말고 문자는 방 안으로 들어갔다. 한수는 핏발이 선 눈길을 얼른 모로 비꼈다. 문자는 가방에서 돈을 꺼내 그에게 내밀었다. 그는 돈을 받는 즉시 담배를 신문지 귀퉁이에 눌러 끄고 벌떡 일어났다.

"저녁 다 됐어요."

"지금 몇 신데 저녁 타령이야. 다 늦게 들어와 가지구."

✤ 쳇, 지금까지 소식 한 장 없다가 ~ 열 개라도 차릴 수 있어 정작 문자를 보살피거나 도움을 주지는 않으면서 문자를 곁에 두고자 하는 한수의 이기적인 마음이 담겨 있다.
✤ 한수는 핏발이 선 눈길을 얼른 모로 비꼈다 한수는 불편한 심기를 드러내며 애써 문자를 외면하고 있다.

문자는 잠자코 그에게 윗도리와 외투를 입혀 주었다. 순간 순간 그의 모질고 이기적인 성격을 엿볼 때마다 문자는 맘속으론 울고 입술로는 웃었다.*

그가 단추를 채우는 동안 문자는 먼저 부엌으로 나와서 그가 신기 좋게 구두를 가지런히, 그리고 약간 벌려 놓아 주었다. 밥을 푸다 만 밥솥에서 서려 오른 김을 보고 문득 쓰라린 비애를 느꼈으나 그녀는 조용히 웃었다.

한수는 문자가 문 밖에서 배웅하고 있다는 것을 알면서도 곧장 뚜걱뚜걱 계단 아래로 내려갔다. 그는 언덕을 내려가 잠시 후엔 시야에서 사라졌다.

그러나 문자에겐 그가 자기 시야에서 끝도 없이 멀어지고 있을 뿐인 것으로 느껴졌다. 그는 이미 한 남자라기보다, 그녀에게 더 한층 큰 시련을 주기 위해 더 높은 곳으로 멀어지는 신의 등불처럼 여겨졌다. 그리하여 그녀는 그것에 도달하고픈 열렬한 갈망으로 온몸이 또다시 갈기처럼 펄럭였다.

■ 『한국문학』(1983. 5) ; 『제7회 이상문학상 수상작품집』(문학사상사, 1983)

✤ 맘속으론 울고 입술로는 웃었다 문자는 한수의 모질고 이기적인 말과 행동에 가슴 깊이 고통을 느끼지만 겉으로는 웃는 낯으로 한수를 대했다.

먼 그대 **작품 해설**

●등장인물 들여다보기

| 문자

마흔이 가까워 오는, 노처녀로 알려져 있지만 사실은 유부남인 한수의 아이를 낳았으며 십 년 이상 그의 곁을 떠나지 않고 있는 인물입니다. H출판사에 입사한 이래 현재까지 십 년째 말석에서 교정 업무를 보고 있으며, 동료들로부터 노골적인 냉대와 멸시를 받고 있지요. 회사 동료들이나 주변 사람들이 보기에 문자는 그저 '죽은 듯이 가만히 있는 사람'일 뿐입니다.

그러나 사실 문자는, 고통을 인내하고 현실의 가혹함을 순순히 받아들임으로써 자신이 좀 더 높은 곳으로 나아간다는 생각을 갖고 있습니다. 높은 곳에 매달려 있는 '신의 등불'과도 같은 존재에 대한 갈망을 바탕으로 주변 사람들의 냉대와 멸시, 가난, 그리고 한수의 이기심을 아무런 저항이나 대결 없이 받아들이고 있는 것이지요. 문자는 그러한 자신의 모습이 마치 세상 사람들을 멋들어지게 속이고 있다고 생각하기도 하고, 한없이 이기적인 모습을 보이는 한수를 더 철저하게 사랑함으로써 완벽하게 복수할 것이라 다짐하기도 합니다.

이러한 문자는 한없이 자신의 내면으로 파고들면서 철저하게 바깥세상과 벽을 쌓고 인내와 극기의 극한에서 정신적 승리를 꿈꾸는 존재로 볼 수 있습니다.

한수

문자와 불륜 관계를 맺고 있는 남자입니다. 아내와 일남 일녀의 자식을 두고 있는 유부남이면서도 십 년 이상 문자와의 관계를 이어가고 있지요. 헌신적으로 자신을 대하는 문자를 지극히 계산적이고 이기적인 태도로 대하며, 종종 그녀에게 매우 냉혹하고 비정한 말을 서슴지 않습니다.

국회 의원의 비서로 있다가 그 국회 의원이 장관이 되면서 한수 역시 광업소 소장이 되어 한동안 물질적인 풍요를 누리게 됩니다. 하지만 이때에도 가난하게 살아가는 문자를 전혀 돕지 않습니다. 그러고는 오히려 정치적 격변(10·26 사태로 인한 계엄령과 권력 교체)을 겪으면서 몰락하게 되자 문자와의 사이에서 낳은 아이를 억지로 데리고 가면서 문자를 자신의 곁에 묶어 두고, 문자에게서 돈을 얻어 갑니다.

이모

부모를 여의고 하나밖에 없는 오빠마저 미국으로 이민을 가 버린 문자에게 남은 유일한 혈육입니다. 작품 속의 묘사로 짐작컨대 꽤 유복한 처지임을 알 수 있지요.

도움을 청할 곳이 마땅치 않은 문자가 한수의 요구를 들어주기 위해 그녀에게 돈을 꾸러 찾아오지요. 하지만 돈을 꾸러 온 문자에게 마치 자신은 아무 돈도 가진 것이 없어서, (실제로는 자기 돈이지만) 가정부가 자신에게 맡긴 돈을 문자에게 빌려 준다는 듯이 말을 하는 등 인색하고 이해타산적인 모습을 보입니다. 그러면서 한수와의 사이에서 낳은 아이에 관한 문제나 문자의 결혼 문제와 관련하여 문자에게 현실적으로 여러 가지 조언을 하지요. 비록 그녀의 조언은 상식과 통념에 비추어 보았을 때 그 나름으로 합리적이라고 할 수 있으나, 문자를 대하는 태도는 유일한 혈육으로서 문자의 처지를 진심으로 걱정하거나 힘껏 도우려는 태도와는 거리가 있다고 할 수 있습니다.

● 작품 Q&A

"선생님, 궁금해요!"

Q 이 작품에 간혹 등장하는 '낙타'의 의미는 무엇인가요?

A 이 작품에는 종종 낙타가 등장합니다. 작품에서 서술자는 문자를 '불사(不死)의 낙타'로 비유하기도 합니다. 또 문자의 내면에서 낙타의 목소리가 나오기도 합니다.

'불사의 낙타'라는 표현에서 알 수 있듯이, 낙타는 사막과도 같은 황폐한 현실을 견디는 존재입니다. 흔히 알려진 바로 낙타는 사막에서 가장 생명력이 강한 존재입니다. 며칠간 먹지 않아도 활동을 할 수 있고, 물은 3일간 마시지 않아도 견딜 수 있지요. 이러한 낙타의 성질처럼 이 작품 속의 '낙타'도 현실의 고통을 탁월한 인내심과 극기로 견디는 존재로서, 삶에 대한 문자의 태도라 할 수 있습니다. 그래서 힘이 들고 고통이 극한에 달하였을 때, 마음 한켠에서 더 이상 버틸 수 없다는 비명이 터져 나올 때, 낙타의 목소리가 흘러나오는 것입니다. 그리고 어김없이 낙타는 '이 고통은 너의 삶에 진정성을 부여하는 것'이라고 하며 문자를 설득하고 다독거립니다.

Q 문자는 이모와의 대화 도중 리비아를 여행하고 온 사람의 글을 떠올리면서 문명의 혜택을 거부하고 더 깊은 사막의 오지로 들어가 나오지 않는 리비아 유목민 이야기를 생각하는데요, 이 이야기는 이 작품에서 왜 인용되고 있는 것일까요?

A 리비아 유목민의 이야기는 이 작품의 주제 의식과 매우 밀접한 관련이 있습니다. 그 주제 의식은 문자의 인생관 혹은 가치관이기도 합니다.

국민 소득이 높은 반면 인구는 적은 문제를 안고 있던 리비아 정부는 다산을 권장하는 한편, 사막의 오지에 사는 유목민들을 도시로 끌어내기 위해 돈과 안락한 생활로 이들을 유혹합니다. 하지만 유목민들은 '신의 길'을 알고 있다며 정부의 말을 듣지 않고 오히려 더 깊은 사막으로 들어가지요. 이 사람들의 이야기는 문자의 삶을 빗대어 표현한 것이라고 봐도 좋습니다.

핵심은 유목민들이 뜨거운 태양과 부족한 물, 그리고 밤에 찾아오는 추위로 대변되는 고통스러운 삶을 스스로 선택하여 살아가고 있다는 점입니다. 그들은 그 고통을 기꺼이 인내하고 감수하며 살아갑니다. 그들이 말하는 '신의 길'이 현실에 존재하는지 아닌지는 단정할 수 없으나, 일단 그 길은 그들의 삶에 의미를 부여하는 영적인 존재 혹은 종교적인 의미로 볼 수 있습니다. 그들은 고통을 인내하며, 그 인내를 통하여 신에 다다르는 삶을 추구하고 있는 셈이지요.

이러한 리비아 유목민의 삶은 문자의 삶과 유사합니다. 문자는 이기적인 한수, 냉담한 주변 사람들, 그녀가 처한 가난과 외로움 등에서 오는 모든 고통을 피하려 하지 않고 인내하고 감수합니다. 그 과정을 통하여 그녀가 추구하는 것은 '먼 그대'에게 다가가는 길입니다. '먼 그대'는 진정한 사랑일 수도 있고, 자아의 충만일 수도 있고, 종교적 절대자일 수도 있을 것입니다. 그것이 무엇이든, 문자는 고통을 통하여 진정한 삶의 의미에 다가서려 하는 태도를 지니고 있습니다. 그래서 그녀의 삶은 편안함과 안전을 멀리하고 오지의 삶을 살아가는 유목민과 닮아 있습니다.

Q 문자가 한수를 대하는 태도는 시간의 흐름에 따라 변해 갑니다. 이 변화는 무엇을 뜻하는 것인가요?

A 한수에 대한 문자의 태도 변화는 한수의 상황 변화와 밀접히 연관되어 있지요.

별 볼 일 없던 한수는, 자신이 모시던 국회 의원이 장관이 되자 광업소 소장이 되어 호화롭고 편안한 삶을 누리게 됩니다. 그러다가 광업소를 그만두고 독립하여 사업을 벌이는데, 그 장관이 정치적으로 몰락함에 따라 사업도 망해 다시 별 볼 일 없는 처지가 됩니다.

문자는 처음부터 끝까지 이런 한수를 사랑합니다. 심지어 한수가 몰락하여 곤란한 처지가 되자 그제야말로 그녀는 자신이 한수를 진심으로 사랑하는 것이 아닌가 하는 생각을 하게 될 정도입니다. 그렇지만 한수를 바라보는 그녀의 태도가 처음부터 끝까지 변함없는 것은 아닙니다.

한수가 모시던 국회의원이 장관이 되기 전, 즉 한수의 처지가 그리 좋지 못할 때 문자는 한수에게 무엇을 요구하거나 바라지 않습니다. 그러다 한수가 광업소 소장이 되고 호강을 누리면서도 전혀 자신을 돌보거나 배려하지 않자, 문자는 한수의 돈, 고급 의복과 구두, 시계 등을 보며 '가슴이 미어'지고 '그녀의 맘속에서는 끝없이 해일(海溢)이 일고, 번개가 치고, 폭풍이 몰아치는 종말 같은 나날이 계속'됩니다. 아무리 자신의 힘든 생활을 말없이 받아들이려 하고, 한수에게 무언가를 바라지 않으려 노력해도, 문자도 인간인 이상 자신을 나 몰라라 하면서 호강을 누리는 그의 모습에 괴로울 수밖에 없는 것이죠. 그처럼 심한 갈등을 겪던 어느 날 문자는 소주 두 병을 마시고 정신을 잃습니다. 이 일을 계기로 그녀 속에서 낙타 한 마리가 일어서 자신의 소리를 내게 되었고, 이후 그녀는 한수가 가진 물질적인 모든 것이 자신과 무관하다고 생각하게 됩니다. 그녀가 이모 앞에서 말했던 '초극'이 실행된 것이라 볼 수 있지요.

그래서 한수를 대하는 문자의 태도는 시간의 흐름에 따라서, '한수의 언행을 인내하고 감수하려는 노력 → 한수에 대한 원망으로 인한 괴로움 → 한수가 가진 모든 것에 대한 초극'으로 그 모습이 달라지는 것입니다.

Q 마지막 장면에서 주인공은 한수를 "진정으로 사랑하는 게 아닐까"라고 생각하면서도, 다른 한편으로는 그를 '높은 곳으로 더 멀어지는 신의 등불'처럼 여기기도 합니다. 모순된 듯이 보이는 이 마음이 잘 이해되지 않아요. 문자의 '사랑'은 어떻게 이해해야 할까요?

A 사랑은 일반적으로 서로를 아끼고 서로에게 끌리는 마음이라고 합니다. 하지만 사랑이라는 감정은 마치 공장에서 나오는 제품처럼 모든 사람이 다 똑같은 모습을 지니는 것은 아닙니다. 그래서 동서고금을 통해 수많은 사람들이 사랑에 대해 다양한 정의와 해석을 내리기도 했습니다.

또, 사랑이라는 감정은 실제에 있어서 하나의 단순한 감정이라기보다는 매우 복합적인 감정인 경우가 많습니다. 대중가요에 흔히 나오는 표현처럼, 사랑하기에 괴롭고, 사랑 때문에 더 외로울 수도 있습니다.

이 작품도 그런 면에서 본다면 서영은이라는 작가가 그려 낸 하나의 사랑, 독특하면서도 개성적인 사랑, 사랑에 대한 서영은 작가 나름의 해석이 담겨 있다고 말할 수 있습니다. 그 사랑의 의미를 문자라는 인물을 통해 보여 주면서 삶의 의미를 조명하고 있는 것이지요.

한수가 광업소장이 되어 부유한 생활을 할 때, 문자는 괴로워합니다. 온갖 풍요를 누리면서도 문자의 어려운 생활을 전혀 돌보지 않는 한수의 이기적인 태도 때문입니다. 하지만 몰락한 한수를 보면서 문자는 "이제야말로 내가 이 사람을 진정으로 사랑하는 게 아닐까" 하는 생각을 합니다. 부와 명예를 잃은 한수가 마땅히 갈 곳도 없고 기댈 곳도 없어지자, 비록 초라해진 모습일망정 온전히 자신 옆에 있게 되었다고 생각한 것일 수 있습니다. 더 이상 풍요롭지 않으므로 한수가 전혀 자신의 어려운 생활을 보살피지 않더라도 혼자만 사치와 향락에 빠지는 것을 바라보지 않아도 되기 때문에 그런 생각이 들었을 수도 있습니다.

동시에 문자가 구해다 준 돈만 받아 챙긴 채 모진 말을 내뱉고 멀어져 가는 한수를 보며, 문자는 멀어져 가는 '신의 등불'을 생각합니다. 한수는 문자에게 고통을 주는 존재이지만, 그 고통은 문자가 신에게 다가가도록(삶의 진정성에 이르도록) 도와주기 때문입니다.

문자는 자신을 모질게 대하고 이기적으로 행동하는 한수를 극진히 대접하고 돌본다는 점에서 분명히 한수를 사랑한다고 말할 수 있습니다. 그러나 한편으로 그녀는 한수라는 사람 자체에 대해 더 이상 아무 기대도 하지 않고, 그가 가진 모든 것에 관심도 두지 않는다는 면에서 그를 사랑하지 않는다고도 말할 수 있습니다. 분명 '일반적'인 사랑의 모습과는 거리가 멀지요.

결국 문자의 사랑은 상대방의 사랑을 전제로 하는 사랑, 상대방의 보답을 바라는 사랑과는 거리가 멉니다. 또한 그녀의 사랑은 현실의 고통스러운 사랑을 통하여 진정한 자아 혹은 신의 뜻에 도달하려는 것이라는 점에서 사랑하는 사람 자체에 얽매인 사랑과도 구별이 됩니다. 문자의 사랑은 상대방이 그녀를 어떻게 대하든 자신의 사랑에 충실함으로써, 사랑의 고통마저 껴안고 자신의 삶으로 받아들임으로써 더 높은 사랑, 더 높은 뜻에 도달하려는 사랑이라 말할 수 있습니다.

쉽게 이해가 가지 않는 사랑이지요? 그게 무슨 사랑이냐는 생각도 들지요? 하지만 한편으로는 이런 사랑을 하는 문자라는 인물이 우리에게 많은 것을 생각하게 하지 않나요?

Q 이 작품의 주인공인 문자의 심리 혹은 내면을 어떻게 이해해야 할까요? 사람들의 일반적인 상식 혹은 합리적인 사고와는 거리가 멀다는 생각이 들거든요.

A 네, 일리 있는 지적입니다. 사실 이 작품에 나오는 문자라는 인물은 이해하기 쉽지 않은 면이 많습니다. 또 이해를 하더라도 이 인물이 지닌 가치관이랄까 인생관을 과연 어떻게 바라보아야 할 것이냐에 관해 논란이 있을 수 있습니다.

먼저 문자의 심리 혹은 내면의 상태를 살펴보지요. 문자는 가난하고, 나이 먹은 노처녀이며, 출판사에서 별 다른 전망 없이 말단으로 십 년째 일하고 있고, 가정이 있는 남자를 사랑하고 있습니다. 그녀가 놓인 객관적 상황은 한마디로 열악하고 가혹하다 말할 수 있습니다.

그런데 이것은 어디까지나 '객관적' 상황일 뿐입니다. 이 객관적 상황을 받아들이는 그녀의 '주관'은 전혀 뜻밖으로 움직입니다. 그녀는 자신이 겪는 고난과 시련, 그리고 고통을 혐오하거나 두려워하는 것이 아니라 기꺼이 받아들입니다. 단지 인내하는 정도가 아니라, 인내와 감수를 통하여 자신의 삶이 더 큰 의미를 가지게 된다고 생각합니다. 고통을 겪을수록 그녀가 지향하는 '더 높은 곳'에 다가간다고 생각하니까요.

이러한 태도나 가치관은 세상과 자아를 전혀 별개의 것으로 구분하고, 철저하게 자신의 내면과 세상 사이에 담을 쌓으며, 오직 모든 진정한 의미와 가치를 자신의 내면에서만 찾는 것이라 할 수 있습니다. 환경과 영향을 주고받고 자신이 선호하는 환경을 만들기 위해 수많은 노력을 기울이는 일반적인 삶의 방식과는 매우 다른 것이지요.

이처럼 독특한 문자의 내면 혹은 인생관을 어떻게 볼 것이냐는 전적으로 독자의 가치관에 달려 있습니다. 견디기 힘든 고통 속에서도 굳건히 자신을 지켜나가는 그녀를 인격적으로 굉장히 성숙한 존재로 볼 수도 있고, 고통을 겪을수록 존재의 의미가 빛이 난다고 여기는 문자의 생각이 비현실적이며, 현실과 맞서는 것을 교묘하게 회피하는 패배주의라고 비판할 수도 있을 겁니다. 자아와 세계의 관계를 어떻게 보느냐, 인간이 현실의 고난을 향하여 어떤 태도를 취하는 것이 옳으냐에 대한 기준에 따라 문자의 삶에 대한 평가도 다양할 수 있다고 봅니다.

사막을 건너는 법

우리는 걸핏하면 '죽겠다'라고 합니다. 배고파도 죽겠다고 하고, 배가 불러도 죽겠다고 하지요. 하지만 우리 주위를 둘러보면 어떻습니까? 사람들은 살기 위해 기를 쓰고 있지 않나요? 과연 사람은 무엇으로 살까요? 톨스토이는 〈사람은 무엇으로 사는가〉에서 '사랑'을 그 답으로 제시했습니다. 여러분은 어떤가요? 우린 무엇을 보며 안개처럼 손에 잡히지도 않고 그 속에 무엇이 존재하는지도 분명하게 보이지 않는 삶을 살아가는 것일까요?

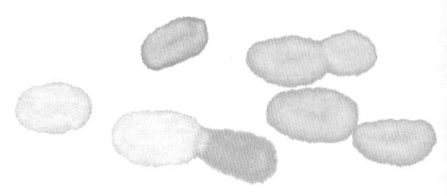

　바깥 공터에서는 아이들의 떠드는 소리가 간간이 들려온다. 방 안은 꽉 닫힌 밀실 안처럼 한껏 조용하다. 파리 한 마리가 아까부터 유리창 주위를 맴돌며 빠져나갈 틈을 찾고 있다. 이윽고 나는 장의자에 앉아 있는 윤나미(尹娜美)에게로 시선을 옮겼다.
　"자, 이젠 그만 돌아가지."
　그녀는 숙이고 있던 고개를 들어 나를 힐끔 쳐다보더니 도로 떨어뜨리며 결연하게 뇌까렸다.
　"싫어. 이유를 알 때까진 절대로 가지 않을 테야."
　나는 문득 그녀의 결연한 목소리가 지금까지 우리 사이에 가로놓여 있던 침묵보다 더 견디기 어려운 것처럼 느껴졌다.
　"도대체 아까부터 자꾸 무슨 이유를 말하라는 거야."

밀실(密室) 남이 함부로 출입하지 못하게 하여 비밀로 쓰는 방.
장의자(長椅子) 긴 의자
결연하다(抉然--) 마음가짐이나 행동에 있어 태도가 움직일 수 없을 만큼 확고하다.

"마치 여태까지 내가 말한 것들을 하나도 듣지 않은 말투로 군."

나는 다시 할 말이 없어진 채 마지막 하나 남은 담배를 뽑아 물고 빈 껍질을 구겨서 방바닥에 내던졌다.

"그날 자기는 다방에서 전투하던 얘기를 내게 해 준 것을 몹시 후회하는 눈치였어. 그래, 극장에 가려고 다방을 나왔을 때, 갑자기 내 손을 뿌리치고 달아나는 그 눈초리에서 나는 그걸 느꼈어. 사실 나를 경원한다는 점에선 그 일이 처음은 아니었지. 월남에 갔다 온 뒤로부턴 사뭇 딴사람이 된 듯싶었으니까. 단지 나를 대하는 태도에 있어서만 아니라, 인생 전부를 포기하는 듯한 태도랄까? 나는 그 이유를 알고 싶은 거야. 기다려 봤지. 자기 스스로 내게 말해 주든가, 아니면 어느 날 갑자기 그 낯설어 하는 표정을 버리고 옛날처럼 친근한 미소로 내 앞에 서 주기를. 하지만 이젠 더 이상 기다릴 수만 없어졌어. 이대로 나가다간 우리 사인 끝장이 나고 말아. 또 자기는 어렵게 등단한 화단(畫壇)에서의 주목마저 잃게 될 거야. 그때는 이미 후회해도 소용없어."

나는 그녀의 자근자근 계속되는 말을 쭉 귀담아듣고는 있었으나 끝내 아무것도 가슴에 와닿는 것이 없었다. 그러니 날더러

경원하다(敬遠--) 겉으로는 가까운 체하면서 실제로는 멀리하고 꺼림칙하게 여기다.
등단(登壇) 어떤 사회적 분야에 처음으로 등장함.
화단(畫壇) 화가들의 사회.

어쩌란 말이야? 내 시선은 아마도 이렇게 묻고 있었는지 모른다. 나미는 무엇엔가 쿡 찔린 듯한 눈초리로 나를 한참이나 천착하더니 입술을 지그시 깨물며 내 곁으로 다가왔다. 나는 그녀의 촛가락처럼 긴 손이 내 손을 꽉 잡는 것을 지켜보았다. 약지 손가락엔 반 돈짜리 금반지가 끼어져 있었다. 그것은 내가 군에 입대하기 전날 밤, 어느 다방에서 끼워 준 것이었다. 그때 우리는 똑같이 졸업을 일 년 남겨 두고 있었다.

"우선 무엇보다 먼저 그런 눈빛을 고쳐야 해. 그리고 둘째론 무언가를 좀 해 보란 말이야. 공부를 마저 마치든가, 작품 활동을 계속하든가, 아니면 하다못해 취직이라도 해서 아침마다 만원 버스에 시달려 보기라도 하란 말이야. 그러면 뒤죽박죽이 된 머릿속도 어지간히 질서를 잡게 될지도 모르니까."

이번엔 아무 소리도 귀담아 듣지 않았다. 나는 무심코 반지를 빼서 내 새끼손가락에 끼어 보았다. 매듭에 걸려 더 이상 들어가지 않는다. 도로 빼서 그녀의 손가락에 끼워 주자니 갑자기 한 옥타브 축 가라앉은 목소리가 내 주의를 환기시킨다.

"생각나? 이 반지를 내게 끼워 주면서 하던 말을. 이건 내가 돌아올 때까지 다른 남자랑 말도 하지 말고 보지도 말고 웃지도 말라는 약속으로 주는 거야, 라고 했지."

천착(穿鑿) 어떤 원인이나 내용 따위를 따지고 파고들어 알려고 하거나 연구함.
환기(喚起) 생각을 불러일으킴.

하지만 나는 그녀 얘기 속의 나와 지금의 내가 전혀 아무런 연관도 없는 것같이 느껴진다.

"다시 한 번 그런 말을 내게 들려준다면······. 그래, 난 바로 그 소리가 듣고 싶은 거야. 그러면 무슨 일이 있더라도 참고 기다릴 수 있어. 하지만 이대로는 안 돼, 돌아갈 수 없어."

불현듯 목메인 소리에 내 말문은 더욱 꽉 막히는 성싶다. 나는 나미의 간절한 시선을 피해 자리를 박차고 일어나 침대로 와서 벌렁 나자빠졌다.

나미는 굳어진 얼굴로 한참 동안 책상 위에 이마를 맞대고 있더니만 이윽고 손으로 입을 가린 채 밖으로 뛰쳐나갔다. 나는 이내 내가 너무했나 싶어 따라 나가려다 그만두었다. 지금 다시 그녀가 같은 걸 요구해 와도 나는 역시 아무 해답도 줄 수 없기에. 창밖으로 내다보니 그녀는 필시 울면서 대문을 뛰어나감이 분명했다. 나는 창문을 열고 아래층을 향해 막내 동생을 불러 담배를 사 오게 했다. 힐끔 이쪽을 쳐다보고 도로 집 안으로 사라지는 동생의 얼굴에서 나는 식구들이 나를 지겹게 여기고 있음을 읽어 냈다. 어쩌면 그게 당연한지도 모른다. 벌써 일 년이 가까워 오니까.

처음 제대증을 휴대하고 배가 부산항에 닿을 때까지도 몰랐다. 보고 싶고 그리운 얼굴들이 눈앞을 스쳐갔다. 꿈도, 낭만도, 일도, 야심도, 다 내 손아귀에 그대로 쥐어져 있는 듯했다. 그런데 기차 속에서 짐 보따리를 옆에 낀 채 입을 벌리고 자는 아낙

네, 남의 눈을 피해 몰래 희롱하고 있는 남녀, 껌을 찍찍 씹으며 신문을 들여다보고 있는 중년 남자들을 보았을 때 뭔가 크게 어긋난 기분이었다. 그 기분은 서울역에서 내려 점점 낯익은 풍경 속으로 미끄러져 들어가면서 오히려 반대로 머나먼 낯선 땅으로 뒷걸음질쳐 가는 성싶었다. 나는 집에 도착한 그 첫 순간에 베일에 가린 듯이 모든 사물, 모든 사람들로부터 차단된 나 자신을 느꼈다. 집에서 맞는 제일 첫날 아침을 나는 이상한 비현실감 속에서 맞았다. '이런 전선에서 두부 장수 종소리, TV에서 흘러나오는 노랫소리, 수돗물이 넘치는 소리가 웬일일까?'라고 중얼거리며 주위를 둘러보았던 것이다. '이런 전선에서'란 느낌은 그 순간 어떤 긴박한 위기에 대처한 생생한 의지였다.

 그것은 아직도 내 몸에 밴 전쟁 냄새였다. 그런데 두부 장수 종소리, 유행가 소리 따위를 의식했을 때 나는 뭔가 맥이 탁 풀리는 성싶었다. 나의 안에 있는 긴박감에 비해서 밖은 너무도 무의미하고 태평스럽고 어쩌면 패덕스럽기까지 했다. 나미도, 학교 공부도, 또 나로부터 그토록 수많은 밤을 앗아 갔던 아틀리에도 예외일 수는 없었다. 나는 그것들과의 관계를 다시 시작

❈ 점점 낯익은 풍경 속으로 ~ 뒷걸음질쳐 가는 성싶었다 '나'가 귀국 후에 보게 된 한국의 모습은 너무나 그리워하던 낯익은 풍경이지만, 바로 얼마전까지 '나'가 속해 있었던 전쟁터와는 전혀 다른 그러한 일상의 풍경이 오히려 더 낯설게만 느껴지는 '나'의 심리가 드러나 있다.
전선(戰線) 전쟁에서 직접 전투가 벌어지는 지역.
패덕(悖德) 도덕이나 의리 또는 올바른 도리에 어긋남.
아틀리에(atelier) '화실'을 뜻하는 프랑스 어.

할 하등의 흥미도 관심도 없었다. 나날이 권태스럽고 짜증스럽기만 했다. 이따금 나는 내 안의 긴장에 대해서, 적어도 숨김없는 그 진실에 대해서 누군가에게 말하려 애써 보았다. 그러나 이해하는 사람은 아무도 없었다.

그렇다. 이제 생각이 난다. 며칠 전 다방에서의 일이. 실내엔 담배 연기가 꽉 차 있고 선정적인 허스키로 어떤 여자가 느린 곡조로 노래를 들려주고 있었다. 어쩌다가 내가 나미에게 그 얘기를 들려주려고 했는지 알 수가 없다. 나는 다음과 같이 그 얘기를 시작했다.

나는 D고지에서 전투 중인 ○○연대 근처까지 물을 실어다 주라는 명령을 받았어. 음료수가 떨어져서 전 연대원이 전투는 고사하고 타는 듯한 갈증과 싸우고 있다는 소식이었어. T에서 거기까진 팔십 킬로미터 거리였지. 나와 한 병장은 밤중에 급수차를 몰아 T를 떠났어. 한 치 앞도 가릴 수 없는 어둠과 정적. 목 쉰 듯한 엔진 소리는 어둠과 정적의 벽에 부딪혀 바로 우리의 귓가에서 부서지고, 부챗살 모양으로 어둠이 지워진 헤드라이트의 반경 속에선 사물이 극도로 정밀해져 마치 입체 영화에서처럼 눈 속으로 뛰어들었지. 그 정밀함이란 길바닥에 뒹구는 돌에 묻은 티, 풀포기에 매달려 잠자는 벌레 따위의 미세한 것들까지도 죄다 눈에 잡히는 듯했어. 나는 온갖 사물들이 바로 내

하등(何等) (주로 '하등의'의 꼴로 쓰여) '아무런', '아무' 또는 '얼마만큼'의 뜻을 나타내는 말.

심장에 맞닿아 있는 듯한 그런 느낌을 이전엔 한 번도 가져 보지 못했어. 이따금씩 여우나 늑대 따위들이 길을 횡단하여 쏜살같이 사라지곤 했어. 어둠 속에서 한가로이 떠돌던 나방이 떼들은 갑작스러운 불빛에 방향 감각을 잃고 윈도에 머리를 부딪혀 빗방울처럼 떨어져 죽고. 그때 내 얼굴은 순수한 감동과 끝없는 호기심으로 소년처럼 앳되어 보였을 것으로 생각돼. 나는 운전을 하고 있는 한 병장의 팔을 건드리며 윈도를 가리켰지. 그러나 그는 겁에 질려 해쓱한 표정으로 나를 힐끔 곁눈질했을 뿐이야. 그렇지, 혈관 속을 움직이는 피의 선회마저 느낄 듯한 이 비상한 감각, 그리고 심연에서 샘처럼 솟아오르는 넘칠 듯한 생동감이 없이는 저 유리창에 부딪혀 죽는 나방이 따위야 아무것도 신기할 것이 없지, 라고 생각하며 나는 혼자서 빙긋 웃었어. 한 병장이 다시 얼굴을 힐끔 돌리며 잡아늘이는 듯한 목소리로 말했어. "차 일병은 무섭지 않나?" "아뇨, 전연." "대단하군. 여기선 적이 언제 어디서라도 나타날 수 있지." "저는 적보다 진정으로 무서운 건 무감각이라고 깨달았습니다." "나는 제대하면 곧장 결혼할 거야." "언젭니까, 제대가?" "석 달 남았지." "저는 지금까지 마치 꿈을 꾸다가 깨어난 것 같아요. 이곳에 온 뒤론 바로 생명의 한가운데를 관통하는 느낌입니다." 그런데 중간에

선회(旋回) 둘레를 빙글빙글 돎.
심연(深淵) 깊은 못(연못).
관통하다(貫通--) 꿰뚫어서 통하다.

서 엔진이 고장 났지. 몇 시간 지체하고 나니 벌써 동이 트더군. 이제부터 정말 위험이 시작된 것이라 싶더군. 왜냐하면 적의 정찰 비행에 발견되면 공중 사격을 받을 우려가 있는 데다 불볕 같은 폭염이 사정없이 쏟아져 그도 또한 견디기 어렵기 때문이야. 우리가 전속력으로 달려 목적지를 팔 킬로미터 남겼을 땐 해가 중천에 와 있었어. 그때 어디선가 비행기 소리가 가까워지는 듯했을 때, 난데없는 포화가 지축˚을 울리는 듯한 굉음˚과 더불어 우리의 진로 앞쪽에서 불꽃을 터뜨렸어. 나는 눈앞이 아찔한 가운데서도 핸들을 잡고 있는 손아귀에 힘이 팽팽함을 느꼈어. 계속 달렸지. 이제는 기총˚ 사격이 시작된 모양이었어. 사방에서 섬광˚과 같은 불꽃과 탄피가 터지는 소리가 눈과 귀를 얼얼하게 했어. 그때 내 맘속엔 자신의 생명 이외에도 물을 기다리는 수천의 생명들에 대한 비장한 의지가 단단한 바위처럼 뭉쳐 있었어. 물탱크에 총알이 맞은 모양이었어. 물 쏟아지는 소리가 쏴 하고 들려왔을 때 눈에 불이 켜지는가 싶더군. 또 다음 순간엔 바로 눈앞에서 섬광이 번쩍 스쳐간다고 생각했을 때 윈도가 박살나는 소리가 들렸어. 그와 동시에 옆에 앉은 한 병장의 몸이 내 쪽으로 픽 쓰러지며 나 자신도 오른쪽 팔이 무엇엔가 쿡

지축(地軸) 1. 지구의 자전축. 2. 대지의 중심.
굉음(轟音) 몹시 요란한 소리.
기총(機銃) '기관총'의 준말.
섬광(閃光) 순간적으로 강렬히 번쩍이는 빛.

찔리는 성싶었어. 옷 위로 피가 푹 솟는 것이 보이더군. 핸들을 여전히 움직이며 한 병장의 몸을 몸으로 밀었더니 맥없이 앞으로 쿡 고꾸라졌어. 발밑엔 피가 흥건했지. 내 팔에서도 피가 쉴 새 없이 흘러나와 순식간에 핸들을 쥐고 있는 손이 피투성이로 변했어. 통증이 비로소 느껴졌어. 의지와 욕망과 그 밖의 모든 것이 자꾸 그 통증 속으로 휘말려 들어가는 성싶었어. 이제 다 왔다, 조금만 더 달리라고 자신을 향한 소리를 목이 터져라 외쳤지. 그러나 오른쪽 팔은 점점 마비되어 제대로 움직여지지 않았어. 차를 멈추고 윗옷을 찢어 오른손과 핸들을 비끄러맸지. 그리고 다시 달렸어. 저만큼 앞에 있는 나뭇가지 사이로 아군의 보초 막사가 보인다고 느낀 순간 나는 정신을 잃었어.

나는 당시의 긴장이 실제로 되살아나는 듯 온몸이 팽팽하게 부풀어 오름을 느꼈다. 그때,

"아아, 훈장은 그래서 타게 된 거로구나!"

갑자기 플래시를 들이대는 듯한 나미의 낭랑한 음성에 나는 얼떨떨했다.

"그럼 자긴 베트콩˙을 한 사람도 못 죽여 봤어?"

하얀 꽃무늬 드레스를 입고 마스카라를 칠한 눈으로 나를 말똥말똥 지켜보는 그녀가 그때처럼 낯설어 보인 적은 없었다.

비끄러매다 줄이나 끈 따위로 서로 떨어지지 못하게 붙잡아 매다.
베트콩 베트남의 공산주의 군사 조직이라는 뜻으로, '남베트남 민족 해방 전선'을 일상적으로 이르는 말.

결국 내가 한 얘기 속에 담겨 있는 의미는 그녀에겐 하나도 전달되지 않았다. 피비린내 나는 차 속도, 죽어 넘어진 전우도, 작렬하는 포화 소리도 그녀에겐 모두 활자화된 이야기 정도로 밖에 들리지 않았던 것이다. 나는 지극히 불쾌해서 다탁 위에 놓인 담배와 성냥을 집어 들었다.

"극장엔 좀 더 있다 가도 되잖아?"

대답 없이 내가 먼저 밖으로 나오자 나미도 곧 뒤따라 나와서 내 팔짱을 끼었다. 나는 와락 솟구치는 역겨움을 참지 못해 그녀의 손을 홱 뿌리치고 뒤도 돌아보지 않은 채 마구 뛰었다. 이 것이 그날에 일어난 일이었다.

나는 지금 여러 가지 잡동사니 — 한 폭의 낡은 풍경화·시계·전기스탠드·가족사진·군용 플래시·트랜지스터 등 — 가운데 놓여 있는 을지 무공 훈장을 바라보고 있다. 한낱 작은 그 쇠붙이 조각을.

나는 의자를 북쪽 창 앞으로 끌어갔다. 여기에선 약 사백 평가량 되는 공터가 내다보인다. 주택가 가운데 자리잡은 공터가 다 그렇듯이 이 땅도 과히 깨끗하진 못하다. 그래도 나는 우리

작렬하다(灼裂--) 포탄 따위가 터져서 쫙 퍼지다.
다탁(茶卓) 차를 마시는 탁자.
트랜지스터(transistor) 트랜지스터라디오(트랜지스터를 사용한 라디오 수신기).
을지 무공 훈장(乙支武功勳章) 무공을 세운 사람에게 주는 훈장의 일종.

집 앞뜰과 그 너머 아스팔트 길이 내다보이는 남쪽 창보다 이곳에서 대부분의 시간을 보낸다.

며칠 사이 비가 내린 탓인지 공터엔 물이 흥건히 고여 있다. 비가 오지 않더라도 움푹 패인 웅덩이엔 늘 물이 고여 있어 잡초의 온상˙이 되어 있는 터지만. 거기다 사람들이 쓰레기를 갖다 버려서 연탄재·구들장˙ 깨어진 것·병·깡통·헝겊 조각 같은 것들이 더러는 물속에 잠겨서, 혹은 진흙투성이로 뒹굴고 있다. 도톰하게 지면이 올라와 물이 고여 있지 않은 쪽에선 동네 아이들이 공을 따라 이리저리 뛰어다니고, 단발머리 여학생 둘이 자전거를 배우느라 쩔뚝거리고 있다. 그 한쪽 편엔 때가 시커멓게 찌들은 비치파라솔 한 개가 어설프게 펼쳐져 있다. 흰 바탕에 붉은 빛깔로 씌어진 코카콜라란 영어 글씨가 아직도 선연하게˙ 보인다. 그 밑에 궤짝 한 개를 엎어 놓고 뽑기 과자라는 것을 만들어 파는 노인이 있다. 노인의 단골은 지금 광장에서 공차기를 하고 있는 조무래기들이다. 그들이 십 원짜리 동전 하나를 내밀면 설탕에 소다를 섞어 만든 과자 두 개가 주어진다. 지금 파라솔 밑은 비어 있다. 손님도 주인도 없다.

물웅덩이 있는 곳으로 다시 시선을 옮겨 간 나는 그곳에서 노

온상(溫床) 1. 인공적으로 따뜻하게 하여 식물을 기르는 설비. 2. 어떤 현상이나 사상, 세력 따위가 자라나는 바탕을 비유적으로 이르는 말. 여기에서는 2의 뜻으로 쓰임.
구들장 방고래 위에 깔아 방바닥을 만드는 얇고 넓은 돌.
선연하다(鮮然--) 실제로 보는 것같이 생생하다.

인의 모습을 발견했다. 작달막한 키에 고등학교 학생들처럼 박박 깎은 머리 — 하얗게 세어 온통 은빛이다 — 가 눈에 익다. 그는 오늘도 여전히 검은 바지에 국방색 점퍼 차림이다. 한데 노인은 저기서 뭘 하고 있는 겔까. 늘 데리고 다니는 누렁개의 목줄을 잡아끌고 쓰레기와 물웅덩이 속을 헤치며 무엇인가 찾고 있다. 그 표정이 썩 진지하고 골똘한 것을 보면 필시 뭔가 아주 중요한 것을 거기에서 잃어버린 게 분명해 보인다. 늙은 개는 얼굴을 땅에 떨어뜨리고 이따금씩 킁킁 냄새를 맡으며 따라다니는가 하면, 노인은 꼬챙이로 물웅덩이와 쓰레깃더미 위를 흩뜨리며 한 발짝 한 발짝 신중하게 옮겨 가고 있다. 마침 뉘엿뉘엿 넘어가는 빛바랜 저녁 햇살은 그들의 행위에 어떤 긴박감마저 보태 주는 성싶다. 나는 느닷없이 그 광경이 불러일으키는 숙연함 속으로 휩쓸려 들어감을 느꼈다. 나는 계속 눈을 떼지 않고 지켜보았다. 얼마나 지났을까? 건너편에 늘어선 집들 가운데서 웬 아이 하나가 달려나와 소리쳤다.

"할아버지, 뽑기 해 주세요."

노인이 찾는 데 열중하여 듣지 못하자 소년은 그쪽으로 몇 걸음 나아가 약간 짜증 섞인 음성으로 다시 소리를 질렀다.

"할아버지, 뽑기요!"

"응, 그래, 알았다."

그제야 고객을 향해 돌아서는 노인의 얼굴엔 허탈한 실망의 그림자가 먹물처럼 드리워져 있다. 그 그림자는 얼굴뿐만 아니라 그의 온 전신을 감싸고 있어 아까 웅덩이 속을 찾아다닐 때와는 달리 짙은 비애마저 느끼게 한다. 이윽고 개와 소년과 노인은 한꺼번에 포장 안으로 사라졌다.

나는 뻣뻣해진 목을 좌우로 움직여 보며 새 담배를 갈아 물었다. 좀 어처구니없는 느낌이 치밀어 올랐다. 그까짓 뭐 그리 대수로운 광경이기에 그토록 오래 정신을 앗기고 지켜보았단 말인가. 나 스스로도 믿어지지 않는다. 한데 소년이 돌아가자 노인은 다시 개를 이끌고 아까의 그 장소로 되돌아가는 게 아닌가. 나는 의식적으로 보지 않으려고 시선을 딴 데로 돌렸으나 이내 다시 노인의 모습을 뒤쫓고 말았다. 뭔가 강한 지남철에 이끌리듯이. 담배를 석 대나 갈아 무는 동안 미처 깨닫지 못한 의식이 자리를 잡고 드러나기 시작했다. 그것은 노인이 무엇인가를 열심히 찾는다는 그 일 자체가 나의 무기력에 대한 도전같이 여겨진다는 점이다. 그 의식이 점점 뚜렷해지면 질수록 알 수 없는 분노가 서서히 끓어오르기 시작했다. 나는 이를 악물고 아래층 내 아틀리에로 내려갔다.

자물쇠에 키를 끼우는 내 손길은 부르르 떨리는 성싶었다. 습한 곰팡내가 쿡 쏘는 듯이 코를 찔렀다. 나는 한동안 문에 기대

지남철(指南鐵) 자석.
✤ 그 의식이 점점 뚜렷해지면 ~ 서서히 끓어오르기 시작했다 전쟁의 상처로 인해 무기력한 삶을 살고 있는 '나'에게 웅덩이에서 무언가를 열심히 찾는 노인의 집념이 하나의 도전처럼 느껴지면서 '나'의 화를 불러일으키고 있다.

어 실내의 한 점을 노려보고 서 있었다. 그러다 마치 오랫동안 불능이던 성을 히스테릭하게 도발시킨 사람처럼 성급하게 캔버스 앞에 앉았다. 그러나 그뿐, 거기서 뭔가 꽉 막힌 기분이었다. 무언가 내 속에서 다시 돌이킬 수 없을 만큼 부서진 게 분명했음에도 노인의 진지한 얼굴을, 그 숙연한 분위기를 나는 내 마음에 접목시키려고 애썼다…….

어느 사이 하얗던 캔버스가 어둠에 잦아들어 전혀 보이지 않는다. 나는 몸을 일으켰다. 축축하게 내배인 땀이 옷에 감기는 것이 느껴졌다. 뻣뻣해진 다리를 이끌고 벽까지 걸어가 손으로 더듬어 스위치를 올렸다. 찰깍 하는 소리와 더불어 나는 또 한 번 방에 들어온 듯한 착각에 사로잡혔다. 사물들이 한 발짝 더욱 멀리 뒤로 물러나 있는 것을 나는 메마른 시선으로 훑어보았다. 텅 빈 캔버스, 그 곁에 놓인 테이블 — 그 위엔 여러 가지 붓, 채색을 혼합하는 데 쓰이는 작은 접시들이 먼지를 뿌옇게 뒤집어쓴 채 널려 있다 — 벽에 기대어져 있는 그림들, 석고로 된 비너스의 흉상과 L교수의 흉상, 내 시선은 여기에 머물자 못 박힌 듯 움직이지 않았다. 이 작품은 내가 대학 2학년 때 제작한 것으로 모델은 L교수였다.

히스테릭하다 발작적으로 흥분하는 상태이다. 여기에서는 '신경질적이다' 정도의 의미로 쓰임.
도발(挑發) 남을 집적거려 일이 일어나게 함.
접목(椄木/接木) 1. 나무를 접붙임. 또는 그 나무. 2. 둘 이상의 다른 형상 따위를 알맞게 조화하게 함을 비유적으로 이르는 말. 여기에서는 2의 뜻으로 쓰임.
흉상(胸像) 사람의 모습을 가슴까지만 표현한 그림이나 조각.

그가 어느 날 갑자기 우리들의 각광*을 받게 된 것은 교수와 학생 사이에 일주일에 한 번씩 벌어지는 토론회에서 발언한 말 한마디 때문이었다.

"나는 예수가 감리교*인이 아니라는 사실을 알았을 때, 또 한국인은 더더욱이 아니라는 사실을 알았을 때 매우 큰 충격을 받았소."

이 말은 그 즉시 토의실 밖으로 새어나가 커다란 물의*를 일으켰다. 원칙적으로 신앙의 자유가 주어져 있는 학생들 사이에선 열광적 찬사를 획득했으나, 감리교파로 구성된 재단 측, 더욱이 그로부터 천거*를 받은 교수들로부터는 대단한 반발이 일어났다. 이사장은 어느 날 자기의 방으로 L교수를 불렀더란다. 나이는 L교수보다 다섯 살이나 젊고, 시내에서 10층 이상 되는 호텔을 두 개나 가지고 있는 독실한 감리교 신자였더란다. L교수는 발목이 푹푹 빠지는 성싶은 녹색 융단 위를 십 미터 가량 걸어가 전화를 받고 있는 이사장 앞에 섰더란다. 이사장의 전화는 십 분이나 더 계속되었더란다. 이윽고 수화기를 내려놓자마자 단도직입*적으로 그는 말했더란다. "우리는 학생들이 통탄할* 만

각광(脚光) 사회적 관심이나 흥미.
감리교(監理敎) 기독교 신교의 한 교파.
물의(物議) (대개 부정적인 뜻으로 쓰여) 어떤 사람 또는 단체의 처사에 대하여 많은 사람이 이러쿵저러쿵 논평하는 상태.
천거(薦擧) 어떤 일을 맡아 할 수 있는 사람을 그 자리에 쓰도록 소개하거나 추천함.
단도직입(單刀直入) 여러 말을 늘어놓지 아니하고 바로 요점이나 본 문제를 말함.
통탄하다(痛歎--/痛嘆--) 몹시 탄식하다.

한 말세적˙ 무신론˙에 물들기를 원하지 않소. 선생은 이제부터 기독교 철학을 가르쳐야 한다는 것을 명심하시오." 이에 L교수는 대답했더란다. "네, 이사장님, 박 교수(이사장의 동생)가 자기 과목을 기독교 물리학이라 부른다면 저도 제 과목을 기독교 철학이라 부르겠습니다.˙" 우리 클래스가 최초로 가진 그의 시간 중이었다. 1미터 60에도 미칠까 말까 한 키에 홀쭉한 몸매의, 나이보다 훨씬 겉늙어 보이는 남자가 정시에 강의실 문으로 들어섰다. 그는 교탁 위에 노트를 펼쳐 놓기 무섭게 팔짱을 끼고 창가로 갔다. 우리는 한참 동안 그의 등판을 바라보고 있어야 했다. 이윽고 졸음을 잔뜩 실은 듯한 목소리가 우리를 향해 날아왔다. "김○○ 군, 자네 한번 말해 보겠나? 두 마리의 황소가 이끄는 마차에 있어서 가장 중요한 것은 무엇인지." 김은 어리둥절한 눈으로 클래스를 둘러보고 나서 대답했다. "황소입니다, 선생님." "맞는가요? 최○○ 군?" "저는 바퀴라고 생각합니다." 최가 자신 있는 어조로 대답했다. "맞는가요? 송○○ 군?" 열 명의 학생들이 틀린 대답을 한 후에 L교수는 비로소 우리를 향해 돌아섰다. 노리끼한 얼굴, 작은 두 눈엔 병적인 호기심과 번뜩이는 해학이 가득차 있었다. "내 생각엔 다들 틀린 것 같군. 그

말세적(末世的) 정치, 도덕, 풍속 따위가 아주 쇠퇴하여 끝판이 다 된.
무신론(無神論) 신이 없다고 보는 사상이나 관점.
✤ 박 교수(이사장의 동생)가 자기 과목을 ~ 기독교 철학이라 부르겠습니다 철학을 가르치는 사람에게 기독교 철학을 가르치라고 말하는 것이 부당함을 말하기 위해, 물리학을 가르치는 사람이 기독교 물리학을 가르치겠다고 말하면 자신도 그렇게 하겠다는 항변이다.

것은 우마차에 대한 개념, 즉 청사진입니다. 청사진이 만들어진 연후라면 어떤 다리이든 수레를 끌 수 있는 것입니다. 여러분은 대개 자기의 마음을 사물을 저장해 두는 창고로밖에 사용하지 않는 듯합니다. 그런 것은 생각하는 것이 아닙니다. 철학은 생각하는 것입니다. 그것은 과학과 종교 사이에 놓인 다리입니다. 또한 각자가 자기 자신에 대해서 탐구하는 학문입니다. 그것은 아름다움을 사랑하는 감정이요, 올바른 덕을 쌓기 위한 훈련입니다. 그리고 무엇보다 중요한 것은 진리를 탐구하는 것입니다." 그는 여기서 잠시 말을 중단하고 익살스러운 미소를 지었다. "제군들, 이제 마음이 좀 동요되었나?" 우리가 잠시 후 웃음을 거두자 그는 말을 계속했다. "이제 몇 달이 걸리든 우리 한번 씨를 뿌려 봅시다. 그러면 언젠가는 수확이 걷힐 테니까."

이 첫 시간은 나에게 잊을 수 없는 인상을 뿌리박아 놓았다. 나는 아직도 그를 존경하는 것으로 믿고 있다. 그런데 그 흉상을 본 순간 뭔가 참을 수 없는 거짓을 발견한 듯한 느낌에 사로잡혔다. 저것은 가짜다, 진짜가 아니다, 헛된 기교이며 조작이다.* 그런데 이 느낌이 어디에서 비롯된 것인지 나는 확실히 알 수가 없다. 흉상을 만든 나의 과장된 리얼리즘적 수법에서 기인

청사진(靑寫眞) 1. 청색 사진 2. 미래에 대한 희망적인 계획이나 구상. 미래상. 여기에서는 2의 뜻으로 쓰임.

✽ 그 흉상을 본 순간 ~ 헛된 기교이며 조작이다 흉상은 '나'가 전쟁터에 다녀오기 전에 만든 것이다. '나'는 전쟁에 참여하기 전에 자신이 했던 일 모두를 허위이거나 무의미한 것으로 느끼고 있으므로, 흉상을 보고 '가짜', '헛된 기교', '조작'이라고 하는 것이다.

한 것인지, 아니면 그러한 수법으로 형상화되기 이전의 실제 인물 그 자체에서 오는 것인지, 어쩌면 이 두 가지 다 그렇게 상관이 없는지도 모른다. 보다 절대적이고 근본적인 원인은 나 자신 속에 있으니까.

나는 불쾌해서 더 이상 그것을 바라볼 수 없게 되자, 옆에 놓인 쇠 의자를 집어 들어 그것을 향해 힘껏 내던졌다. 그리고 화실 밖으로 나왔다.

아까부터 나는 창 옆에서 노인이 나타나기를 기다리는 터이다. 오늘도 그가 그토록 진지한 얼굴로 잃어버린 물건을 계속 찾을 것인지. 대체로 그렇지 못할 것이라고 나는 믿고 있다. 그러나 만의 하나라도 노인이 어제와 같은 모습으로 내 앞에 나타난다면 무료한 가운데서도 어떤 안정성을 획득하고 있던 나의 생활은 송두리째 무너질지도 모른다. 그가 창 밖에서 뭔가 열심히 찾고 있는 한 나는 계속 도전을 받는 셈이기에. 때문에 사실을 좀 더 명확하게 파악할 필요가 있다. 노인이 찾고 있는 물건의 정체가 무엇인지, 그런저런 것을 알아보노라면 노인의 그와 같은 숙연한 태도와 잃어버린 물건 사이의 상관관계도 알게 될 것이다. 아무튼 이제 나는 그와 한마디 얘기라도 나눠 보지 않으면 못 견딜 심정이다.

무료하다(無聊--) 심심하다.

드디어 자전거에 짐을 싣고 공터 안으로 들어오는 노인의 모습이 눈에 잡힌다. 그 곁엔 개가 종종걸음으로 따르고 있다. 어제와 거의 같은 장소에서 노인은 자전거를 멈추고 짐을 내린다. 비치파라솔·궤짝·연탄불 따위들이 착착 있을 곳에 놓여진다. 그런데 얼마 후에 나를 놀라게 하는 일이 벌어진다. 준비를 끝낸 노인은 이내 포장 안에서 빠져나와 개를 데리고 물웅덩이 쪽으로 가는 게 아닌가. 개는 하루 사이 아주 눈에 띄게 쇠약한 모습이고, 노인도 피곤하고 지친 모습이긴 하나 끈질긴 어떤 힘이 그의 전신에서 면면히 솟아 나오고 있는 듯하다. 나는 완전히 안정을 잃고 방 안을 오락가락했다. 믿어지지 않는다. 거짓말이다. 무엇이 노인으로 하여금 저토록 귀중하게 여겨지도록 만든단 말인가. 아니, 노인은 무슨 실없는 망상*을 하고 있는 걸까. 나는 방에서 뛰쳐나왔다.

공터에 이르러 잠시 동안 더 지켜보다가 포장 곁에 이르러, 어제 그 소년이 그랬듯이 노인을 큰 소리로 불렀다.

"할아버지, 뽑기요."

내 목소리가 큰 탓인지 노인은 첫마디에 뒤돌아보았다. 놀랄 법도 한데 무표정한 얼굴의 노인은 말없이 개를 끌고 이쪽으로 걸어왔다.

망상(妄想) 이치에 맞지 아니한 망령된 생각을 함. 또는 그 생각.
  망령(妄靈) 늙거나 정신이 흐려서 말이나 행동이 정상을 벗어남. 또는 그런 상태.

이때 나는 비로소 노인의 얼굴이나 차림새를 자세히 살펴볼 수 있었다. 그의 피부는 검은 편이고 이마와 코 언저리에 아주 깊은 주름이 금을 그어 놓은 듯 패어 있어 얼른 보기엔 투박한 가죽을 아무렇게나 구겨 놓은 것 같았다. 그리고 눈빛은 흐리멍덩하긴 했으나 어떤 줄기찬 의지의 빛이 감돌고, 그래서 그런지 그의 인상 전체가 우울하긴 해도 끊임없는 힘 ─ 비록 무엇인가 넘어뜨릴 만큼 강하진 않다 해도 ─ 의 덩어리 같았다. 그런데 이것은 얼굴의 표정에서 느껴진다기보다 그의 몸 전체에서 스며 나오는 진물 같은 것이고, 그의 표정은 차라리 둔탁하고˙ 무표정한 그것이었다. 차림새는 얇고 후줄근한 검정 바지에 국방색 점퍼, 그러니까 늘 입고 다니는 옷차림 그대로였다. 또 개를 보니, 늙기도 늙었으나 마치 무슨 병을 지닌 것같이 눈 가장자리가 불그스름하고 눈곱이 한 종지는 붙어 있다. 그래서 그런지 개의 눈동자도 어떤 고통스러운 빛이 머물고 있어 억지로 산다는 듯한 눈빛이었다.

나는 노인이 신고 있는 검은 고무장화에 웅덩이의 질척한 진흙이 덕지덕지 묻어 있는 것을 내려다보며 그를 따라 포장 안으로 들어갔다. 거기엔 반들거리는 작은 쇠판대기가 붙어 있는 사과 궤짝 하나와 연탄난로 하나가 전부였다. 노인은 목침˙ 비슷한

둔탁하다(鈍濁--) 성질이 굼뜨며 어지럽고 답답하다.
목침(木枕) 나무로 된 베개.

작은 상자에 걸터앉았다. 그리곤 궤짝 안에서 설탕 한 스푼을 꺼내어 작은 국자에 담고 그것을 불 위에 얹었다. 하얀 설탕이 거무칙칙한 색으로 변하면서 끈끈한 액체로 되자 젓가락 짝으로 소다를 쿡 찍어 설탕 속에 넣고 휘저었다. 거무칙칙한 액체는 다시 누르께한 색으로 변하면서 국자 위로 붕긋하게 넘어 올랐다. 노인은 그것을 철판 위에 엎질러서 또 다른 철판으로 꾹 눌렀다. 꾹 눌렀던 철판을 들자 초지장처럼 얇은 과자가 만들어져 나왔다. 그러나 그것만으로 끝나는 게 아니라 무슨 비행기 모양 같은 철사를 그 위에 얹고 다시 철판으로 꾹 누르니 그 모양의 무늬가 새겨져 나왔다.

노인은 비로소 그것을 내게 건네주면서 나를 힐끔 쳐다보았다. 그것을 받아 들면서 내가 말했다.

"다섯 개만 더 해 주십시오."

노인이 다시 같은 순서를 반복하고 있는 것을 지켜보며 나는 말문을 열었다.

"노인장은 저 웅덩이 속에다 뭘 잃어버리셨습니까?"

노인은 손길을 멈추고 나를 정시했다. 나는 멋쩍어서 씽긋 웃었다. 다시 하던 일로 돌아가면서 노인은 두어 번 고개를 끄덕였다.

초지장(草紙張) 매우 얇고 가벼운 종잇장.
정시하다(正視--) 똑바로 쳐다보다.
멋쩍다 어색하고 쑥스럽다.

"뭡니까?"

"훈장을."

"무슨 훈장인데요?"

이야기를 털어놓도록 하려는 욕심에서 나는 다소 과장된 진지함을 보였다. 노인은 그런 나의 표정을 살핀 연후에야 입을 열었다.

"아들이 월남전에서 받은 것이지."

아하, 이 정도면 이미 다 알 것 같다. 나는 조커(JOKER · 트럼프)를 잡았을 때처럼 괜히 마음이 술렁거림을 느꼈다.*

"아, 아드님이 월남에 가 계시는군요?"

"……"

나는 여기서 내 얘기를 할까 말까 하다가 그만두었다. 그 대신 야비한 헛기침을 두어 번 터뜨리고 나서,

"전투에 공훈이 컸었나 보죠?"

"크구 말구."

노인의 음성엔 갑자기 힘이 넘치고 표정에도 어떤 생기가 감돌았다.

"그 녀석이 글쎄, 맹호 작전이라나 뭐라나 하는 그런 싸움 때에 혼자서 베트콩을 열 명이나 죽였다지 않나."

♣ 나는 조커(JOKER · 트럼프)를 잡았을 때처럼 괜히 마음이 술렁거림을 느꼈다 조커는 각종 트럼프 게임에서 매우 중요한 역할을 하는 카드이다. 따라서 이 구절은 '나'가 노인에 대한 자신의 궁금증을 풀 수 있을 매우 중요한 실마리를 잡았다는 느낌을 받았다는 뜻이다.

"아, 굉장히 용감무쌍하군요."
"그럼, 그 녀석은 열댓 살 남짓했을 때, 동리˙ 산에서 여우를 혼자 잡은 놈이라네."
"그래요?"
"그뿐인 줄 알아? 힘이 또 얼마나 장산데, 쌀 한 가마를 지고 십 리 길은 너끈히 간다네. 그렇다고 미련한 건 절대로 아니지. 중학교도 고등학교도 죄다 우등으로 나왔단 말이네."
"참 훌륭한 아드님을 두셨습니다. 그런데 지금도 월남에 있습니까?"
노인은 갑자기 풀이 죽어 얼굴에 비탄˙의 기색˙이 감돌았다.
"아니."
이미 짐작하는 바라 묻지 않았으나 노인이 말했다.
"죽었다네. 그 뭐 앙케 뭐라나 하는 싸움 때에."
"아아, 그 유명한 앙케 고지 탈환 작전에서 말인가요? 저두 신문에서 봤습니다. 월남 전투 중에서 가장 치열했다더군요. 한국 군인들이 아주 용감하게 싸웠더랍니다."
내가 이렇게 선동하듯˙ 떠들어도 노인의 얼굴엔 그 생기가 다시 돌아오지 않았다. 잠시 말이 없다가 내가 물었다.

동리(洞里) 마을.
비탄(悲歎/悲嘆) 몹시 슬퍼서 나오는 탄식.
기색(氣色) 마음의 작용으로 얼굴에 드러나는 빛.
선동하다(煽動--) 남을 부추겨 어떤 일이나 행동에 나서도록 하다.

"그런데 어쩌다 그 귀중한 훈장을 잃으셨습니까?"

"그 애 생각이 날 때 꺼내 보려구 늘 품 속에 지니고 다녔는데, 어떤 꼬마 녀석이 그걸 보고 하도 보자기에 꺼내 줬다네. 헌데 그 녀석이 보구설랑 지가 달고 다니다가 잃어버렸지 뭔가. 아이들 말로는 걔가 그걸 달고 저 물웅덩이 있는 데서 놀더란 거야."

"그렇게 됐군요. 훈장은 어떻게 생긴 건데요?"

"사람들이 그러는데 을지 무공 훈장이라나? 등급으로 치면 두 번째로 큰 거라네."

그러면 지금 내 방에 있는 한낱 작은 쇠붙이와 같은 것이다. 그런데 노인은 그것을 절대에 가까운 의미처럼 생각하고 있는 것이다.✽

나는 야릇한 웃음을 감춘 채 죄인을 희유하는 못된 기분으로 다시 물었다.

"노인장은 그럼 지금 누구랑 사십니까?"

"아홉 살짜리 손녀딸이 있다네."

"다른 분은 안 계시구요?"

"저이 할멈은 아들이 전사했다는 소식을 듣고 실신하더니만 그 길로 영 깨어나지 못했고, 며느리는 아들이 월남 간 지 넉

✽ 내 방에 있는 한낱 작은 ~ 의미처럼 생각하고 있는 것이다: 노인이 간절하게 찾고 있는 것이 '나'가 받은 훈장과 같은 것임을 알자, 그 훈장에 아무런 의미를 두고 있지 않은 자신의 마음과 노인의 마음이 대비됨을 말하고 있다.

희유하다(戱遊--): 실없는 행동을 하며 놀다. 여기에서는 '희롱하다'의 의미로 쓰임.

달 만에 바람이 나서 어린것도 버려둔 채 어디론지 행방을 감추었다네."

"퍽 쓸쓸하시겠습니다."

노인을 위로한다기보다 그 어떤 득의의 기분으로 내가 말했다.

"뭘, 손녀가 있는데. 그 녀석이 신통하게도 내가 집에 돌아가면 밥을 해서 아랫목에다 묻어 놓고 문 밖에서 기다린다네."

노인은 내가 쳐 놓은 덫을 아는지 모르는지 덤덤하다.

"그런데 저 개는 어디가 아픈 모양이죠?"

나는 입구에 바싹 붙어서 사지를 땅바닥에 축 늘어뜨리고 멍하니 앞을 바라보고 있는 개를 가리켰다. 그것은 산다는 것의 허망함을 가장 잘 알고 있을 성싶다.

"그놈도 제 주인 기다리기에 지쳤어."

노인은 잠시 개를 내려다보고 나서 다시 뽑기 만드는 손길을 놀렸다.

"주인이 노인장 아니십니까?"

"아닐세. 우리 그 녀석이 군에 입대하기 전에 젖도 안 떨어진 강아지를 어디서 얻어 와 애지중지 기른 것이 저놈이지. 저놈 주인은 우리 아들이라네."

동전 세 닢을 치르자 나는 자리를 털고 일어났다. 노인도 그것을 깡통에 집어넣고 자리에서 일어났다. 밖으로 나오자 그는

득의(得意) 일이 뜻대로 이루어져 만족해하거나 뽐냄.

등 뒤에서 냉소하는 눈길이 쏘아보고 있는 줄도 모르고 다시 개와 더불어 웅덩이 쪽으로 묵묵히 멀어져 갔다.

노인은 벌써 네 번째나 내가 표적을 해 둔 곳에서 어정거리기만 할 뿐 그냥 지나치곤 한다.

나는 어제 해질 무렵 노인이 돌아가고 나서 내 훈장을 가지고 공터로 갔다. 그리고 그것을 물웅덩이 속에 던져 버리고 찾기 쉽게 표시를 해 놓았다. 나흘이나 꼬박 지켜보며 잔인한 욕망으로 몸을 떨던 끝에 그와 같은 결론을 얻게 된 것이었다. 내가 알고 있는 진실이란 것이 말로 표현하기 어려운 데다 그것을 말해서 노인이 알아들을지도 의문이었던 것이다. 그보다 차라리 진흙투성이가 된 보잘것없는 훈장을 노인의 코앞에 들이대는 것이 훨씬 효과적일 것만 같았다. 그래서 나는 노인의 그 초인적인 힘이 결국 무지에서 비롯된다는 것을 스스로 확인하고 싶은 것이었다. 노인의 눈 속에서 희망도 의지도 애정도 다 사라지고 대신 사막처럼 막막하고 끝없는 허무의 모습이 비치는 광경을 보아야 나는 비로소 이전의 생활로 안심하고 돌아갈 수 있는 것이었다.

냉소(冷笑) 쌀쌀한 태도로 비웃음.
표적(表迹) 겉으로 자취가 드러나도록 한 표시.
❀ 내가 알고 있는 진실 전쟁의 비참함과 훈장의 무의미함.
초인적(超人的) 보통 사람으로는 생각할 수 없을 만큼 뛰어난. 또는 그런 것.
무지(蕪知) 아는 것이 없음.

이제 다섯 번째다. 해는 자꾸 기운다. 이대로 노인에게만 맡기고 있다간 오늘 해도 넘기고 말 것 같다. 나는 초조하게 방 안을 서성거리다 마침내 밖으로 나왔다.

내가 공터에 당도했을 때 건너편 골목을 막 빠져나온 자전거 한 대가 내 곁에 와서 삑 멈춰 선다. 자전거 위엔 간장 단지가 매달려 있다. 그것을 팔러 다니는 소년인가 보다. 나이는 십사오 세가량이나 얼굴은 장사꾼으로서 이미 틀이 잡혀 있다. 소년은 자전거에서 껑충 뛰어내리자 노인을 향해 소리쳤다.

"할아버지, 많이 벌었어요?"

그 바람에 나는 노인에게로 나아가려던 걸음을 잠시 멈추었다.

"그래, 벌었다."

노인이 자기를 쳐다보지도 않고 대꾸해선지 소년은 못마땅하게 중얼거렸다.

"참 웃기는 양반이지."

소년이 제 집처럼 횡하니 포장 안으로 들어가 버리자 나는 슬그머니 노인의 등 뒤로 다가갔다. 그리고 얼마 동안 노인의 하는 양을 지켜보다가 넌지시 말을 건넸다.

"아직도 못 찾으셨군요?"

노인의 어깨가 흠칫한다. 이어서 소리 난 쪽을 힐끔 뒤돌아본다. 그뿐이다. 대꾸는 없다.

"저, 제가 찾는 데 좀 도와 드릴까요? 이 보십시오, 이렇게 장화까지 신고 꼬챙이도 구해 왔습니다."

넉살˚을 떨며 말을 붙여도 달다 쓰다 말 한마디 없다. 표정 또한 무뚝뚝해서 도시˚ 노인의 의중˚을 헤아릴 길 없다. 없으나마나 나의 의도는 이미 돌이킬 수 없다. 나는 웅덩이 물 속으로 성큼 발을 들여놓았다. 아무런 눈치도 채지 못하게 하려고 짜장˚ 웅덩이와 쓰레깃더미를 한참이나 뒤적거리는 체했다. 그러다 마침내 표적으로 점찍어 둔 억새풀 앞에 와서 멈춰 섰다. 노인의 눈치를 슬금슬금 살피며 꼬챙이로 흙탕물 속을 꾹꾹 눌러 봤더니 한참 만에 쇠붙이 조각 같은 것에 맞힌다. 그것을 꼬챙이 끝으로 끌어올려 손으로 옮겨 쥐자 나는 느닷없이 큰 소리로 외쳤다.
 "뭔가 비슷한 걸 찾은 것 같습니다. 이것 보세요!"
 노인을 향해 손 안의 것을 흔들어 보였다. 노인은 잠시 자기 눈을 의심하듯이 바라보고 섰다가 천천히 내게로 다가왔다. 그 걸음이 어찌나 무겁게 보이는지 나는 부쩍 의심이 치솟았다. 가까이 다가온 노인은 내 손바닥에 놓인 진흙투성이의 희끗한 물체를 지그시 들여다 보았다.
 나는 그 표정에 스쳐가는 검부러기˚ 하나라도 놓치지 않으려는 듯 뚫어지게 쏘아봤다.
 그때 어느새 달려왔는지 아까 그 소년이 끼어들었다.

넉살 부끄러운 기색이 없이 비위 좋게 구는 짓이나 성미.
도시(都是) 도대체. 도무지.
의중(意中) 마음속.
짜장 과연. 정말로.
검부러기 마른 나뭇가지, 낙엽 등의 부스러기. 여기에서는 '아주 작은 것' 정도의 의미로 쓰임.

"찾았군요!"

손바닥의 것을 집으려는 녀석의 손을 재빨리 밀치고 나서,

"찾으시던 게 바로 이거지요? 네? 맞습니까?"

흥분을 감추지 못하는 체 다그치는 나를 노인은 이윽고 고개를 들어 쳐다보았다. 그의 얼굴엔 내가 기대했던 커다란 실망의 빛도 그렇다고 기쁨의 자취도 없었다. 오직 노여움과 차가운 경멸로 흉악하게 일그러져 있었다. 나는 영문을 몰라 어리둥절할 수밖에 없었다.

"바보 같으니라구!"

이윽고 씹어뱉듯이 뇌까리자 노인은 나를 남겨 두고 휙 돌아서 포장 쪽으로 가버리는 게 아닌가.

나는 맥이 탁 풀려서 멍청히 서 있었다. 그때 다시 소년이 내게서 훈장을 채뜨리며 말했다.

"이거 나 주세요. 할아버진 아무 소용도 없다고 하셨어요."

이 말에 나는 정신이 번쩍 들었다. 훈장에 묻은 진흙을 옷에다 연방 닦아 대며 들여다보기에 여념이 없는 소년의 손목을 나는 아프게 낚아챘다.

"그래, 너 가져라. 그런데 뭐라구? 할아버지가 이걸 소용없다고 하셨다구?"

씹어뱉다 (속되게) 말을 아무렇게나 되는 대로 지껄이다.
채뜨리다 재빠르게 센 힘으로 빼앗거나 훔치다. 여기에서는 '가로채다'의 의미로 쓰임.

사막을 건너는 법　91

소년은 부릅뜬 내 눈을 보고 자기로부터 훈장을 빼앗으려는 속셈으로 알았는지 한 발짝 물러나며 성급하게 대답했다.

"그럼요. 틀림없이 그러셨어요. 그래서 이걸 여기다 버리신 게 아녜요."

"버리다니? 웬 꼬마가 보자고 해서 줬다가 잃어버렸다는데."

"아녜요. 할아버지가 버리셨어요."

나는 갈피를 잡을 수 없는 기분으로 여전히 소년의 손목을 잡아끌고 한적한 골목으로 데리고 갔다.

"자, 여기 좀 앉아라. 네게 몇 가지 물어볼 일이 있어서 그러니까."

그제서야 소년은 나를 이상한 눈길로 훑어보면서,

"그런데 아저씨는 누구시죠? 저 할아버지랑 무슨 관계가 있죠?"

"임마, 그건 오히려 내가 물어보려던 참이야. 너야말로 저 할아버지를 어떻게 아니?"

"우리 옆방에 사는걸요."

"그래? 그렇다면 너 정말 저 할아버지가 이 훈장을 소용없다 하시는 걸 네 귀로 똑똑히 들었다 이 말이지?"

내가 한 번 더 다짐을 두자 소년은 기분이 상해 볼멘소리를 한다.

볼멘소리 서운하거나 성이 나서 퉁명스럽게 하는 말투.

"그렇다니까요. 맹세해도 좋아요. 이건 아들이 월남에서 받은 건데 할아버진 이걸 벽에다 걸어 놓고, 늘 이까짓 게 무슨 소용이 있느냐고 하면서 버릴까 부다 그랬거든요. 그러는 걸 내가 듣고 저나 달라고 그래도 안 줬어요. 그런데 어느 날 이게 안 보여서 어쨌냐고 했더니 저 웅덩이에다 버렸다고 하시잖아요. 내가 아까 웃기는 양반이라 하는 소리 들었죠? 바로 그 소리란 말예요. 글쎄, 소용없어 버렸으면서 뭘 하러 도루 찾느냔 말예요."

"음……."

뭘 하러 도로 찾느냐? 이렇게 되면 나의 예상은 완전히 빗나간 것이다. 노인의 그 초인적인 힘이 깃들인 얼굴과 훈장과의 관계는 도시 알 수 없어지는 것이다. 나는 고개를 설레설레 흔들며 소년에게 다시 의문의 눈길을 던졌다.

"저 할아버진 지금 누구랑 사시냐?"

"아무도 없어요. 혼자예요."

"손녀가 있다던데……?"

"아, 걘 벌써 일 년 전에 죽었어요. 교통사고로요."

죽었다고? 일 년 전에? 그렇다면 뭣 때문에 그런 거짓말을……

"저 다 늙은 개는 아들이 키우던 거라며?"

"아저씬 어디서 그런 엉뚱한 소리만 들었어요? 그건 누군가 병들어 버린 것을 할아버지가 주워 온 거란 말예요."

훈장, 소녀, 개에 대한 것들이 모두 거짓말이었다? 그 순간 나의 뇌리에 내리박히듯 꽂히는 생각, 노인은 죄다 알고 있었다! 나 자신이 알고 있는 것보다 훨씬 더 무섭고 냉혹하게 알고 있었다. 이 세계를 덮고 있는 허망과 무의미와 그 밖의 모든 것을.
　저만큼 노인이 짐을 챙겨 공터를 떠나려는 것이 보인다. 그는 다시 나타나지 않을지도 모른다. 몇 날 며칠을 기도하고 기도한 끝에 불러 모은 보이지 않는 혼으로 집을 짓고, 이제 겨우 문턱을 넘어서려는 순간에 난데없이 나타난 나를 증오하고 있으리라. 그러나 어딘가에선 다시 시작하겠지. 나는 정말 바보였었다.

■ 『문학사상』(1975. 4) ; 『사막을 건너는 법』(문학예술사, 1977)

뇌리(腦裏) 사람의 의식이나 기억, 생각 따위가 들어 있는 영역.

사막을 건너는 법 **작품 해설**

● 등장인물 들여다보기

나

미술을 전공하는 대학생이자 화가로, 재학 중에 월남전에 참전했던 인물입니다. 월남전에서 아군 부대에 식수를 보급해 주기 위하여 가던 중에 기총 사격을 받아 옆에 있던 전우가 죽고 자신도 총상을 입게 됩니다. 제대를 하고 귀국하지만 전쟁의 상흔 탓에 일상에 적응하지 못하고 무기력하고 나태한 나날을 보냅니다. 어렵사리 애인인 '나미'에게 월남에서 자신이 겪은 일을 털어놓지만 그녀로부터 자신의 속마음을 제대로 이해받지 못한다고 느끼자, 그녀에게 넘을 수 없는 거리감을 느끼게 됩니다. 대체로 자의식이 강하고 감수성이 풍부한 성격의 인물입니다.

노인

노인은 공터에서 비치파라솔과 궤짝을 놓고 동네 아이들을 대상으로 하여 '뽑기' 장사를 합니다. 아들은 월남전에서 전사하고 며느리는 아들이 참전한 뒤 얼마 지나지 않아 집을 나갔으며 손녀는 교통사고로 죽었지요. 하지만 노인의 행동에 관심을 보이는 '나'에게는 자신의 처지와 상황에 대해 거짓을 말합니다. 가혹한 현실에 놓여 있으나 그 현실을 이겨 내기 위하여 필사의 노력을 보이는 인물입니다.

● 작품 Q&A

"선생님, 궁금해요!"

Q '나'는 왜 훈장을 찾는 노인을 보고는 분개하며 일부러 자기 훈장이 마치 노인이 찾는 훈장인 것처럼 꾸며서 노인에게 찾아주려 하는 건가요?

A '나'는 베트남 전쟁에 다녀온 제대 군인입니다. 그런데 마을 공터 웅덩이에서 무언가를 열심히 찾고 있는 노인과 대화를 나눈 후, 그가 찾고 있는 것이 자신이 받은 무공 훈장과 같은 종류의 것임을 알게 됩니다.

그런데 '나'는 전쟁의 참상을 경험하고는 훈장이라는 것이 쓸모없다는 생각에 잠겨 있는 상태입니다. 모진 고생을 극복하고 받은 훈장이기 때문에 매우 소중하게 여길 수도 있겠으나, '나'는 자신이 겪은 일과 몸과 마음의 상처를 생각하면 훈장이란 한낱 쇳조각에 불과하다고 생각하지요.

그런 '나'는 열심히 훈장을 찾는 노인을 보며 분노를 느낍니다. 노인이 열심히 찾는 물건을 자신이 갖고 있어서 안쓰러운 마음에 노인이 그 물건을 찾도록 도와주는 것이 아닙니다. 오히려 얼른 그 훈장을 찾고, 훈장을 찾아봐야 죽은 아들이 돌아오는 것도 아니므로 훈장은 아무 쓸모없는 물건임을 노인이 깨닫기를 바라는 것입니다. 비록 그것은 '나'가 생각하는 진실이지만, 그 마음에는 좀 악의적인 면이 있다고도 말할 수 있겠지요.

하지만 어찌 보면 악의적인 태도로 보이는 '나'의 행동도 전혀 이유가 없는 것은 아닙니다. '나'가 생각하는 진실, 훈장은 실상 아무것도 아니며 그 어떤 것도 젊은이들이 겪은 비극을 대신할 수 없다는 진실을 노인이 깨달을 때, 그리고 노인의 그런 모습을 자신이 확인할 때 자신도 일상으로 다시 돌아갈 수 있다는 마음이 있었던 것이지요. 물론 이런 '나'의 생각은 소년이 들려준 얘기를 통해 극적 반전을 겪지만요.

Q 노인은 왜 '나'에게 거짓말을 한 것일까요?

A 노인은 '나'에게 자신의 아들이 월남에서 타 온 훈장을 어떤 아이가 잃어버렸다고 했고, 그 훈장을 지금 열심히 찾고 있는 것이라 했습니다. 또 집에 가면 아홉 살 먹은 손녀가 있고, 그 아이가 자기의 밥을 지어 놓는다고 말했습니다. 노인이 데리고 다니는 늙은 개는 원래 아들이 키우던 것이라는 말도 했지요.

그런데 '나'가 소년에게서 들은 바로는 이 모든 말들이 거짓이었습니다. 훈장은 잃어버린 게 아니라 노인이 버린 것이었고, 손녀는 이미 일 년 전에 교통사고로 죽었으며, 늙은 개는 노인이 주어다 기른 것이었죠.

그렇다면 노인은 왜 '나'에게 거짓말을 하였을까요? 그 이유는 작품에 나오는 '나'의 짐작과 추측을 통해서 알 수 있습니다. '나'는 소년에게서 노인에 관한 모든 진실을 알게 되었을 때, '노인은 죄다 알고 있었다!'는 깨달음을 얻습니다. 이 깨달음은 바로 삶의 허망함, 무의미 등에 관한 깨달음이겠지요. 이를 바탕으로 노인이 거짓말을 한 이유를 추리하자면 이렇습니다.

  노인은 아끼던 아들을 전쟁에 잃었고, 며느리는 도망을 갔고, 사고로 손녀마저 잃었습니다. 그는 삶의 비참함에 놓여 있었던 것이지요. 그에게 남은 것이라고는 훈장 하나밖에 없습니다. 그러나 그 쇳덩어리가 결코 노인의 삶을 달라지게 할 수는 없지요. 결국 노인이 살기 위해 택한 방식은 거짓을 만들어서 자기 삶이 놓인 현재의 비참함을 벗어나는 것이었습니다. 자신은 아들의 분신이라 할 수 있는 훈장에 큰 애착이 있으며, 누구보다 사랑하는 손녀도 있고, 아들의 흔적은 늙은 개에게도 남아 있다는 식의 거짓을 만든 것입니다. 어찌 보면 환상이라고도 말할 수 있는 거짓 속에서 삶을 지탱하는 희망을 보고 있었다고 말할 수 있습니다. 비참한 현실을 벗어나려는 필사의 노력이자 자기 최면이라 할 수 있겠지요.

Q 이 작품의 제목에 나오는 '사막'의 의미는 무엇인가요? 그리고 '사막을 건너는 법'은 어떤 뜻을 지니고 있나요?

A '사막을 건너는 법'이라는 제목에서 '사막'이 의미하는 것은 작품을 감상하고 나면 그리 어렵지 않게 이해할 수 있어요. 작품에서 서술자 역할을 하고 있는 '나'는 곧잘 '삶의 허망함'에 대해서 말하고 있지요. 그는 월남전에 참전해서 작전을 수행하다 바로 옆에서 전우가 기총에 맞아 전사하는 것을 경험했고, 자신도 총상을 입은 사람이에요. 또 이 작품에서 중요한 의미를 갖는 '노인'은 아

들과 손녀를 잃고, 며느리는 집을 나간 상황에 처한 인물이에요.

결국 '사막'이 의미하는 것은 작품의 주요 인물들이 처한 삶의 상황처럼 좌절과 절망, 그리고 상실의 아픔으로 가득한 삶, 혹은 가혹한 현실이라고 볼 수 있지요. 여기서 한걸음 더 나아가 해석해 본다면, 작가는 어쩌면 단지 이 작품에 등장하는 두 인물에 국한하는 것이 아니라, 일반적으로 사람들이 살아가는 삶 혹은 사람들이 당면하는 현실이라는 것을 '사막'이라 보는 듯해요. 삶이란 본질적으로 허망하고 가혹하다는 것, 삶을 살아간다는 것은 마치 사막을 건너는 것처럼 힘들고 고달픈 일이라는 것을 말하는 것이지요.

'사막'을 이렇게 이해하고 나면 '사막을 건너는 법'은 가혹한 현실을 살아가는 법 혹은 삶의 허망함을 극복하는 법(삶의 허망함에 맞서는 법)쯤으로 이해할 수 있겠네요. 작품 속에서 '나'는 삶의 허망함과 가혹함에서 헤어나지 못하고 있는 반면, '노인'은 비록 거짓이라 하더라도 자기만의 방식으로 그것을 헤쳐 나가려 노력하고 있는 것이지요.

Q 이 작품의 시점을 어떻게 보아야 할까요? '나'를 주인공으로 보아 일인칭 주인공 시점으로 보아야 할까요, 아니면 '노인'을 주인공으로 보아 일인칭 관찰자 시점으로 보아야 할까요?

A 네, 아주 까다로우면서도 중요한 질문입니다. 일단 일반적으로 시점을 나누는 기준으로 보면, 이 작품은 '나'가 서술자이므로 일인칭 주인공 시점 혹은 일인칭 관찰자 시점 중에 하나라고 보아야겠지요.

그렇다면 이 작품의 시점은 '나'를 주인공으로 보느냐 관찰자로 보느냐의 문제로 귀결됩니다. 작품을 읽어 본 느낌은 어떤가요? '나'는 과연 주인공일까요, 아니면 관찰자일까요?

이 작품에서 노인이 매우 큰 비중을 갖는 인물임에는 틀림이 없습니다. 그러나 '나' 또한 단지 노인을 관찰하는 인물에 그치는 것은 아닙니다. 삶의 허망함을 느끼고 괴로워하는 것(애인과 헤어지기 직전이고 가족들 모두의 걱정거리가 되어 있지요.), 월남전의 상처를 극복하는 문제 등은 노인의 삶과 모두 밀접히 연관되어 있지요. 그리고 노인을 통해서 '나'는 결국 하나의 깨달음을 얻게 됩니다. 누구나 치열하고 힘들게 살아가고 있다는 것, 심지어 거짓으로 환상을 만들면서까지 삶의 가혹함을 이기려고 노력한다는 것 등을 말이지요. 결국 이러한 노인의 이야기는 '나'의 문제로 귀착된다고 볼 수 있습니다. 따라서 작품 속의 '나'는 단지 관찰자가 아니라 엄연한 주인공임을 알 수 있지요. 그러므로 이 작품의 시점은 일인칭 주인공으로 봐야겠네요.

전형적인 일인칭 관찰자 시점이라 할 수 있는 주요섭의 〈사랑손님과 어머니〉에 등장하는 옥희와 이 작품의 '나'를 비교하면 더 쉽게 이해할 수 있겠지요?

Q 이 작품은 "나는 정말 바보였었다."로 끝나고 있습니다. 그렇다면 '나'는 왜 자신이 바보였다고 말하는 것일까요?

A 왜 '나'가 자신이 바보였었다고 생각하는지는 그 앞의 내용을 바탕으로 하여 추론해야 하겠지요.

'나'는 노인이 열심히 찾는 물건이 아들의 목숨 대신 받은 훈장이라는 것을 알고, 또 그 훈장이 자신이 갖고 있는 것과 같은 종류의 것이라는 것을 알고, 일부러 자신의 훈장을 물웅덩이에 빠뜨리고는 직접 노인에게 찾아주는 연극을 합니다. 그런데 막상 그 훈장을 찾아 주자 노인은 분노와 경멸에 찬 시선으로 '나'를 바라봅니다. 그리고 '나'는 소년에게서 노인에 관한 진실을 듣게 됩니다. 그런 후 '나'는 자신이 바보였다고 느낍니다. 왜일까요?

우선 '나'는 자신이 상황을 잘못 이해했다는 것을 알게 됩니다. '나'는 노인이 훈장을 절박한 심정으로 찾는 줄 알았으나, 사실 노인은 훈장을 버려 놓고 그냥 찾는 시늉만 한 것이었습니다. 그러니 자기 훈장을 빠뜨리고 노인의 훈장을 찾은 듯이 행동한 것이 얼마나 바보스러웠겠습니까?

둘째는 '나'가 노인의 심정을 이해하였기 때문입니다. 노인은 자신이 처한 가혹한 현실을 이겨 내기 위해 비록 거짓일망정 희망의 끈과 같은 역할을 할 환상을 지어내었습니다. 마치 현재 자신은 훈장을 절실히 찾고 있으며, 손녀가 아직 살아 있으며, 늙은 개가 아들이 키우던 개인 듯이 말입니다. 그런데 그것은 아무런 의미가 없는 행동이 아니라 노인에게는 가혹한 현실, 허망한 삶을 이겨 내는 '사막을 건너는 법'이었던 셈입니다. 그토록 중요한 진실을 모른 채 그저 훈장이나 찾게 해 주겠다고 나선 '나'의 행동이 '나' 자신에게는 바보스럽게 느껴지는 것이었죠. 아마도 이 모든 과정이 '나'에게는 장차 살아가면서 뼈아프게 소중한 체험으로 남을 것입니다.

Q 학교에서 '트라우마'라는 말을 배웠어요. 우리말로는 '심리적 외상'이라고 하는데, '어떤 사람의 삶에서 잊혀지지 않는 상처'의 의미라고 배웠어요. 이 작품에서 트라우마를 찾을 수 있나요? 있다면 어떤 것이지요?

A 맞습니다. 트라우마는 보통 '심리적 외상'이라고 합니다. 말하자면 어떤 사람이 과거에 겪은 커다란 상처나 고통이 마음 깊이 자리해서 이후 삶을 살아가면서도 지속적으로 영향을 미치는 경우를 말합니다.

이 작품에는 트라우마를 갖고 있는 인물들이 등장하죠. 우선 '나'를 볼까요? '나'는 아직 앞길이 창창한 청년이지만 월남전의 상처를 간직한 인물입니다. 전쟁이라는 극한 상황, 전우를 바로 옆에서 잃은 끔찍한 경험, 스스로 총상을 입은 경험 등은 '나'의 트라우마입니다. 그는 그러한 극한 상황을 겪고 한국으로 돌아와서는 일상에 대해 심드렁해집니다. 어쩌면 그게 당연한 거겠지요? 적절한 예일지는 모르지만, 방금 맨체스터 유나이티드와 격전을 치르고 귀국한 한국 프로 축구 팀이 연습 삼아 한국의 어떤 고등학교 축구부와 시합을 하면서 긴장감을 유지할 수 있을까요? 강렬하고 충격적인 체험은 일상을 낯설게 만드는 측면이 있습니다. 중병을 앓고 난 환자가 어느 날 맞이한 아침 햇살이 낯설면서 눈부시게 아름다운 것처럼 말이지요.

노인도 마찬가지입니다. 노인은 아들의 죽음, 며느리의 가출, 손녀의 사고 등 무수한 트라우마를 안고 있습니다. 삶의 벼랑에 놓인 인물인 셈이죠. 가난하고 외로운 노인은 공터 한 구석에서 조무래기들을 상대로 '뽑기' 장사를 합니다. 역지사지(易地思之)라는 말이 있지요? 여러분이 이 노인과 같은 상황에 처하여 있다면 어떤 기분일까요?

　삶에 좌절할 수도, 절망감에 무너질 수도 있을 겁니다만, 노인은 절실하고 애착이 가는 가상의 상황을 만들어 그 현실을 헤쳐 나가고 있습니다. 비록 많은 아픔과 상처가 트라우마로 자리하고 있지만, 결코 그 트라우마에 힘없이 굴복하지는 않습니다. 불행하고 가난한 노인이지만, 누구에게나 찾아들 수 있는 삶의 불행에 대해 겸허하고 굳건한 의지로 맞서며 자기 스스로 삶의 이유와 동력을 만들어 내고 있는 것이죠. 이러한 그의 마음과 행동에 격려의 박수를 치고 싶은 마음이 드는 것은 저만의 느낌일까요?

※ 더 읽어 봅시다 ※

정신적 상처와 그 극복 의지를 그린 작품
이청준, 〈병신과 머저리〉 _6·25 전쟁의 체험을 생생한 상처로 간직한 형과, 상처다운 상처 없이 다만 관념으로서의 아픔을 지니고 무기력하게 살아가는 동생인 '나'를 통해서 아픔의 근원과 그 해소 방법을 형상화한 작품이다. 형은 전쟁 체험을 소설로 쓰며 정신적 상처를 능동적으로 극복하지만, '나'는 환부를 알지 못해 패배감만 짙어 가게 된다.

사다리가 놓인 창(窓)
— 삶이 두려워질 때

불가에서는 삶을 '고해(苦海)'라고 표현합니다. 살아가는 것이라기보다는 살아 내는 것이라는 말이 진실에 더 가깝다는 인식이라 할 수 있겠지요. 그러나 단지 그것이 전부일까요? 해가 뜨기 직전의 새벽이 가장 어둡듯이, 우리네 삶의 모습도 하나의 얼굴만은 아닐 것입니다. 진한 성장의 아픔을 겪으며 사다리를 오르는 한 소녀의 다락방에 펼쳐진 삶의 진실은 과연 무엇일까요?

언제나 한낮이 되도록 늦잠을 자는 오빠가 그날 아침 새벽같이 일어난 것은, 다섯 번이나 고배를 마신 미군 부대 피엑스 관리자 모집 시험에 재응시하러 가기 위해서였다. 어머니가 밥을 짓고 있는 동안, 그는 두 여동생의 머리맡에서, 앉은뱅이 책상 위에 거울을 세워 놓고 애프터 셰이브 로션으로 얼굴에 화장을 했다.

알전등의 쏘는 듯한 불빛에 눈이 부신 것도 무릅쓰고 자는 체하고 있었으므로, 나는 그의 거동 하나하나를 감은 눈 위로도 충분히 느낄 수 있었다. 나는 그가 손에 로션을 덜어 얼굴에 바른 뒤, 그것이 피부에 잘 스며들게 하기 위해 손바닥으로 살갗을 토닥거리는 소리를 들을 수 있었고, 상큼한 바닷바람을 연상

고배(苦杯) 쓴 술이 든 잔. 쓰라린 경험을 비유적으로 이르는 말.
피엑스(PX) 일상용품이나 음식물 등을 파는, 군부대 안에 있는 매점.

케 하는 로션의 향기도 맡을 수 있었다. 우윳빛 사기 용기에 푸른 범선이 그려져 있는 그 로션의 향기는, 그야말로 범선이 순풍을 타고 넓은 바다를 거침없이 항해하는 그 상표에 꼭 어울리는 듯싶었다. 오랫동안 직장을 얻지 못한 오빠가 어째서 그 로션을 그토록 아끼고 애용하는지 알 것 같았다.

그는 평소에 그 로션을 몹시 아껴서 그것을 병에서 덜어 쓸 때는 참기름 장수만큼이나 신중했다. 어느 날 내가 그것을 훔쳐 발라 보다가 그에게 들킨 뒤론 병을 서랍 속에 감춰 버리기까지 했다. 그런데 그날 아침엔 스스로 자기의 장도를 격려하기 위함인지, 또는 이제 취직이 되면 그깟 로션쯤이 문제랴 싶었는지, 하여튼 적지 않은 양의 로션을 질펀하도록 얼굴에 바른 것이 틀림없었다. 왜냐하면 향기롭고 가벼운 어떤 물기가 그의 얼굴에서 내 얼굴에까지 튕겨 날아왔기 때문이다.

그가 내 쪽에 등을 보이고 있었으므로 들킬 염려가 없다는 것을 확인한 뒤, 나는 맘 놓고 그를 훔쳐보았다. 그는 잠자기 전에 머리를 잘 빗고, 그 위에 검정 그물망을 뒤집어썼는데, 면도를 하고 얼굴에 화장을 하는 그때까지도 망을 벗지 않고 있었다. 그래서 그의 길지 않은 머리카락은 그 망으로 해서 지나치게 잠을 잔 나머지 두부(頭部)에 검은 에나멜 칠을 한 것 같이 보였다.

범선(帆船) 돛을 단 배.
장도(壯途) 중대한 사명이나 장한 뜻을 품고 떠나는 길.

가끔씩 그는 얼굴을 바짝 거울에 들이대고 뭔가를 꼼꼼히 살펴보는 시늉을 하다가, 다시금 손바닥으로 얼굴을 두드려 댔다. 그는 흡사 얼굴을 두드려 대는 나르시스˙같아 보였다. 얼굴만 두드리는 것이 아니라, 손바닥과 손등도 그렇게 두드려 댔다.

우리 가족은 아버지가 돌아가신 뒤로 오빠에게 가장의 지위를 떠맡겨야 했다. 그러나 그는 그런 짐을 지기에는 역부족이었다, 아직까지는.

왜냐하면 그는 삶을 헤쳐 나가는 데 보습˙이 될 만한 어떤 것도 가지고 있지 못했다. 이렇다 할 기술이나 어엿한 대학의 졸업장도 없었을 뿐만 아니라, 고생을 각오하고 험한 노동판에 뛰어들 용기나 뚝심조차도 없었다. 어떤 연유로 그가 피엑스 관리자 모집 시험에 자기의 장래를 온통 다 걸게 되었는지 모르지만 그의 손닿는 데 있는 유일한 문마저도 그에겐 쉽사리 열리려 하지 않았다.

그는 시험에 다섯 차례나 응시했지만 다섯 번 다 떨어졌다. 첫 번째와 두 번째는 필기시험에 떨어졌고, 필기시험에 합격했을 땐 신체검사에서 폐의 동공˙이 발견되고 말았다. 그것이 세

나르시스 그리스 신화의 인물. 물에 비친 자신의 모습을 보고 사랑에 빠졌다고 함.
보습 농기구에 끼우는 넓적한 삽 모양의 쇳조각. 여기에서는 '도구, 능력' 등을 비유하여 이르는 말로 쓰임.
동공(洞空) 구멍.

번째 고배였다. 자신이 폐결핵 환자였다는 사실이 놀라워 그는 시험에 떨어져 낙망할 겨를조차 없었다. 그러나 필기시험 성적만은 일 년 동안 유효했기 때문에 그는 그 기간 동안 신체검사에 통과되려고 무진 애를 썼으나 실패했다. 이듬해 다시 필기시험에 재응시하여 합격했으나, 신체검사에서 아직도 폐에 뚫린 구멍이 메워지지 않은 사실이 드러났다. 그는 폐결핵에 약이 된다는 보신탕을 먹고 틈만 나면 잠을 잤다. 면접 및 신체검사를 다시 받으러 오라는 통지서를 받고 나서부터는 하루도 빠지지 않고 보신탕을 먹었다.

 그는 외아들인 동시에 삼대독자이기도 했다. 아버지가 살아 계시고, 집안에 재산이 넉넉했을 동안엔 그가 아무리 말썽을 피우고 돌아다녀도 부모의 헌신과 금력이 그 뒷감당을 충분히 해낼 수 있었다. 고등학교를 졸업하기까지 그는 한 번의 낙제와 두 번의 정학을 맞았다. 낙제도 정학도 따지고 보면 그에게 꼬여 드는 여자들로 인해서였다. 그에게 날아드는 연서(戀書) 중엔 그를 '몽티'라고 부른 것도 있었다. 그가 그녀들에게 자기 자신을 〈젊은이의 양지〉나 〈애정이 꽃피는 나무〉에서의 몽고메리 클리프트처럼 연출해 보였는지, 또는 나이가 들어도 마냥 겁먹은 아이처럼 휘둥그런 눈, 그러면서도 눈매에 우수가 어려 있는

낙망(落望) 희망을 잃음.
연서(戀書) 연애편지.
몽고메리 클리프트 1940~50년대 주로 활동했던 할리우드의 유명 남자 배우.

그의 용모가 단지 '몽티'를 닮아 보였는지 그건 모를 일이었다. 어쨌든 어떤 불미스러운 흔적도 그의 학적부를 더럽히진 않았다. 그가 간신히 대학에 들어갔을 즈음엔 우리 집의 재산은 반으로 줄어들었다.

대학에 들어가서도 그는 공부에 열중하는 기미가 전혀 없었다. 열흘이 멀다 하고 돈을 부쳐 달라는 편지가 집으로 날아들었다.

치즈가 떨어졌어요(하숙집 반찬만으론 영양이 부족하므로 이것만은 꼭 먹어야 합니다). 며칠 전 노상에서 순경한테 윗도리와 구두를 몽땅 뺏겼어요. 윗도리는 미팔군˚에서 흘러나온 신품이었답니다. 제 친구들은 순경들 눈가림하느라고 염색을 해 입지만, 저는 염색을 하지 않고도 그들의 눈을 피해 잘 다녔습니다. 그날은 재수가 없었던 거죠. 남대문 도깨비 시장˚의 제가 아는 상인에게 부탁했더니, 요즘은 물건 구하기가 하늘의 별 따기보다 어려우나 저한테만은 흠 없는 신품으로 구해 주겠다고 약속했습니다.

하고 숨 가쁘게 편지를 써 보냈다.

미팔군(美八軍) 미 제팔 군. 우리나라에 주둔하고 있는 미국 육군의 최고 단위 부대.
도깨비 시장(市場) 주로 밀수를 통해 외국 물건을 파는 시장.

부모는 등록금과 하숙비 외에도 별도로 120온스짜리 깡통에 든 치즈 값과 언제 또 압수당할지 모르는 미 육군의 군복과 워커 값까지도 꼬박꼬박 서울로 송금했다. 치즈야 얼마를 먹든, 옷과 구두를 얼마나 빼앗기든, 졸업만 해다오 하는 심정이었던 것이다. 그런데 3학년 1학기가 되어 그는 학교를 그만두겠다고 선언했다. 장래를 생각해서 졸업장만은 따놓아야 한다는 부모의 애원과 설득에, 그는 한 나이라도 빨리 사회에 나가는 놈이 유리하다고 맞섰다. 맞서는 정도가 아니라, 걸상을 뜰에 메다꽂으며 대학 얘기를 두 번 다시 자기에게 꺼내면 집을 나가 버리겠다고 부모를 위협했다.

　그리하여 그는 남보다 2년이나 빨리 사회에 발을 들여놓았다. 발만 들여놓았지, 그는 사회를 어떻게 헤쳐 나가야 하는지 전혀 몰랐다. 세파에 발만 담근 채, 그가 어쩔 줄 모르고 서 있는 동안 우리에게 남은 재산은 물에 풀리는 비누처럼 닳아, 고향의 마지막 부동산을 정리하여 서울 청량리 밖 어느 대학 근처에 간신히 마련한 방 네 칸짜리 후생 주택이 전부였다.

　"휴, 이제 좀 안심이 된다."

　어머니는 우리의 재산이 더 이상 비누 거품처럼 풀리지 못하

온스(ounce) 야드파운드법에 의한 질량, 부피의 단위. 1온스는 28.35g이다.
세파(世波) 세상의 풍파. 모질고 거센 세상의 어려움.
후생 주택(厚生住宅) 주택난을 해소하기 위한 정책의 하나로, 넉넉하지 못한 일반 서민들이 어렵지 않게 구입할 수 있도록 지은 주택.

게 요지부동˙의 쐐기를 박은 것으로 확신하는 듯했다.

　하지만 겨울이 지나 봄을 맞고 보니 비축해 둔 쌀과 연탄과 김장이 다 떨어졌다. 어머니의 얼굴엔 다시 수심˙이 몰려들었다. 집을 새로 사고도 난방 때문에 비워 둘 수밖에 없던 방 하나를 전세 주었다. 그러고도 또 몇 달이 속절없이˙ 지나갔다. 나의 휴학으로도 궁지에 몰린 우리의 가계는 조금도 나아질 기미가 없었다. 이번엔 우리 네 식구가 모두 한 방을 쓰고 방 두 칸을 더 비워 하숙생에게 내주었다. 세 명의 하숙생이 내는 밥값이 우리의 가계를 버팅겨 주고는 있었으나, 그것조차도 위태로웠다. 그중 한 명이 지독히 가난하여 석 달째나 공밥을 먹고 있었던 것이다.

　나는 더 이상 자는 체하고 있을 수가 없었다. 오빠의 밥상을 들여온 어머니가 나를 깨웠기 때문이다. 수험날 아침, 아들의 밥상머리에 두 딸이 다리를 뻗고 자는 것이 뭔지 꺼림칙했는지 모른다. 오빠가 시험 보러 갈 때마다 동생과 나는 잠자다 말고 일어나 억지로 밥상 머리맡을 지키고 앉아 있어야 했다. 어머니가 그 금기˙를 고스란히 지켜 오고 있음에도 오빠는 번번이 시험

요지부동(搖之不動) 흔들어도 꼼짝하지 않음.
수심(愁心) 걱정하는 마음.
속절없이 단념할 수밖에 달리 어찌할 도리가 없이.
금기(禁忌) 마음에 꺼려서 하지 않거나 피함.

에 떨어지니 이상했다.

"옛다. 다 쓰지 말고 남겨 가지고 와야 한다."

무조건 너그러워진 어머니는 여비를 후하게 준 것이 금방 후회되는 듯 단서를 붙였다. 하지만 오빠는 한 번도 여비를 남겨 가지고 온 일이 없었다. 속이 상한 나머지 오는 길에 술을 마셔 버렸다고 했다.

마지못해 상머리를 지키고 있기는 하나, 나는 차츰 혼자만의 걱정에 사로잡혔다. 어머니가 오빠의 시중을 들라 하면 어쩌나, 하는 것이 내 근심이었다.

지난번 그가 시험 보러 가는 날이었다. 그가 신발을 신으려는데 어머니가 그의 소매를 잡았다.

"가만 있거라, 구두 좀 닦아야겠다."

오빠의 구두를 닦아 주라는 소리에 나는 울 것처럼 얼굴이 달아올랐다. 마른걸레를 가져와서도 여전히 머뭇거리는 나에게 어머니가 재촉했다.

나는, 신발을 닦도록 바라고 서 있는 오빠 발 아래로 허리를 굽혔다. 어머니는 내가 울고 있는 것을 눈치챘다. 오빠를 대문 밖까지 배웅하고 돌아온 어머니는 속이 상한 나머지 화를 벌컥 냈다.

"아니, 네 오빠 구두 좀 닦아 준 것이 그렇게 원통하단 말이냐."

하지만 어머니는 이미 딸의 어린 시절부터 수줍고 자존심이 강한 성격 때문에 수없이 골탕을 먹었던 것이다. 딸은 손님들이 왔을 때 심부름만 시켜도 얼굴이 자줏빛으로 붉어져 울먹거렸다.

이윽고 밥상을 물린 오빠는 어머니가 건네주는 약병에서 원기소를 한 줌 꺼내어 물 없이 씹어 먹었다. 오빠는 약병을 창틀 위에 올려놓았다가 도로 집어 어머니에게 건네주었다. 어머니는 그것을 도로 같은 자리에 놓으면서 꾸중하듯 "에미를 알뜰히도 부려 먹는다."라고 했지만, 사실은 조금도 싫어하는 기색이 아니었다.

그는 옷을 갈아입었다. 투박하긴 해도 방한이 훨씬 잘 되는 오버를 놔두고 푸른 체크무늬 반코트를 걸쳤다. 그런 뒤, 깃을 세워 봤다가 도로 내리고, 그 위에 고동색 모직 머플러를 두르고, 그 한쪽 가닥은 어깨 뒤로 넘겼다. 거울을 들여다보고 그는 자기의 모습이 만족스러운지 싱긋 웃었다.

아주 훗날에 가서야 나는 왜 그가 번번이 시험에 낙방했는지 그 이유를 알게 되었다. 피엑스 관리자라고는 하지만 일종의 노무자를 뽑으려는 그들로서는, 짙은 셰이브 로션 냄새를 풍기고 얼굴이 '몽티'를 닮았다 스스로 착각하고, 머플러로 목을 멋지게 휘감은 남자의 그와 같은 멋스러움은 오히려 첫눈에 눈 밖에 났을 것이다.

원기소 1960~70년대 먹던 비타민 영양제의 일종.
오버(over) 외투.
노무자(勞務者) 노동자. 육체노동을 하여 그 임금으로 살아가는 사람.

오빠는 준비를 다 마쳤다. 그가 이제 자기의 신상 명세 카드가 들어 있는 노란 사각봉투를 들고 현관으로 나갈 참이었으므로, 나는 마음이 다급해졌다. 어머니가 지난번처럼 나에게 오빠의 구두를 닦아 주라고 할까 봐서였다. 나는 오빠보다 먼저 방에서 나와 화장실에 숨었다. 그리고 그가 떠난 뒤에야 배가 아픈 시늉을 하며 밖으로 나왔다.

저녁상에 올릴 콩나물을 다듬기엔 아직 이른 시각이었다. 겨울의 짧은 해라고는 해도 세 시 남짓밖에 되지 않았던 것이다. 어머니가 오늘따라 저녁 준비를 서두르는 것은 오빠의 귀가를 기다리는 초조함을 달래 보려는 의도였을 것이다.

어머니가 신문지 위에 콩나물 양재기를 올려놓자, 나는 말없이 찌그러진 그릇 앞으로 다가앉았다. 값이 싸면서도 반찬 가짓수를 늘리는 데는 콩나물만큼 십상인 것이 없었다. 하숙생들로부터 '도레미탕', '도레미 무침'으로 놀림받으면서도 다행히 접시가 번번이 비어 나오는 까닭에 우리는 종종 콩나물 반찬을 상에 올렸다.

노란 콩나물 대가리에서 껍질을 발라내고 실뿌리를 다듬는 일은 번거롭긴 해도 손에 익을 대로 익어, 머릿속으로는 얼마든지 딴생각에 젖어들 수 있었다.

나의 상념이 곧장 날아가 나래를 접는 곳은, 영화 〈파계(破

상념(想念) 마음에 품은 여러 가지 생각.

戒)〉에서 오드리 헵번이 약혼자에게서 받은 가느다란 금반지를 빼어 놓고 육중한 문 안으로 사라졌던 수녀원이었다. 친구 여숙과 함께 나는 그 영화를 보았었다. 우리는 그날 여숙의 유일한 혈친이었던 외할머니를 청운동에 있는 양로원에 입양시켜 놓고, 여숙이 차고 있던 부로바 손목시계를 팔아서 중앙 극장으로 갔다.

  빈곤과 저속에 항거하여 고개를 빳빳이 세우기에 지쳐 있던 나는 그토록 우아하게 세상과의 연을 끊을 수 있는 방법이 있음에 흥분을 금할 수 없었다. 마리아 수녀가 된 헵번은 아름다운 금발을 절단당하고 사랑을 손가락에서 빼어 내버렸음에도 헐벗고 초라해 보이기는커녕, 한층 지순한* 매력이 넘쳤다. 무신론자였던 나는 그 지순한 아름다움을 빚어내는 검은 수녀복이, 혹독한 자기 부정(否定)과 선에 대한 절대적 헌신을 약속하는 의미임을 잘 알지 못했다. 마리아 수녀가 왜 번번이 "메아 쿨파, 메아 막시마 쿨파♣"라고 입속으로 뇌이며 끊임없이 주먹으로 자기 가슴을 두드려 대는지 그 이유를 잘 알지 못했다.

  갑자기 옆 자리의 여숙이 훌쩍훌쩍 울기 시작했다. "왜 그러니?" 나는 여숙의 무릎을 살짝 꼬집었다. "우리 할머니가 불쌍해. 난 갈 테야." 벌떡 일어서는 여숙을 주저앉힌 뒤 나는 영화

---

* 지순하다(至純--) 더할 수 없이 순결하다.
♣ 메아 쿨파, 메아 막시마 쿨파 '내 죄요, 나의 큰 죄요(mea culpa, mea maxima culpa).'라는 뜻의 라틴어로, 가톨릭 신도들이 기도할 때 흔히 쓰는 말이다.

가 끝날 때까지 내내 여숙의 치맛자락을 움켜쥐고 있었다. 막상 영화가 끝났을 때는 여숙이 날 놓아주지 않았다. "짜장면 먹으러 가자." 나는 마지못한 듯이 따라가서, 짜장면이 나오기도 전에 금계랍˙처럼 샛노란 단무지를 맨입으로 씹어 먹으며 제의했다. "우리 수녀가 되자." 또 다시 눈물로 흐려진 안경을 벗으며 여숙이 발칵 화를 냈다. "애는, 남 속상해 죽겠는데 무슨 뚱딴지 같은 소릴 하니."

여숙의 호응을 얻지는 못했지만, 나는 확신했다. 수녀가 되면 우리를 굴욕스럽게 하는 삶이 더 이상 우리를 넘보지 못하리란 것을.

"정신을 어디다 빼놓고 있니."

어머니의 핀잔을 듣고, 한없이 마리아 수녀를 뒤쫓고 있던 나의 상념은 찌그러진 콩나물 양재기 앞으로 되돌아왔다. 신문지에 버려야 할 실뿌리는 양재기에, 양재기에 담겨 있어야 할 다듬은 콩나물이 신문지에 수북이 버려져 있었다. 뒤늦게야 그것을 깨달은 어머니도 정신을 다른 데 쏟고 있었음이 분명했다.

"아무래도 밖에 좀 나가 봐야겠다. 이렇게 늦어지는 걸 보니 ……."

어머니는 한숨을 쉬며 일손을 놓았다. 하지만 어머니의 한숨

금계랍(金鷄蠟) 말라리아 치료제인 '염산키니네'의 다른 말. 쓴 맛이 나서 아이들 젖을 뗄 때 사용하기도 했다.

은 너무 성급한 게 아닐까, 하고 나는 여전히 희망을 버리지 않았다. 나로서는 오빠가 이번에도 낙방한다면, 그 뒤 우리 가족에게 닥칠 어려움이 어떠할 것인지 도무지 상상할 수조차 없었다. 희망은 내가 지닌 유일한 방패였다.

"다 다듬거든 씻어서 헹구어 놓고, 밥쌀 좀 안쳐라. 보리쌀을 많이 섞어야 한다."

오빠를 마중하러 나가면서 어머니가 나에게 당부했다. 그런데 어머니의 그 말 속에는 우리가 맞이해야 할 잔인한 미래가 이미 예견되어 있었다.

오빠가 취직 시험에 또다시 낙방하자, 우리 식구는 오빠에게 걸었던 기대를 나한테로 옮겨 보려고 애썼다.

나는 국민학교 이급 정교사 자격증을 가지고 있었다. 집안의 형편이 내리막길로 접어들면서 나는 가족들로부터 항시 그 자격증을 써먹도록 은근한 압력을 받아왔다.

어둠침침한 알전구 밑에서 하숙생들이 남긴 찌꺼기 반찬으로 식사를 하고 있노라면, 무언의 서글픔이 뾰족한 창처럼 내 가슴을 겨냥하고 있는 듯했다. 어머니가 밥상 밑에서 막숟가락으로 밥 냄비에 눌어붙은 보리밥 누룽지를 다각다각 긁는 소리를 낼 때마다 나는 고문을 받는 것 같았다.

국민학교(國民學校) '초등학교'의 전 용어.

지금이라도 와이셔츠 상자 밑바닥에 넣어 둔 자격증을 꺼내어 어느 섬이나 두메산골 국민학교의 선생님이 된다면, 우리 집 살림 형편은 조금쯤 나아질 게 확실했다. 하지만 나는 그 자격증이 가져다줌 직한 보잘것없는 안정을, 내 의사에 반해서 억지로 사범 학교로 보내질 때부터 비웃어 왔다.

그 당시 강원도에는 춘천과 강릉 두 곳에 사범 학교가 있었다. 학비가 면제되고 졸업 후에는 취직이 보장되므로, 가난한 우등생들이 도내 각지에서 몰려들었다. 자기 삶을 끌어올리려는 의지를 일찍이 포기한 급우들의 조숙한 얼굴에서 나는 어렴풋이 내가 왜 그토록 사범 학교로 진학하는 것을 싫어했는지 알아챌 수 있었다.

나는 교직의 필수 과목인 풍금 연습과 유희 연습을 거의 하지 않았다. 그것만으로도 나는 급우들이 가는 길에서 멀리 벗어나 있었다. 내 속에서 고개를 쳐드는 진학의 꿈은 나를 한층 더 반사범인으로 만들어 갔다.

하지만 그 꿈은, 제2세의 국민 교육을 짊어지게 될 사명감으로 불타는 급우들의 뜨거운 면학열 속에 섞이어 있어, 감쪽같이 위장이 될 수 있었다. 책상 위에 V자 모양으로 펼쳐 놓은 영어

❈ 자기 삶을 끌어올리려는 ~ 알아챌 수 있었다 '나'는 국민학교 교사라는 안정된 직업을 추구하는 급우들을 자신의 꿈을 포기한 사람이라 생각하고 있다.
유희(遊戲) 유치원이나 초등학교에서, 어린이들의 육체적 단련과 정서 교육을 위하여 일정한 방법에 따라 재미있게 하는 운동.

교과서 뒤에서 나의 꿈이 2세의 국민 교육이 아니라 그보다 훨씬 높은 곳을 겨누고 있음을 알아보기는 결코 쉽지 않았을 것이다. 그 V자의 삼각 꼭지가 훤히 바라다보이는 교탁 위에서조차도.

그러나 나의 부모님의 경우는 조금 달랐다. 딸이 학기말마다 가져오는 통지표를 유심히 관찰한 끝에 그들은 그 속에서 기이한 현상을 눈치챌 수 있었다. 2학년 2학기 성적표를 받아 보고 어머니가 나를 추궁했다. "음악하고 체육 점수가 밑바닥이니 이래 가지구 자격증을 따겠니." 그 말은 국어 · 영어 · 수학 점수가 아무리 좋으면 국민학교 선생님이 될 사람에게 무슨 소용이 있느냐는 뜻일 뿐만 아니라, 우리 집 형편으로는 아들 하나 대학에 보내는 것으로 족하니, 너는 딴생각 품지 말라는 암시이기도 했다.

그 무렵 내 결심을 뒤집어 놓을 뻔한 사건이 생겼다. 시민관에서 전교생이 단체로 관람한 영화 〈검사와 여선생〉 때문이었다. 여교사로 분장한 윤인자는 사랑으로 제자를 돌보는 어머니 같은 선생님이었다. 그녀의 담임 반에는 머리가 총명하고 성품이 온순하고 부지런한 학생이 있었는데 집이 극도로 가난하여 끼니를 굶는 형편이었다. 점심시간만 되면 그 아이는 슬그머니 교실을 빠져나와 동무들이 도시락을 다 먹을 때까지 혼자 운동장을 배회하곤 한다. 이 사실을 알게 된 여선생은 아이들이 눈치

배회(徘徊) 목적 없이 어슬렁거리며 이리저리 돌아다님.

채지 않게 자기의 도시락을 그 제자의 책상 서랍 속에 넣어 두기를 일 년이 하루같이 계속하는 한편, 병석에 누워 있는 소년의 모친을 도와주기 위해 박봉˙에서 적지 않은 약값을 떼어 내기도 한다. 이렇게 여교사의 헌신적인 보살핌을 받은 그 아이는 공부를 열심히 하여 훌륭한 사람이 되는 것만이 스승의 은혜에 보답하는 길이라고 굳게 맘먹는다. 세월이 흘러, 소년은 사랑의 채찍 덕분에 어엿한 검사가 되었으나, 여선생은 건달이고 노름꾼인 남편을 만나, 맞고 채며 신음하는 나날을 보내는 처지였다. 남편의 학대를 견디다 못한 여선생은 우발적˙인 실수로 남편을 살해하여 법정에 서게 된다. 옛날의 어린 제자와 여교사는 검사와 수인˙의 입장으로 운명적인 해후˙를 하게 된다. 말끔하고 단정한 양복 차림의 검사가 푸른 수의의 초췌한 중년 여인을 보고, "선생님, 이게 어찌 된 일입니까?" 하고 수갑 찬 손목을 움켜쥐자, 퀴퀴한 곰팡내 나는 장내의 이 구석 저 구석에서 훌쩍이는 울음소리가 들리기 시작했다. 그러나 검사는 곤경에 빠져 있는 스승을 위해 자신이 입은 은혜를 갚을 수 있는 유일한 기회를 맞고서도 도움은커녕 그가 지은 죄를 논고하기˙ 위해 목소리를 가다듬지 않을 수 없었다. 검사의 서릿발 같은 논고가 도

박봉(薄俸) 적은 봉급.
우발적(偶發的) 의도하지 않은, 우연적인.
수인(囚人) 죄수.
해후(邂逅) 오랫동안 헤어졌다가 뜻밖에 다시 만남.
논고하다(論告--) 검사가 피고의 범죄 사실과 그에 대한 법률적 판단을 밝히다.

도히 진행되는 동안, 어두컴컴한 시민관을 가득 메운 예비 교사들은 기구한 운명의 희생양이 된 여교사에 대한 미어지는 동정심으로 울음바다를 이루었다.

그리하여 나는 이제까지 내가 한사코 기어오르고자 했으면서도, 그것이 구체적으로 무엇인지 알지 못했던 것을 그 울음바다 한복판에서 두 뺨을 적시는 눈물과 함께 갑자기 깨달은 듯싶었다.✽

그날 밤 나는 식구들이 잠들기를 초조하게 기다렸다. 마침내 소등●을 하고 식구들이 잠자리에 들자, 나는 식구들 몰래 진학의 꿈을 불사르는 데만 사용해 온 촛불로 책상머리를 밝히고, '존경하는 윤인자 선생님'으로 시작되는 긴 편지를 썼다. 나는 그 편지에다 소월의 '예전엔 미처 몰랐어요'라는 시구를 슬쩍 인용해 가며, 나의 가난한 급우들이 자기 삶을 끌어올리려는 의지를 포기해서가 아니라, 한층 더 높이려는 의도에서 고난의 가시밭길인 사도(師道)●를 선택했음을 뒤늦게야 깨달았노라고 고백했다.

그로부터 두 달 뒤, 급우인 효순의 일만 없었더라면, 나는 지금쯤 동해의 넘실거리는 푸른 파도가 교정의 탱자 울타리를 적

✽ 그리하여 나는 이제까지 ~ 갑자기 깨달은 듯싶었다 '나'는 영화의 감동에 젖어 이전에는 마음에 들어 하지 않던 교사의 길을 갑자기 자기 인생의 목표로 설정하고 있다.
소등(消燈) 불을 끔.
사도(師道) 스승의 길.

실 듯한 바닷가 어느 국민학교에서, 미래에 판·검사가 될지도 모르는 불우한 소년 소녀를 위해 도시락을 두 개씩 싸고 있을지도 몰랐다.

열흘 동안 무단결석을 해온 효순이 자기 아버지에게 끌려서 우리 집에 나타났을 때 나는 뒷문으로 모습을 감추었다. 그녀의 아버지와 나의 어머니는 먼 친척뻘이었으나, 나는 내심 부젓가락˚으로 앞머리를 지지고 성적이 꼴찌에서 다섯째쯤 되는 효순을 무척 깔보고 있어, 교우 관계를 기피하고 있었다. 나는 뒷문 밖 댓돌 위에 걸터앉아 F까지 암기를 끝낸 영어 사전을 펴 들었다. 차가운 댓돌에다 체온을 빼앗겨 궁둥이가 시려 올 무렵 나는 사전을 덮고 자리에서 일어났다. 기분이 흐뭇했다. 마치 농부가 밭에서 거둔 곡식을 헛간에 쌓아 놓듯이, 사전에 심어져 있는 단어들을 머릿속 창고로 옮겨 차곡차곡 갈무리하는˚ 그 일은 나를 우쭐하게 만들었다.

방에서는 아직도 어른들의 말씀이 계속되고 있었다. "너무 심려하지 마세요, 오빠. 이미 엎질러진 물인데 이제 와서 아이를 후드려˚ 팬다고 해서 될 일이에요." "서울에 가면 쥐도 새도 모르게 중절을 시켜 주는 병원이 있다던데……." "너무 늦었어

부젓가락 화로에 꽂아 두고 불덩이를 집거나 불을 헤치는 데 쓰는, 쇠로 만든 젓가락.
갈무리하다 (물건 따위를) 잘 정리하여 간수하다.
후드리다 두드리다. 여기에서의 '후드려 팬다'는 '두드려 팬다'로 '함부로, 마구, 사정없이 때린다'는 의미임.

요. 철없는 것이. 진작 얘기만 했어도 일이 이렇게까지 커지지는 않았을 텐데." "다, 내 불찰˚이지. 하숙집 어멈만 믿거라 하고 감시를 소홀히 한 탓이었어. 남부끄러워서 어떻게 얼굴을 들고 산담." "소문이 안 나게 해 봐야지요. 몸 풀 때까지 내가 옆에 붙어 있을 테니 낳거든 얼른 데리고 서울로 가세요."

이렇게 해서 얼굴이 퍼렇게 멍이 든 효순은 학교에다 가짜로 만든 진단서를 내고, 포플린˚ 천으로 가리개를 해서 둘로 나눈 내 방의 다른 한쪽에서 숨어 지내게 되었다.

나는 효순의 열등한 성적이나, 부젓가락으로 지져 마치 커튼을 열다 만 듯이 보이는 기묘한 앞머리며, 하복을 입을 때면 겨드랑 밑이 노랗게 젖는 그 왕성한 분비물이며, 아양을 떠는 듯한 기묘한 걸음걸이에 대해 심한 혐오감과 경멸감을 지녔음에도, 포플린 가리개 뒤의 일이 궁금하여 견딜 수 없었다. 무엇보다 나는 효순의 몸이 조금도 아기를 가진 사람 같지 않아 보이는 것이 이상스러웠다. 요컨대 아버지에게 얻어맞아 눈 밑이 푸르뎅뎅해진 멍 자국이나 더 이상 부젓가락의 흔적을 볼 수 없는 부스스한 머리 모양을 제외하면 그녀의 외모엔 그다지 큰 변화가 있지는 않았다. 그럼에도 효순은 내가 알던 이전의 그녀가 아니었다.

불찰(不察) 조심해서 잘 살피지 아니한 탓으로 생긴 잘못.
포플린(poplin) 주로 와이셔츠 등을 만들 때 쓰는 직물의 일종.

효순은 음울하고도 신경질적인 침묵으로 자기를 신비스럽게 감싼 채 나의 달아오른 호기심을 묵살했다.

어느 날 밤 나는 가리개 너머에서 들려오는 신음 소리에 퍼뜩 잠이 깼다. 전등을 켜고 살그머니 가리개를 들춰 본 나는 소스라치게 놀랐다. 효순의 머리맡에 놓인, 허옇고 긴 무명천 때문이었다. 나는 얼핏 이복동생의 무고로 대들보에 목을 매달아 장화를 죽게 했던 그 섬뜩한 긴 천을 떠올렸다.

하지만 신음을 멈추고 한층 놀라 깨어난 것은 효순이었다. 효순은 얼른 이불자락으로 자기 몸을 가렸다. 그럼에도 분명한 것은 효순이 스스로 몸을 상해한 흔적이 전혀 없는 점이었다.

"꿈을 꿨어. 무서운 악몽이야." 몸에서 쉰내를 풍기며 효순이 혼잣말처럼 중얼거렸다. "무서운 꿈?" 나는 재빨리 그녀의 말꼬리를 낚아챘다. "눈이 무지무지하게 쏟아지는데 내가 기차를 타고 시베리아로 유형을 간다고 했어. 나는 네플류도프 공작을 한 번만 만나게 해 달라고 나를 감시하는 검은 제복의 남자에게 애원했어. 카추샤, 네플류도프 공작은 오지 않는다구. 넌 헛물을 켠 거야, 라고 그 남자가 비웃는 바람에 나는 격분해서

무고(誣告) 사실이 아닌 일을 거짓을 꾸며 고소하거나 고발하는 일.
장화 조선 시대의 소설 〈장화홍련전〉에 나오는 주인공의 이름.
상해하다(傷害--) 몸에 상처를 내어 해를 끼치다.
유형(流刑) 죄인을 귀양 보내던 형벌.
네플류도프 공작 톨스토이의 소설 〈부활〉에 나오는 남자 주인공의 이름.
카추샤 톨스토이의 소설 〈부활〉에 나오는 여자 주인공의 이름.

달려들어 물어뜯었지. 그 남자의 손가락 하나가 떨어져 눈 위에 꽂히며 하얀 눈이 금세 피로 물들었어. 그러자 그 남자가 비명을 지르며 피로 물든 눈 위에 쓰러졌는데, 보니까 네플류도프 공작이었어." "카추샤는 뭐고, 네플류도프 공작은 뭐니?" 나는 의아해서 효순의 말을 가로챘다. "넌 그럼 이 책도 아직 안 봤니?" 하며 효순은 몸의 이상을 감추기 위해 배를 졸라맸던 무명천 밑에서 〈부활〉을 꺼내어 보여 주었다.

효순에 대한 나의 터무니없는 우월감은 〈부활〉로 해서 일시에 무색해지고˙ 말았다. 며칠 동안 밤새워 〈부활〉을 읽고 난 나는 그 감동을 고스란히 효순에게로 옮겨, 내 방의 반을 카추샤에게 나누어 주고 있는 듯한 짜릿한 흥분으로 들뜨고 말았다.

나를 자기 편으로 만든 효순은 '어려운 부탁'이라 전제하고, 나의 용기와 모험심을 북돋워 주면서 심부름을 시켰다. 나는 어머니 몰래 효순의 편지를 책갈피에 감춰 가지고, 네플류도프 공작이 근무하는 학교로 찾아갔다. 붉은 딸기코에 어깨가 꾸부정한 근시인 효순의 네플류도프 공작을 만나자 나의 실망은 이만저만이 아니었다. 효순으로 하여금 밤마다 신음하게 하는 남자가 젊지 않다는 점도 놀라우려니와, 그가 위엄을 지닌 교감 선생님이란 사실에 나는 큰 충격을 받았다.

그는 효순의 편지를 건네주는 나를 훈육 주임이 금지된 장소

무색해지다(無色---) 겸연쩍고 부끄러워지다.

에서 적발된 학생을 야단치듯 훈계했다. 나는 얼떨결에 그대로 돌아오고 말았다. 효순의 편지는 오는 길에 찢어서 시궁창에 버렸다. 나는 효순에게 편지를 잘 전해 주었으며, 곧 회신이 올 거라고 거짓말을 했다. 효순은 매일매일 애타게 편지를 기다렸다. 나는 네플류도프 공작이 쓴 것처럼 해서 효순에게 편지를 쓸까 하는 생각도 해 봤다.

어느 날 학교에서 돌아오니 어머니가 나에게 당분간 다른 방을 쓰라고 말했다. 그런 지 며칠 뒤에 효순이 낳은 아기는 죽었다. 세상에 나서 한 번 울어 보지도 못한 채 조용히 잠자듯이 생명이 태어난 곳으로 되돌아간 그 아기의 이마엔 예수의 이마에 흐르는 것과 같은 수난의 핏자국이 어려 있었다.

그런 지 또 며칠 뒤엔 헝클어진 이부자리를 그대로 펴둔 채 효순이 행방불명이 되었다. 어머니는 효순이 깔고 덮었던 낡은 이부자리 홑청과 소문으로부터 효순을 막아 주었던 포플린 가리개를 걷어서 빨고, 나머지 소지품들을 챙겨 보자기에 쌌다. 나는 어머니를 거들었다. 내 방의 반쪽을 차지했던 효순의 흔적은 간 곳 없이 사라진 듯했다. 내 목전에서 일어났던 카추샤의 비극은 그렇게 해서 잊혀지는 듯했다. 그런데 그게 아니었다. 빨래 보자기에 싸인 풀 먹인 홑청과 포플린 가리개를 꼭꼭 밟고 있는 동안, 갑자기 효순의 편지를 찢어서 시궁창에 버린 일이

목전(目前) 눈앞.

떠오르자 나는 무릎을 꿇고 털썩 주저앉았다.

사도(師道)에 대한 나의 열망은 아기의 죽음과 효순의 행방불명으로 급속히 식어 버렸다.

새벽녘에 어머니와 오빠가 두런거리는 소리에 나는 잠이 깼다.

"하숙생을? 더 들일 방이 어디 있니?"

"안방이 있잖아요."

"우리 식구는?"

"어머니와 저는 골방의 짐을 치우고 거기서 자고, 정애와 정민이는 다락이 넓으니까……."

"그건 안 된다. 한창 부끄럼이 많은 나이들인데."

"어머니는, 집안 형편이 그런 걸 하는 수 없잖아요."

"우리가 요 모양 요 꼴이 된 줄 고향 사람들이 알면 망신스러워서 어찌할까."

어머니의 말 끝에 긴 한숨과 울음이 묻어 나왔다. 뒤늦게 오빠의 심중을 헤아린 어머니는 목소리에 묻어난 울음을 지우려는 듯, 일부러 심한 기침을 터뜨렸다. 그러나 이미 설움을 탄 오빠는 왈칵 이불을 걷어차고 일어나 앉았다.

"다 집어치우세요. 전들 그런 궁리를 하고 싶어서 합니까."

어머니는 또다시 심하게 기침을 했다. 그렇게 해서 어머니는 북받치는 울음을 수습할 시간을 버는 것 같았다.

"형편이 그런 걸 누가 모르냐. 하지만 정애가 말을 들어줄는지……. 그래, 걔들이 다락을 쓰게 되면 사람이 방에 있는데 어디로 들락거리니?"

"……."

아들의 눈치를 보고 나서 어머니는 대답을 기다렸다. 오빠가 볼멘소리로 대꾸했다.

"밖에다 사다리를 놔야죠."

나는 심하게 가슴이 두근거리고 몸에 열이 올랐다. 더 이상 피할 수 없는 것이 나를 향해 정면으로 다가오고 있었다. 이제까지 나는 우리 집 하숙생들에게 나를 전혀 노출시키지 않은 채 용케 버티어 왔다. 하지만 다락문 한 겹 밖에까지 밀려 들어올 그들을 무슨 수로 피할 수 있으랴. 그것만 해도 참담한데, 사다리를 타고 개구멍 같은 다락창으로 드나들어야 된다니.

아침이 되어도 내 몸의 열은 내리지 않았다. 그것은 심한 독감 증세와 꼭 같았다. 어머니는 내 이마를 짚어 보고 고개를 갸우뚱했다.

"어젯밤까지 멀쩡했는데, 쌍화탕 먹고 땀을 푹 내야겠다."

내가 아랫목에 이불을 뒤집어쓴 채 앓고 있는 동안 우리 집 대문 앞엔 '하숙생 구함'이란 종이 딱지가 내다 붙여졌고, 그로부터 얼마 후엔 하숙을 구하는 학생들이 찾아와서 내가 누워 있는 방의 방문을 열어 보고 갔다.

그 이튿날 아침, 오빠는 뚝딱거리며 사다리를 만들기 시작했다. 그것은 안뜰에서 부엌으로 드나드는 문 앞에 세워져, 앞으로 나와 내 동생이 오르내리게 될 물건이었다.

사다리가 거의 완성되었을 즈음 동생이 학교에서 돌아왔다. 오빠는 동생을 뜰로 불러내었다. 이미 자기 스스로 사다리를 충분히 시험해 보았음에도. 아파서 누워 있지 않다면 오빠는 그 시험을 내게 시켰을 테고, 나는 한사코 그의 청을 거절하여, 우리는 끝내 얼굴을 붉히며 목소리를 높였을 것이다.

동생은 순순히 오빠가 시키는 대로 했다.

"발을 굴러 봐."

"됐어. 튼튼해."

"끝까지 올라가 보라니까."

"아야!"

동생은 다락으로 들어가려다 창틀에 머리를 부딪친 모양이었다. 동생의 외마디 소리가 어찌나 큰지 건넌방에 있는 하숙생들이 무슨 일인가 해서 내다볼까 봐 나는 가슴이 조마조마했다.

입술을 깨물며 나는 머리 꼭대기까지 이불을 뒤집어썼다. 등에 차디찬 진땀이 흘렀다.

얼마 전 어머니는 골방을 비우기 위해 그곳에 있던 짐들을 마루로 끌어내었다. 그 짐은 우리 집에서 하숙을 하다가 행방불명이 된 학생의 것이었다. 7개월이나 밥값이 밀렸던 그는 어느 날 학교에 간다고 나간 뒤로 소식이 없었다. 같은 방 친구의 말로는 학교에도 나오지 않는다고 했다. 우리는 그의 이불 보따리와 책들을 꾸려서 골방에다 보관해 왔는데 2년이 넘도록 여전히 소식이 없었다.

전공이 축산학이었음에도 그의 책들은 육법전서를 위시해서 대부분 법률 관계 서적이었다. 그는 남몰래 고시를 준비하고 있었던 것이다.

광으로 짐을 나르기 전에 나는 이불 보따리 밑에 깔려 있는 책 한 권을 빼내어 책장을 넘겨보았다. 붉은 색연필로 거의 매 페이지마다 밑줄이 그어져 있었다. '칼젠의 법 이론', 그것이 이불 보따리 밑에 깔려 있던 책 이름이었다. 어느 법학도의 좌절된 꿈을 손에 펼쳐 들고 있노라니, 사는 데 대해 오싹한 두려움이 나를 사로잡았다. 도대체 삶이란 어떤 것이길래 이토록 집요한 집념도 잔인하게 묻어 버린단 말인가.

다른 짐들과 함께 그 책은 광에서 시커먼 연탄 가루를 뒤집어쓰며 점점 까맣게 잊혀져 갔다. 가끔씩 나는 길을 가다가 이름 모를 사람의 지친 어깨 주위에서 빨갛게 밑줄이 그어진 책 하나가 나비처럼 책장을 접었다 폈다 하는 환영을 보곤 했다.

하숙생이 입주할 날이 하루하루 가까워지고 있었다. 사다리는 동생이 시험해 본 이후로 그대로 있었다. 그동안 두세 차례 비가 왔기 때문에 나무가 젖어 못 자국 주위엔 검붉은 녹이 피

육법전서(六法全書) 헌법, 형법, 민법, 상법, 형사 소송법, 민사 소송법 등을 모두 종합한 법전.

고 있었다.

　가운뎃방의 하숙생 둘이 세수를 하러 안뜰로 와서 사다리를 발견하자 주고받는 말. "나는 사다리만 보면 올라가고 싶어진다." 그는 국문과 3학년에 재학 중이었다. "놀리지 마." 다른 국문과 3학년이 대꾸했다. "놀리다니? 이건 순수한 시라구." "나도 시야. 나는 고소공포증˙이 있거든."

　방 안에서 두 국문과 학생의 시를 엿들으며, 나는 그들이 보는 앞에서 다락 창문을 통해 기어 나와서 사다리를 내려오는 나를 상상해 보았다. 아니, 그것은 며칠 뒤엔 결코 상상이 아니라 현실이 될 것임이 분명했다.

　지금이라도 마음을 바꾸어, 두메산골이나 도서˙ 지방 국민학교 선생님이 된다면, 저 사다리는 내 앞에서 치워질 것이다. 그리고 그것은 다른 모든 사다리가 그렇듯이 벽돌을 쌓을 때나 지붕을 고칠 때나 높은 곳에 못을 박을 때 이외엔 그다지 소용이 닿지 않을 것이다. 그것은 일상에서 보조적 용도로 쓰이면 그만이다.

　나는 식구들 몰래 다락에 올라가서 살그머니 문을 닫았다. 거기엔 나의 교사 자격증이 들어 있는 헌 와이셔츠 상자를 포함해서, 허드레 물건들이 쌓여 있었다. 나는 상자를 열고 홍두깨처럼 말려 있는 자격증을 꺼냈다.

고소공포증(高所恐怖症) 높은 곳에 있으면 꼭 떨어질 것만 같은 생각이 들어 두려워하는 병.
도서(島嶼) 섬.

교육공무원자격증본적강원도성명한정애자격국민학교이급정
교사우는교육공무원법소정의자격기준에의거하여두서의자격이있
음을인정하고이증서를수여함단기4294년5월18일문교부장관

　이것은 국가에서 나에게 발부해 준 국민학교 이급 정교사 자격증의 내용이었다. 풍금과 유희를 전혀 배우지 않았음에도 국가는 나에게 자격증을 주었다. 다만 보류한 것은 임용이었다.

　자격증은 내 결심을 흔들어 생각을 바꾸게 하는 데 아무런 도움도 주지 못했다. 두 번, 세 번 내용을 거듭 읽어 보아도 내 마음은 말뚝에 묶인 양 한 치도 움직이지 않았다. 내가 억지로 내 마음을 움직여 보려고 애쓰는 이유가 바로 내 마음을 움직이지 못하게 하는 이유이기도 했다. 요컨대 나는 나를 다락으로 밀어 올리려는 궁핍 때문에 교사가 되어야 했음에도, 그 궁핍 때문에는 결코 교사가 되고 싶지 않았다.* 추워서 얼어 죽는 게 낫지 가야금을 부수어 장작으로 쓸 수는 없다는 게 나의 비극적인 고집이었다.

　나는 왜 생계의 수단이 될 수 있는 것을 굳이 거부하고, 그것

우는 '오른쪽의 내용은'이란 뜻임. 이는 자격증의 내용이 세로쓰기로 되어 있어, '앞의 내용은'이란 의미임.
두서(頭書) 앞에 쓴 내용.
단기(檀紀) 단군이 즉위한 해인 기원전 2333년을 원년(元年)으로 하는 기원.
임용(任用) 직무를 맡기어 사람을 씀.
✤ 요컨대 나는 나를 다락으로 ~ 교사가 되고 싶지 않았다 '나'는 궁핍 때문에 교사가 되는 것은 자신의 의지가 궁핍으로 인해 꺾이는 것이라 생각하여 도저히 받아들일 수 없었다.

을 가야금으로 고스란히 있게 하려는 것일까. 빈곤의 위협은 창턱까지 다가와 있는데.

다락의 창문은 어찌나 작은지 뱀처럼 몸 전체로 기지 않고서는 결코 그리로 빠져나갈 수 있을 것 같지 않았다.

그날은 유난히 바람이 심했다. 교사 임용 실기 시험이 있는 날이었다. 한 해 전만 해도 사범 학교 출신은 졸업과 동시에 도내 각지로 발령을 받았다. 그런데 내가 졸업하던 해부터 임용 자격을 강화하기 위해 임용 고시 합격자에게만 발령을 내기로 방침이 바뀌었다.

졸업 직전에 이러한 방침이 전해졌을 때, 나는 대학 입시 쪽을 택하고 임용 시험 쪽을 버리기로 마음을 굳혔다. 나에게 배달되어 온 대학 입학 원서를 보고, 부모님도 웬일인지 심하게 말리지 않았다. 시간이 흐름과 동시에, 나는 부모님의 의중을 간파할 수 있었다. 부모님은 나에게 두 시험을 다 치르게 해서, 어느 쪽이든지 합격이 되는 쪽으로 진로를 결정짓자는 생각이셨다.

그런데 대학 입시는 임용 시험보다 두 달이나 앞서 치러졌는데, 약 이십여 일 뒤에 나에게 합격 통지서가 날아왔다. 그래서 나는 그것으로 나의 진로는 판가름 난 것이라 여겼다. 그럴 즈

의중(意中) 마음속. 속내.

음 우리 집엔 난처한 사건이 생겼다. 민주당 부녀 부장이던 나의 어머니의 열성적인 선거 운동이 당국의 미움을 사서 시청 직원이었던 나의 아버지가 권고사직˙을 당하고 말았다. 어머니는 풀이 죽어 나를 불러 타일렀다. "대학에 가더라도 임용 시험을 봐 둬서 나쁠 게 무어냐."라는 것이었다. 나는 어머니의 제의를 순순히 받아들였다.

수험장은 시내 ㅂ국민학교의 3개 교실을 빌려서 마련되었다. 나에겐 그곳이 낯설지 않았다. 효순의 네플류도프 공작에게 편지를 전하러 온 일이 있었기 때문이다.

수험생들은 수험장 밖의 통로에 모여 차례가 호명되기를 기다리고 있었다. 타지에서 온 수험생, 그러니까 춘천 사범 졸업생과 교직을 떠났다가 나이 들어 다시 교단에 서려는 옛 졸업생들도 상당수 섞여 있어, 대기 장소엔 낯익은 얼굴들보다 낯선 얼굴들이 더 많았다.

봄 방학을 맞아 텅 빈 교정엔 연신 흙먼지 바람이 불어 대고, 교실 창문이 덜컹거리는 소리가 수험생들의 마음을 을씨년스럽게 파고들었다. 생존을 위한 치열한 다툼을 깊숙이 감춘 채, 수험생들은 어깨를 비비적대며 선험자˙들이 흘린 정보를 교환하기도 했다.

권고사직(勸告辭職) 권고하여 그 직책에서 물러나게 하는 일.
선험자(先驗者) 먼저 경험한 사람.

특히 나이 들어 주름살 진 얼굴에 궁색한 티가 나는 중년의 수험생들은 초조한 낯빛으로 나이 어린 후배들 속에 섞이어 말 없이 귀를 기울이곤 했다. 벽 하나 사이의 수험장에서는 유희 능력을 시험해 보는 풍금 소리가 곡명을 바꿔 가며 규칙적으로 들려왔다.

 그 풍금 소리는 내가 애써 외면하려는 그 무엇을 차츰 선명하게 인식시켜 주는 듯했다. 나는 대학에 갈 수 없을지 모른다. 아니다, 지금 우리 집 형편으론 등록금 마련이 거의 불가능하다. 그러므로 동요에 맞춰 유희를 해야 하는 풍금 소리는 이곳에 모인 사람들 모두가 직면한 현실이자, 나의 현실이다.

 그때 누군가 나무 발판을 쿵쿵 굴렀다. 모두의 시선이 소리 난 쪽으로 쏠렸다. 검정색 스커트에 앞 터진 낡은 초록색 스웨터 차림의 나이 지긋한 중년 여인이 벽 너머 수험장에서 들려오는 희미한 풍금 소리에 맞춰 깡충깡충 뛰고 있었다. 그녀의 후배이자, 나의 급우 하나가 장작처럼 뻣뻣한 그녀의 팔을 치켜 가며 즉석에서 유희를 가르치고 있었다. 모두의 시선이 일제히 자기에게 쏠려 있는 것도 아랑곳하지 않고 그 여인은 유희 동작을 좀 더 잘해 보려고 애쓰다 불쑥 탄식조로 뇌까렸다. "몸이 굳어져서 파이라." 모두가 큰 소리로 웃어 댔다.

 나는 얼른 고개를 돌렸다. 그냥 바라보고 있기에는 무언가 너

파이다 '나쁘다' 혹은 '안 좋다'라는 뜻의 경북 사투리.

무 아픈 광경이었다. 고개를 돌린 내 망막˙에는 아직도 단이 뜯어져 늘어진 여인의 스커트 자락이 가물거렸다.

 드디어, 내 이름이 호명되었다. 나와 한 조가 될 사람도 호명되었다. '박금순.' 그것이 초록색 스웨터를 입은 중년 여인의 이름이었다. 출입문을 열고 들어가기 직전, 그녀가 나에게 속삭였다. "나 좀 봐줘. 남편이 죽고, 아이들이 셋이야."

 수험장의 유리창은 밖에서 들여다보이지 않도록 팔절지를 붙여 놓았고, 책상과 걸상을 모두 한쪽으로 치워, 가운데를 비워 놓았다. 교단 위에는 세 사람의 시험관이 책상을 앞에 하고 칠판을 등진 채로 나란히 앉아 있었다. 그리고 교정 쪽 창가에는 시험관의 주문에 따라 노래를 반주해 줄 사람이 창을 등지고 앉아 있었다. 팔절지를 붙이지 않은 유리창 꼭대기 쪽으로 심한 바람에 부대끼는 나뭇가지들이 파도치듯 출렁거리고 있었다. 실내엔 으스스한 냉기가 감돌았다. 계절적으로 바깥 온도보다 실내 온도가 낮을 때였다.

 시험관에게 절을 하고 얼굴을 쳐드는 순간 나는 가슴이 철렁 내려앉았다. 세 사람의 시험관 중 오른쪽 사람이 효순의 네플류도프 공작이었기 때문이다. 그는 나를 못 알아보는 눈치였다.

 가운데 사람의 눈짓에 따라 풍금 반주자가 건반을 짚기 시작했다. 우리에게 주어진 노래 곡명은 '나비'였다. 전주곡이 계속

망막(網膜) 눈의 안쪽에 있는 막.

되는 동안 내 몸은 점점 돌처럼 굳어졌다. 이어서 본 노래가 시작되었음에도 나는 두 손을 앞으로 맞잡고 꼼짝도 하지 않았다. 나는 나에게 무릎을 굽히고 광대처럼 팔을 흔들도록 강요하는 어떤 힘에 굴복하지 않으려고 안간힘을 썼다.

나비야 나비야 이리 날아 오너라.
호랑나비 흰나비 춤을 추며 오너라.
봄나리 떼 뺑뺑뺑 방긋방긋 웃는다.
참새도 짹짹짹 춤을 추며 오너라.

고개를 깊이 수그리고 있었으나, 내게는 그 장소의 온갖 것이 눈에 보이는 것 이상으로 환히 느껴졌다. 세 아이의 엄마인 나의 선배는 너무나 열심히 시험관들에게 유희를 해 보였다. 그녀의 날개는 정도 이상으로 나풀거려 그때까지 교실 마룻바닥이 쿵쿵 울렸다. 그 울림은 뻣뻣이 서 있는 내게 고문보다 더 고통스럽게 들렸다. 내가 무릎 꿇기를 거절하는 것은 단순히 위선과 허위에 가득 찬 시험관들에 대한 반발 때문만은 아니었다. 나는 가난하고 불우한 우리 모두의 무릎을 꿇리려는 보이지 않는 힘[*], 그것과 싸우고 있었다.

---

[*] 가난하고 불우한 우리 모두의 무릎을 꿇리려는 보이지 않는 힘 가난한 사람들이 자신의 꿈보다는 현실과 타협하는 길(여기서는 교사가 되는 길)을 선택하게 만드는 세상의 힘.

시험관들의 표정에는 당혹감이 스쳐 갔다. 풍금 반주자는 실격 위기에 처한 나를 위해 또 한 차례 반주를 되풀이했다. 나는 여전히 손끝 하나 까딱하지 않고 뻣뻣이 서 있었고, 박금순 여인이, 이미 보여 준 연기만으로도 충분히 높은 점수를 받았을 게 틀림없는 나의 가련한 선배가, 다시 반주에 맞춰 춤을 추기 시작했다. 어느 순간 그녀의 날개는 너무 높이 날아오른 나머지 마룻바닥에 쿵 떨어지며 발이 삐긋하여 엉덩방아를 찧었다. 반사적으로 시험관들과 풍금 반주자의 시선이 엉덩방아를 찧을 때 벌렁 젖혀진 '나비'의 넓적다리 속으로 쏠렸다.

나는 까닭 모를 분노에 사로잡혀 벗겨진 그녀의 헌 검정 구두를 집어서 그녀 앞에 팽개쳤다. 그녀는 눈물이 글썽거리는 나와 눈이 마주치자, 어리둥절한 표정을 지었다. 나는 그해의 임용고시에 탈락된 유일한 졸업생이 되고 말았다.

하숙생이 입주하는 날이었다.

내 동생과 나는 필요한 소지품을 챙겨 다락으로 옮기고, 그곳의 짐들을 정돈하여 누울 자리를 넓혔다. 자격증이 들어 있는 와이셔츠 상자는 다른 짐에 묻히어 맨 밑에 깔리고 말았다. 내 마음의 동요•에 따라 내 인생의 전면으로 나올 뻔한 그것은 이제 다시 한 번 내 선택 밖으로 밀쳐져 버리고 말았다. 나는 그것이

동요(動搖) 생각이나 처지가 확고하지 못하고 흔들림.

가져다줌 직한 조그만 안정과 임지˙의 어느 학부형 집에 마련될
지도 모르는, 창 너머로 잠자리가 날아다니는 코스모스 밭이 내
다보이는 호젓한˙ 나만의 방을 버린 것이다. 그리고 그 결과 제
키대로 설 수조차 없는 이 누추한 작은 밀실이, 생이 내게 보내
는 조소˙와 야유처럼 주어졌다.

  그날 실기 시험 중에 나의 가련한 선배를 뒤로 벌렁 넘어뜨린,
정체 모를 힘, 그것은 지금 이 순간에도 사람들을 공략하여 그의
존엄성을 짓밟고 희롱할 것이다. 하지만 지금 나의 상황, 그것이
뒤로 벌렁 넘어진 내 선배의 상황보다 나을 게 무엇인가.

  다락 창에 낀 먼지를 걸레로 훔치던 내 동생이 혼잣말처럼 중
얼거렸다. "언니야, 우리 집이 더 가난해졌나 봐." 나는 대답 대
신 봉함 편지 하나를 동생에게 주었다. 그 속엔 어느 회사의 전
화 교환수 모집 시험에 응시할 원서와 이력서가 들어 있었다.

  "학교 가는 길에 이거 좀 부쳐 줘."

  "번번이 떨어지면서 이력서만 자꾸 보내면 뭘 해."

  동생이 투덜거렸다. 사실 나는 그동안 교사가 아닌 다른 직업
이라면 무엇이든지 좋다, 타자수든, 경리 사원이든, 공장의 여
공이든, 무엇이든 좋다는 절박한 심정으로 신문의 구직 광고를
보고 닥치는 대로 이력서를 보냈었다. 그리고 반관반민인

임지(任地) 임무를 받아 근무하는 곳.
호젓하다 매우 홀가분하여 쓸쓸하고 외롭다.
조소(嘲笑) 비웃음.

ㅂ회사의 경우에는 치열한 경쟁을 물리치고 필기시험에 합격하기도 했다. 그런데 면접에서 떨어졌다. 그 면접관은 내가 자기를 속이기라도 한 것처럼 노골적으로 불쾌한 표정을 지으며, "당신은 교사가 되어야 할 사람이 아니냐."라고 핀잔을 주었다. 나는 나 자신의 모순에 얼굴이 붉어졌다.

다락문 한 겹 너머에서 왁자지껄한 소리가 들려온 것은 저녁 답*이었다. 이불 보따리와 책·걸상을 실은 손수레가 대문 밖에 와 있다는 말을 듣고, 나와 내 동생은 내일 아침 전으로는 '아래층'으로 내려가는 일이 없도록 볼일을 모두 보고, 재빨리 다락으로 모습을 감추었다. 그것은 우리가 사다리를 통하지 않고 '이층'으로 올라가는 마지막 기회이기도 했다.

어머니가 짐을 나르는 하숙생에게 "다락에는 물건을 놓지 말라."라고 귀띔을 했음에도 동생과 나는 조마조마한 기분으로 숨을 죽이고 있었다. 그러는 사이에 날은 어두워져 다락 안은 캄캄해졌다. 문틈으로 실낱같은 빛이 스며들어 누워 있는 내 동생의 배 위에 꽂혔다.

마침내 짐 정리를 대강 끝내자, 하숙생과 그의 친구, 후배들은 저녁상을 놓고 입주 파티를 벌였다. 그들은 자기들의 방에 딸린 다락 속에 말만 한 처녀 하나와 여고생 하나가 들어앉아 있다는 것을 알지 못했다.

---

* 답 무렵.

방에서 주연이 무르익는 동안, 우리도 긴장을 다소 풀고 간혹 귓속말을 주고받았다.

"초는 있는데 성냥이 있어야 불을 켜지."

"좀 참아."

"내일 시험인데 어떡해?"

"커닝 좀 하렴."

하지만 내 동생은 칠흑처럼 캄캄한 다락의 어둠 속에 편안히 몸을 맡긴 채 이내 쌕쌕 코를 골기 시작했다.

나는 적에게 사방이 노출되어 있는 망루에서 혼자 파수를 보는 기분이었다. 입주 파티가 끝나고 객들이 모두 돌아간 뒤, 안방에서 코고는 소리가 들려오기 전까지 나는 결코 누울 수도, 졸 수도 없을 것이다.

새로 입주한 우리 집 하숙생은 복학생이며, 경남 하동이 고향이고, 시골집에는 농사를 짓는 부모님과 두 여동생이 있고, 머잖아 총학생회장에 출마할 예정이며, 정치에 관심이 많은 것 같았다. 물론 나는 저녁 내내 그들이 소주잔을 돌리며 설왕설래하는 대화를 엿듣는 동안 그런 사실을 절로 알게 된 것이다.

한일 협정 문제에 대한 얘기가 한참 오가고 있을 때였다. 잠

주연(酒宴) 술자리.
망루(望樓) 멀리 내다볼 수 있는 누각.
파수(把守) 경계하여 지킴.
설왕설래(說往說來) 서로 변론을 주고받으며 옥신각신 함. 또는 말이 오고 감.
한일 협정(韓日協定) 1965년 한국과 일본이 맺은 국교 조약.

결에 내 동생이 벽을 걷어차는 바람에 쿵 하는 소리가 나서 나를 난처하게 만들었다. 그러나 더욱 난처한 것은 그 다음 일이었다.

"다락에서 무슨 소리가 났어." 누군가 방에서 말했다. 그와 동시에 또 다른 목소리가 "이 속에 뭐가 있노?" 하면서 왈칵 문을 열어젖혔다. 놀란 것은 오히려 방안에 있는 그들이었다. 방안의 불빛과 그보다 더 따가운 여럿의 시선이 일시에 내 옆얼굴 위로 쏟아졌다. "야, 빨리 닫어."라고 소리친 것은 우리 집 하숙생의 목소리였다.

다락문은 도로 닫히고 나는 어둠의 품에 도로 안겼다. 내 가슴은 심하게 두근거렸다. 임용 실기 시험 때 나의 가련한 선배가 뒤로 벌렁 넘어졌을 때도 이러한 느낌이었으리라. 나는 골을 허용한 골키퍼만큼이나 무참했다. 방 안에서도 잠시 숙연한 침묵이 흘렀다.

우리의 망루(내 동생은 종탑이 더 좋겠다고 우겼다.)는 드나들기가 좀 고약해서 그렇지, 일단 들어서면 제법 아늑하고 호젓했다.

골을 허용한 이튿날 아침이었다. 내 기분은 뜻밖에도 아주 차분하고 상쾌했다. 내게 일어난 변화에도 불구하고, 그리고 간밤의 그 무참한 기억에도 불구하고, 숙면을 취할 수 있었다는 것이 믿어지지 않았다. 그렇다면 이 변화의 가장 깊숙한 밑바닥엔 내가 미처 감지하지 못한, 결코 나쁘지 않은 어떤 것이 감춰져

있는 게 아닐까, 라고 나는 생각했다.

 시간이 감에 따라 그것은 차츰 저절로 모습을 드러냈다. 우리의 망루엔 통풍구이자, 사다리를 타고 오르내리는 손수건만 한 창이 있었다. 캄캄한 어둠 속에서는 아주 작은 불빛도 어둠을 밝히는 힘이 되듯이, 그 창이 희망 없는 막연한 기다림 속에서 나날을 견디는 나에게 바로 그러했다.

 그 창문 방향에는 우리 집 안뜰과 옆집의 앞뜰, 앞집의 뒷담이 옹기종기 경계를 맞대고 있었으며, 더 멀리는 지붕들의 파도 너머로 자동차 길이 펼쳐져 있었다. 다락 밑의 부엌에서, 연탄가스와 수증기가 뿌옇게 서려 있는 작은 부엌에서, 반백의 어머니가 얼굴이 빨갛게 익은 채 땀을 흘리며 하숙생의 점심을 짓고 있는 동안, 나는 바닥에 엎드려(창이 낮아서 엎드리지 않으면 밖이 내다보이지 않았다.) 반쯤 울음에 젖어 그 작은 창문을 통해 햇빛 밝은 풍경을 하염없이 내다보았다. 그러다 보면 나는 낮은 곳으로, 낮은 곳으로 스며드는 물처럼 내가 바라보고 있는 풍경 — 이를테면 채송화와 분꽃과 봉숭아와 다알리아가 피어 있는 조그마한 화단의 한 귀퉁이나, 우물 속에 두레박을 드리우고 물을 긷고 있는 이웃집 아주머니의 꾸부정한 뒷모습, 나팔꽃 덩굴로 덮여 있는 앞집의 뒷담벼락, 연탄과 하숙생의 책 보따리가 차곡차곡 쌓여 있는 광의 한 구석 — 속으로 빠져 들었다.

 그리하여 차라리 아름답도록 무심한 이 세계의 현존(現存), 아무도 거기까지 이르지 못할 신비스러운 고요에 가 닿아 있는 것 같았다. 나는 절망하려야 할 수가 없었다. 그 고요가 사뿐히 나를 떠받치고 있었으므로.

나의 막다른 처지는 나로 하여금 비로소 내면으로 열린 하나의 창(窓)을 갖게 해 주었다.*

12년이나 연상인, 그리고 정반대되는 성격의 남편을 가진 나의 어머니는 자신이 이뤄 놓은 가정에서 갈망을 다 채우지 못했다. 남편과 아이들을 직장과 학교로 보내고 나면, 그녀는 오라는 데는 없어도 갈 데는 많아 마음이 바빠졌다. 회갑집의 떡시루 안치는 일에서부터 부인회 일에 이르기까지 그녀의 관심을 끌지 않는 것이 없었다. 처녀 적엔 이웃 남자 고등학교 운동회를 보러 갔다가, 달리기 경주를 하는 남학생이 여학생 교복을 애타게 찾는 것을 보고, 친구들에게 치마로 자기를 가려 달라고 하여 저고리를 벗어 빌려 주기도 했다. 6·25 직후엔 부산에서 열리는 전국 애국 부인회 총회에 강릉 지역 부인회장을 대신하여 회의에 참석하러 가던 중, 군 트럭이 전복되어 목숨을 잃을 뻔도 하였다. 그 당시의 기념사진 가운데는 콧잔등과 입술에 하얀 반창고를 주먹만 하게 붙인 어머니의 얼굴이 여성계의 거물급 인사인 박순천·김활란·황신덕·임영신 등과 나란히 찍혀 있었다.

✤ 나의 막다른 처지는 ~ 창(窓)을 갖게 해 주었다 사다리를 타고 올라가야 하는 다락방은 '나'에게 굴욕의 상징이었으나, 그 방에 달린 창은 '나'로 하여금 내면의 성숙을 가져다 주었다.

그 후 어머니는 부인회장과 의형제를 맺고, 부인회 일로써만이 아니라, 부인회장의 개인적인 일 때문으로도 집을 비우는 일이 잦아졌다. 대지주 집 외며느리로서 이십대 때 남편과 사별하고, 하나뿐인 자식은 외국에 유학 중이어서, 오랜 세월 동안 커다란 빈집을 지키는 데 진력이 난 부인회장은 어머니를 밤늦도록까지 곁에 잡아 두려 하였다.

아버지의 심부름으로 내가 어머니를 찾아 나섰다. 솟을대문˙을 지나, 중문˙을 지나, 안채의 높직한 대청˙ 앞에 이르러 겁먹은 얼굴로 서 있는 나에게, 고운 한복에 쪽을 찐 단아한 모습의 부인이 일하는 사람을 시켜 곶감이니 유과 따위를 한 보자기 싸주게 했다. "너희 엄마, 금방 갈 테니 먼저 가라."라고 말해, 곶감 먹을 생각에 나는 무서운 줄도 모르고 밤길을 되짚어 돌아왔다. 하지만 어머니는 우리가 잠들 때까지도 돌아오지 않았다.

한밤중에 나는 부모님이 싸우는 소리에 잠을 깼다. 희미한 불빛 아래 어머니가 속치마 바람으로 앉아, 버선을 뽑는 참이었다. 야심도 출세욕도 없이 현상 유지에 안주하는 평범한 가장과 1남 2녀의 구질구질한 뒷바라지뿐인 의무의 세계로 다시 끌려오지 않으면 안 되는 자기 자신에게 화가 치밀어 견딜 수 없다는 듯, 어머니는 버선 신은 발을 어깨까지 높이 쳐들어 거세게

솟을대문(--大門) 높이 솟게 지은 대문.
중문(中門) 대문 안에 또 세운 문.
대청(大廳) 큰 마루.

잡아 뽑았다. 버선이 쑥 뽑히며 발이 방바닥 위로 철썩 떨어졌고, 다른 한쪽도 그렇게 하자 또다시 철썩 소리가 났다.

부인회장이 무소속 후보로 국회 의원에 출마하고 어머니가 운동원의 한 사람이 되어, 시내의 골목골목과 벽촌˙의 논두렁을 누비기 시작하면서, 버선에 대한 어머니의 화풀이는 자취를 감추었다. 아마도 이 무렵부터 어머니의 옷차림은 양장으로 바뀌었을 것이다.

하학˙ 길에 나는 군중이 모여 있는 공설˙ 운동장의 나무에 매달려 있는 확성기를 통해, 나에게 곶감과 유과를 싸 주었던 그 단아한 부인의 약간 쉰 듯한 음성을 들을 수 있었다. "……앞서 어느 후보께서 암탉이 울면 집안이 망한다고 하셨는데, 영국은 엘리자베스 여왕이란 암탉이 울지 않았으면 결코 오늘의 번영을 가져올 수 없었을 것입니다. 친애하는 군민 여러분, 여러분의 사랑하는 아내와 딸들을 암탉에 비유하기를 서슴지 않는다면, 여러분들은 스스로 수탉이기를 자처하신다는 말입니까?"

유세장에서 입만 열면 폭발적인 박수 소리를 유도해 냈음에도, 부인회장은 낙선˙의 고배를 마시고 말았다. 조상 대대로 물려받은 전답을 선거 자금으로 모두 쓸어 넣고도 빚더미에 갇혀

벽촌(僻村) 외따로 떨어져 있는 마을.
하학(下學) 학교에서 그날의 수업을 마침.
공설(公設) 국가나 공공단체에서 세움.
낙선(落選) 선거에서 패배하는 일.

버렸다. 그 속에는 우리 집 논 10 마지기도 포함되어 있었다.

낙선의 충격과 빚쟁이들의 성화에 몸져누운 부인은 2년 뒤에 타계하고˙ 말았다. 그러나 어머니의 정치적 활동은 그것으로 중단되지 않았다. 4년 뒤인 자유당 말기 때는 어머니와 단짝인 친구의 남편이 민주당의 공천˙을 받아 의원 후보로 나섰다. 선거 운동원으로서 어머니가 보인 헌신적이고도 열성적인 활동은 지역구 전체에 알려져, 민주당 지구당에서는 어머니에게 부녀부장이란 감투까지 씌웠다.

신익희 선생과 조병옥 박사가 선서˙했을 때 통곡을 하며 울었던 그 원색적이고도 소박한 정의감에 힘입어, 어머니는 지방 관공서원의 유형·무형의 박해를 즐거운 고통으로 감수하며 선거 운동에 열을 올렸다.

그 무렵, 직장에서 돌아온 아버지가 도시락 봉투를 내려놓으며, "자네, 집 안에 들어앉지 않으면, 우리 식구 입에 밥 들어가기 어려운 꼴 당하게 되네."라고 말문을 열었다. 그날 아버지는 모처˙로 불려 가서 아내의 반정부 활동을 즉각 중지하게 하겠다는 각서를 쓰고 나왔노라고 했다. 어머니는 아버지를 천치라고 몰아세웠고, 아버지는 어머니더러 우리 식구 생활을 책임질 테

타계하다(他界--) '죽다'의 높임말.
공천(公薦) 선거에서 정당의 후보가 되는 일.
선서(仙逝) 사람의 죽음을 높여 이르는 말.
모처(某處) 어떠한 곳.

냐고 반박했다. 며칠 뒤 어머니는 당을 탈퇴하고 직을 사임하겠
노라는 내용의 성명서를 사람들의 왕래가 잦은 도청 담벼락에
내다 붙였다. 행인들은 아무도 그 성명서에 유의하지 않았다.

어머니는 며칠 동안 문밖출입을 끊었다. "이제 남부끄러워서
어떻게 얼굴 들고 나다니겠느냐."고 말끝마다 탄식을 터뜨렸
다. 아버지는 어머니와 등을 맞대고 돌아앉아 담배를 피우며 가
끔씩 위로의 말로 달랬다. "자네, 그건 착각일세. 이 좁은 강릉
바닥에서 한 발짝만 벗어나 보게. 누가 장 아무개 여사를 아는
사람이 있는가." 하지만 어머니의 귀엔 아버지의 말이 한마디
도 담기지 않는 듯, 발작적으로 두 손바닥에 얼굴을 파묻고 몸
부림치는 시늉을 되풀이했다. 어머니를 그토록 부끄럽게 만드
는 진짜 이유는 자기 속에 있는 듯.

어머니가 지지한 민주당 후보는 선거에서 참패했다. 전국 각
지에서 부정 선거를 규탄하는 외침이 날로 높아 갔다. 한쪽 눈
에 최루탄이 박힌 김주열의 시체가 물에서 떠오르기도 했다. 그
무렵, 아버지는 의원 면직˙을 당했다.

어머니는 외출을 거의 안 했다. 꿈만 꾸면 신발을 잃어버린다
고도 했다. 손거울을 문지방에 괴어 놓고 어머니는 이제 부쩍
늘어나기 시작하는 새치를 일삼아 뽑았다. 밤 자고 나면 또다시
하얗게 돋아나는 흰머리와의 조용한 싸움은 자못 치열했다. 족

의원 면직(依願免職) 본인의 뜻에 따라 직위나 직무를 떠나는 일.

집게로 감당할 수 없을 만큼 새치가 기승을 부리자, 어머니는 아버지가 쓰다 버린 먹지를 네모나게 접어 관자놀이를 문질러 댔다. 독성 때문에 살갗이 벌겋게 부풀어 오르고, 머리카락이 빠지는데도 어머니는 개의치 않았다. 흰머리는 나날이 늘어나는데, 어머니는 억지로 흰머리를 지우는 소리 없는 항변을 계속했다. 어머니는 인생에서 무엇을 찾은 것일까. 아니면 흰머리 그 자체가 방황과 좌절의 흔적이었을까.

"만나 봤니?"

어머니의 다그침에도 오빠는 대답을 미룬 채, 가뭄으로 물이 준 우물 속에 깊숙이 두레박을 던졌다. 허리를 굽혔다 펴는 그의 얼굴은 세파의 시린 입김으로 초췌하고 지쳐 보였다. 책갈피에 넣어서 납작해진 보랏빛 오랑캐꽃이나 분홍빛 코스모스 꽃으로 장식된 연서의 무더기 속에 그를 파묻히게 했던 청춘의 푸르름은 실직의 고달픔이 드리워 놓은 서러운 그늘로 해서 빛을 잃어 가고 있었다. 마지막까지 두드려 본 취직의 문마저 그를 거부하자, 오빠는 삶에 대해 품고 있던 환상에서 깨어나 하루하루 쓰디쓴 현실과 마주서야 했다. 언제부턴가 그는 세수를 하고도 셰이브 로션 바르기를 그만두었고, 목도리를 두를 때 한쪽 가닥을 어깨 너머로 휙 넘기는 일도 없어졌다. 하숙집 반찬이 입에 맞지 않는다고 치즈 값을 따로 송금해 달라고 아우성치던 그가 이제는 하숙생이 남긴 찌꺼기 반찬을 묵묵히 삼키게 되었다.

그동안 무슨 일이 그에게 일어났단 말인가.

두레박으로 길어 올린 물로 세수를 하고 나서 그는 침울하게 대답했다.

"못 만났어요."

"아침에 나가서 지금까지 그럼 뭘 하고 다녔니?"

"길에 서서 기다렸어요."

미국에서 박사 학위를 취득하고 귀국한 부인회장의 아들이 정부 관공서의 장으로 발탁된 기사를 보고, 어머니는 아들의 금의환향을 보지 못한 채 타계한 부인회장이 가엾다고 애석해했다. 그리고 덧붙였다. "회장님이 살아 계셨더라면 이럴 때 우리한테 큰 힘이 되어 주셨을 텐데."

오빠는 부인회장의 아들을 만나 보러 아침에 집을 나섰다. 모든 것이 그와 무관한 어느 낯선 골목길에서 날 저물 때까지 서 있는 동안 그는 무슨 생각을 했을까. 크나큰 슬픔과 실의를 끌어안고 있는 오빠에게, 낯선 동네의 골목, 어느 집 담 너머에서 들려오는 개 짖는 소리, 미풍에 살랑거리는 정원수와 나뭇가지 사이에서 재재거리는 새 소리, 잉잉거리는 벌들을 불러들이는 담 안의 꽃밭에서 날아오는 꽃향기, 맑은 햇빛, 한낮의 아늑한 고요, 멀리서 들려오는 어린아이의 단조로운 노랫소리, 그 세계의

금의환향(錦衣還鄉) 비단옷을 입고 고향에 돌아온다는 뜻으로, 출세를 하여 고향에 돌아가거나 돌아옴을 비유적으로 이르는 말.
실의(失意) 뜻이나 의욕을 잃음.

눈부신 무심함은 얼마나 뼈저린 단절감을 자아내게 했을까.

오빠는 '김창순'이라는 문패가 붙여진 집에서 나오는 사람이 있을 때나 들어가는 사람이 있을 때마다 다가가서 "김 회장님이 언제 들어오시느냐?"라고 물어보았다고 했다. 아무도 그에게 친절하게 대답해 주는 사람이 없었다고 했다. 터벅터벅 걸어서 전차를 타러 가던 중에 발끝을 내려다보았더니, "글쎄, 내 구두가 거지처럼 입을 딱 벌리고 있잖겠어요."라고 오빠는 킬킬 웃어 댔다. 인생은 오빠에게 있어서도 점점 만만치 않은 그 무엇이 되어 가고 있었다.

"사람이 없으면 돌아올 일이지, 뭣 하러 생고생을 하니."

마음이 아픈 나머지 어머니는 팩 하고 역정을 냈다. 삼대독자이니 만큼 남다르게 길러, 남다른 기대를 품었던 아들이 일자리를 찾지 못해 사회의 바닥으로 점점 떨어지는 것 자체가 어머니에겐 견딜 수 없는 괴로움이었으리라.

땅거미는 우물가의 모자(母子)를 삼키고도 한동안 노란 점 하나를 남겨 두고 있었다. 그것은 축대 밑 작은 화단에 피어 있는 백일홍 꽃이었다.

김 회장의 근무처로 찾아가서 어머니 얘기를 한 끝에 오빠는 파손된 수도 계량기를 수리하는 시 산하의 어느 업소에 기능직

산하(傘下) 어떤 조직체나 세력의 관할 아래.

사원으로 취직이 되었다(하지만 집안사람이 그 사실을 알게 된 것은 훨씬 뒤의 일이었다.).

오빠는 어머니가 싸 주는 도시락을 피엑스에 시험 치러 다닐 때 쓰던 노란 봉투 속에 넣어 셋으로 접었다. 그 당시 직장을 가진 남성들은 자신을 실직자와 구분해 주는 징표로서 종이봉투에 도시락을 말아서 다니는 것을 은근히 자랑으로 생각했다.

댓돌 위에 가지런히 놓인 새 구두를 신고 감색 양복에 붉은 계통의 넥타이를 단정히 맨 차림으로 현관을 나서는 오빠의 등 뒤에다 대고, 하숙생들이 축하의 인사를 던졌다. 자신이 웃으면, 그들이 흉볼 거라 생각한 오빠는 일부러 입술을 꾹 깨물고 말없이 대문을 나섰다.

서른 살이 넘어 처음 출근한 직장에서 돌아온 오빠의 표정은 그다지 밝지 않았다. 말끔하던 그의 양복과 하얀 와이셔츠엔 알 수 없는 오물이 튀어 더럽혀져 있었다.

"그래, 다닐 만하더니?", "맡은 일이 뭐냐?", "상사가 너한테 친절히 대하더냐?", "직원은 모두 몇 사람이냐?" 등등 어머니의 궁금증은 끝이 없었다. 오빠가 말없이 밥만 우적우적 씹고 있는 걸 보고 어머니는 더럭 좋지 않은 예감이 들어, "무슨 일이 있어도 꾹 참고 다녀야 한다."라고 사뭇 엄하게 못을 박았다.

어머니가 양복에 묻은 오물을 열심히 닦는 것을 시무룩히 지켜보던 오빠가 말했다.

"그냥 두세요. 내일은 잠바를 입고 가겠어요."

달포˙만에 오빠가 직장에서 받아 온 봉급은 너무도 쥐꼬리만 하여, 취직을 시켜 준 김 회장한테 인사를 가면서 케이크 한 상자를 사고, 한 달치 전차 회수권과 두 달째 밀린 동생의 월사금˙을 내고 나니 남는 게 없었다.

두 번째 봉급을 타 올 무렵의 오빠에게선 험한 일을 하는 노동자와 같은 분위기가 느껴졌다. 직장에서 무슨 일을 하는지 오빠 자신은 한 번도 입 밖에 내어 말한 적이 없으나, 시간이 지남에 따라 그에게서 풍기는 분위기가 절로 우리에게 그것을 알게 해 주었다.

어느 날 한나절도 못 지나서 그의 외마디 목소리가 대문 밖에서 들려왔다.

"어무이요!"

"오빠 아니냐!"

하는 어머니의 대답도 이미 외마디 소리에 가까웠다. 부엌에서 하숙생의 점심밥을 준비하던 어머니와 나는 불길한 예감을 떨쳐 버리며 대문 쪽으로 달려 나갔다.

대문에 딸린 작은 문의 고리를 벗기고 문을 여는 순간, 피가 철철 흐르는 손을 앞세우며 오빠가 고개를 디밀었다. 열려진 쪽문 밖으로 길바닥에 점점이 떨어져 있는 핏방울이 오빠가 걸어

달포 한 달이 조금 넘는 기간.
회수권(回數券) 현금 대신 사용한 승차권.
월사금(月謝金) 다달이 내던 수업료.

온 발자취를 말해 주듯 멀리까지 뻗쳐 있었다.

"이게 웬일이니? 말 좀 해 봐라."

"손가락이 끊어져 나갔어요."

"책상에 앉아 펜으로 글씨 쓰는 사람이 뭐가 어쨌길래 손가락이 끊어진단 말이냐."

양재기에 된장을 퍼서 골방으로 가져갔을 때 어머니와 오빠가 주고받는 소리였다. 된장으로 응급조치를 한 뒤, 어머니는 오빠를 병원으로 데리고 갔다. 어머니는 반 넋이 나가 신발 한 짝이 벗겨진 것도 모르고 뛰어다녔다. 신발이 없어진 한쪽 양말은 발바닥이 새카매진 것은 물론 발뒤꿈치에 구멍이 뚫어져 있었다.

병원에 다녀와 마취 기운으로 잠이 든 오빠의 머리맡에서, 어머니가 분개한 목소리로 부인회장의 아들을 원망했다.

"세상에 그럴 수가 있니. 내 아들이 어떤 자식인데, 겨우 취직을 시켜 준다는 것이 양수기 수리 공장이라니."

각박한 서울 살림에 단련되어 좀체 눈물을 보이지 않던 어머니가 붕대를 친친 감은 손을 가슴에 얹고 잠이 든 아들을 보고, 또 보며 울음을 그치지 못했다.

손가락 세 개를 잃은 오빠에게 주어진 것은 보름 동안의 유급 휴가뿐이었다.

그 무렵, 우리가 전세를 주고 있는 현관 옆방에는 금테 안경을 낀 사십 대 초반의 남자가 자그마하고 예쁘장한 여자와 함께 방을 얻으러 왔다. 전세금을 올리자, 전당포를 한다는 먼저 세 살던 사람이 이사를 가겠다고 하여 방을 내놓게 된 것이었다.

"큰길에서 가깝고 방도 크고 이만하면 괜찮겠어. 계약할까?"

턱의 흉터만 아니라면 대단한 미남일 것이 분명한 그 남자는 사무라이 같은 짙은 눈썹을 치켜 올리며 아내의 동의를 구했다.

"당신이 알아서 해요."

희고 곱상한 얼굴에 어울리지 않는 약간 쉰 듯한 음성으로 아내가 대답했다.

방 값을 적지 않게 올려서 마음을 졸이던 어머니는 얼굴의 주름살을 펴고, 그들을 마루로 맞아들였다.

"식구는 몇 분이나 되세요?"

"우리 두 사람하고……."

말끝을 흐리며, 여자는 하얀 수 저고리 소매 속에서 가제 수건을 꺼내어 콧등을 두어 번 자근자근 눌렀다.

"이거, 제 명함올시다. 박 상뭅니다."

팔꿈치를 손바닥으로 괴고 명함을 공손히 건네는 것과는 달리, 그 남자의 표정은 한껏 거드름을 피우고 있었다. 명함을 유심히 들여다보고 난 어머니는 갑자기 목소리를 가다듬고, 오빠를 가리켰다.

사무라이 일본 봉건 시대의 무사.
가제 거즈(gauze). 무명실로 짠 부드러운 베. 흔히 붕대로 사용한다.

"우리 아들이에요. 삼대독자인 데다 믿을 만한 친척붙이 하나 없는 처지예요. 이제는 한집안 식구나 다름없이 되었으니, 앞으로 동생처럼 생각하셔서 잘 좀 보살펴 주세요."

"그럼요. 저도 실은 자손이 귀한 집 자식입니다. 힘닿는 데까지 서로 도우며 잘 지내봅시다. 허허."

아직도 손에 붕대를 풀지 못하여 약지와 새끼손가락 사이에 펜대를 끼우고 계약서를 쓰던 오빠는, 자칭 박 상무가 내미는 손을 맞잡기 위해 엉거주춤 몸을 일으켰다.

"손을 많이 다치셨군. 어쩌다 그러셨소?"

"직장에서 기계를 만지다 잘못해서 그렇게 됐습니다."

"저런, 그거 어디 위험해서 계속 다니겠소? 옮기든지 해야지. 내 한번 알아보겠소."

그러고 나서 박 상무는 양복 앞섶을 젖히고 노란 금실로 이름이 새겨진 안주머니에서 지갑을 꺼내어 빠닥빠닥한 새 돈으로 계약금을 치렀다.

두 부부가 돌아간 뒤에, 어머니는 박 상무가 남긴 말에 솔깃해진 듯, "그 사람이 어쩌면 너한테 귀인이 될지도 모르겠다."라고 은근히 기대를 품었다.

그들이 이사를 오던 날은 마치 잔치가 벌어진 듯 떠들썩했다. 허술하고 보잘것없는 살림살이에 비해 이삿짐 나르는 사람은 열 명이 넘었다. 박 상무의 아내를 누나라고 부르는 청년들이 있는가 하면, 언니라고 부르는 여고생도 있었고, 엄마라고 부르는 열 살 남짓한 계집아이와 국민학교 1학년 정도의 사내아이도 있었다. 그리고 이들 모두가 어머니 또는 할머니라 부르는 쪽머리의 함경도 사투리를 쓰는 안노인도 있었다.

그들은 전당포 주인이 박아 놓았던 못을 뽑아 안마루로 통하는 문을 열어젖혔고, 안뜰로 들어와 양동이건 바가지건 필요한 것이면 제 것처럼 가져갔다. 한편으로 밥쌀과 고깃국거리와 나물거리들을 우물가에 질펀히 늘어놓고 소란을 피웠다.

한나절이 채 못 되어 이삿짐을 모두 정리한 그들은 방 안이 그득차게 들어앉아 떠들썩하더니 술과 밥을 들었다. 그러는 사이에도 새 방문객과 낯모를 아이들이 안마루로 끊임없이 들락거렸다. 아예 열어젖혀 놓은 도어문이 가운뎃방의 미닫이문과 포개어져, 학교에서 돌아온 하숙생이 문을 열고 방으로 들어가려고 하자, 압지˚처럼 붙어 좀체 떨어지지 않았다.

학교에서 돌아와 우물가로 세수를 하러 나온 하숙생마다, 부엌에 있는 어머니 들으란 듯이 "어유, 시끄러워." 하고 투덜거렸다.

저녁에 박 상무가 귀가하자 집 안은 그의 기름진 너털웃음 소리로 한층 떠들썩했다. 환한 불빛 아래, 멜빵식 러닝셔츠 바람의 박 상무는 가슴까지 빨갛게 술이 피어, 안경알을 번뜩이며

˚압지(押紙/壓紙) 잉크나 먹물 따위로 쓴 것이 번지거나 묻어나지 않도록 위에서 눌러 물기를 빨아들이는 종이.

높고 들뜬 목소리로 좌중을 들었다 놓았다 하고 있었다. 안뜰에서는 그의 장모가 벌겋게 달아오른 숯불 풍로 앞에서 지글지글 타는 돼지고기를 뒤적이며, 방 안에 있는 사람들의 말에 귀를 기울이다 말고 큰소리로 참견하곤 했다.

새로 이사 온 그들 일가의 거칠고 방약무인한 소란은 우리를 어리둥절하게 하고 주눅 들게 했다. 집주인인 오빠는 쫓겨 온 사람처럼 부엌문을 닫아 놓고 팔짱을 낀 채 시무룩한 표정으로 부뚜막에 걸터앉아 있었다. 우리는 자기의 소유를 타인에게 내주고, 또 내주어 좁은 부엌과 다락으로 밀려나 있는 꼴이었다. 어떻게 이런 일이 생기게 되었을까. 왜 이런 일이 벌어진 걸까.

떠들썩한 즐거움이 무르익어 가는 술자리에서 노래가 흘러나오기 시작했다. 염천에 늘어지는 엿가락처럼 누군가 목청을 길게 뽑자, 다른 이들은 젓가락으로 술상 가장자리를 두드려 대며 장단을 맞춰 주었다. "……기름진 문전옥답 잡초에 묻혀 있네." 하는 노래의 끝 소절은 와자한 웃음소리·박수 소리에 파묻혀 버렸다. 미처 웃음소리가 다 가라앉기도 전에 두 번째 노래가 흘러나왔다. 박 상무 아내의 음성이었다. 그 음성은 떠들

좌중(座中) 여러 사람이 모인 자리. 또는 모여 앉은 여러 사람.
풍로(風爐) 화로의 하나. 흙이나 쇠붙이로 만드는데, 아래에 바람구멍을 내어 불이 잘 붙게 하였다.
방약무인하다(傍若無人--) 곁에 사람이 없는 것처럼 아무 거리낌 없이 함부로 말하고 행동하는 태도가 있다.
염천(炎天) 몹시 더운 날씨.
문전옥답(門前沃畓) 집 가까이에 있는 기름진 논.

썩한 자리에 있어도 그 즐거움에 전혀 젖어들지 않은 듯, 침울하고 낮고 조용했다.

　지나간 그 옛날에 푸른 잔디에
　꿈을 꾸던 그 시절이 언제이던가
　저녁 하늘 해는 지고 날은 저문데
　나그네의 갈 길이 아득하여요

　또다시 와자지껄한 박수 소리·웃음소리가 단조로우면서도 기묘한 애조를 담은 그 노래의 끝 부분을 삼켜 버렸다.
　"답답하다, 문 좀 열어라."
　설거지를 하고 있던 어머니가 짐짓 오빠의 심중을 모르는 체 핀잔을 주었다.
　"이게 다 어머니 때문이라니까요."
　오빠는 볼멘소리로 불편한 상황을 어머니 탓으로 돌렸다.
　"뭐가 내 탓이란 말이니?"
　"어머니가 첨 보는 사람한테 잘 좀 봐 주라느니 하니까, 저 사람들이 우리를 얕잡아 보고 이러는 거 아녜요."
　"그게 다 너한테 이로울까 싶어서 그랬지, 누구는 첨 보는 사람한테 머리 숙이고 싶어서 그랬니?"

애조(哀調) 처량하고 슬픈 곡조.

"제가 어떻다는 거예요? 쥐꼬리만 한 월급이지만, 월급 받고 나가는 데가 당장 없는 것도 아니잖아요."

"있으면 뭘 하니? 내가 널 키울 때 손가락 세 개 잘려 나가는 데서 밥 벌어먹게 하려고 애지중지한 게 아니다."

"글쎄, 그건……."

자기 연민 때문에 팩 하고 언성을 높인 오빠는 말을 중단했다. 박 상무의 아내가 노크도 없이 부엌문을 열고 나타났기 때문이었다.

"우리 집 양반이 좀 뵙자고 하는데요."

"니가 가 봐라."

어머니가 오빠의 등을 밀었다. 그리고 목소리를 낮추어 덧붙였다.

"돈 주거든 잘 세어서 받아라."

한 시간 남짓 되었을까. 오빠는 얼굴이 벌겋게 되어 빙긋이 웃으며 돌아왔다. 그는 술을 단 한 잔만 마셔도 얼굴이 달아올랐다.

"박 상무가 한미 은행에 내 일자리를 알아보고 있대요. 자기 친구가 그곳에서 지점장 대리를 하고 있대요."

"그래? 내 뭐라던. 그 사람이 꼭 너한테 귀인이 될 것 같더라니까. 그건 그렇고 잔금은 받았니?"

잔금(殘金) 계약한 금액 중에서 아직 지불하지 않은 돈.

"며칠 후에 주겠대요. 회사에 급한 사정이 있어 며칠간 빌려주었는데, 이삼 일 후엔 받게 될 거라구요."

"하지만 이사 오면서 돈도 안 들고 오는 사람들이 어디 있니? 진작 짐 들이기 전에 잔금부터 챙겼어야 했는데."

"어머니도. 이제 아침저녁으로 얼굴 볼 사람들인데, 그걸 안 주겠어요?"

"내 너 때문에 참는다만, 전세금도 마저 다 안 치르고 짐부터 들이게 한 건 확실히 우리 불찰이다."

이튿날 아침, 우리는 아으아흐흐 하는 비명 같기도 하고 신음소리 같기도 한 야릇한 교성에 귀를 쫑긋 세우지 않을 수 없었다. 세수를 하러 우물가에 나와 있던 하숙생들은 일제히 안마루 쪽으로 달려갔다.

"뭐야? 왜 그러는 거야?"

잠시 후 그들은 킬킬거리며 안뜰로 되돌아왔다.

"선배님, 저 댁 아주머니는 무슨 병이 있는갑소야?"

"인마, 넌 아직 고추에 장도 안 묻혀 봤니?"

안방의 정치외교과와 영문과가 서로의 어깨를 쳐 가며 또 한바탕 킬킬거렸다. 사실 열린 안마루 문을 통해 그들이 보고 온 광경은 외설스럽기보다 어딘지 측은하고 서글퍼 보였다. 밤사이 방안을 그득 채웠던 사람들은 어디론지 다 돌아가고, 어둠침

불찰(不察) 조심해서 잘 살피지 않은 탓으로 생긴 잘못.

사다리가 놓인 창(窓)

침한 방에서 요 위에 올라 앉아, 안경을 벗어 눈알이 두꺼비처럼 튀어나온 박 상무와 그의 아내가 딱히 정사를 하는 것도 아닌 그런 엉거주춤한 자세로 붙어 앉아, 남자가 여자를 주무를 때마다 괴상한 교성을 질러 대고 있었다. 하지만 아으아흐흐 하는, 달콤한 고통이 삭신*을 파고드는 듯한 그 소리에서는 왠지 달아오른 뜨거움이 느껴지지 않았다. 그것은 흉내에 지나지 않는 것 같았다.

그 교성은 아침마다, 거의 같은 시각에 되풀이되었다. 그것은 한 지붕 아래 사는 우리 모두의 귀를 붙잡아, 손으로는 면도를 하고, 책가방을 챙기고, 아령을 들었다 내렸다 하고, 밥솥에서 밥을 푸고는 있어도, 우리의 생각을 그것이 아닌 다른 그 무엇, 깊이 모를 저 생이란 수수께끼에 대한 두려움과 슬픔에 사로잡히게 했다. 그러고 나서 이십여 분쯤 지나고 나면, 박 상무의 아내가 멀쩡한 얼굴로 쌀을 씻으러 우물가로 나왔다. 그녀와 마주친 어머니는 민망해서 낯을 피하고 있었으나, 그녀는 어머니에게 상냥하고 붙임성 있는 투로 말을 건네었다.

"아주머니, 도시락 반찬은 뭐가 좋아요? 아침마다 귀찮아 죽겠어요."

"내가 그 양반 식성을 알아야 말이지."

어머니는 여전히 그녀를 외면한 채 샐쭉한 음성으로 대꾸했

---

* 삭신 몸의 근육과 뼈마디.

다. 전세금의 반을 차일피일 하면서 두 달째나 미루고 있는 데 대한 어머니의 불만은, 그녀가 미운 꼬투리를 잡힐 때는 쌀쌀맞다가, 오빠의 일로 희망이 보일 때는 넉넉한 아량으로 위장이 되곤 했다.

"우리 그 양반 얘기가 아니구요, 저 말이에요, 저."

"참, 나가는 데가 어디라 했수?"

"전화 교환국이에요."

"내외가 벌면서 뭐 하러 남의집살이를 하우?"

"뜯기는 데가 많아 좀체 돈이 모이질 않는군요. 아이들 생활비도 있고······."

"방이 비좁은 것도 아닐 텐데, 왜 애들을 친정에 맡길까?"

가시 섞인 한마디를 던져 놓고 어머니는 휭 돌아서 우물가를 떠났다. 혼자 남은 아내는 어머니의 말을 곰곰이 곱씹어 보는 것일까. 고개를 숙인 채 한 동안 가만히 앉아 있던 그녀가 잊었던 듯이 다시 쌀을 씻기 시작했다. 쌀을 북북 문지르는 규칙적인 리듬에 맞추어 그녀는 낮은 목소리로 중얼거리듯 노래를 불렀다. 자신이 노래를 부르고 있다는 것을 전혀 모르는 듯이 어떤 생각에 골몰한 채.

장미 같은 네 마음에 가시가 돋쳐

이다지도 어린 넋 시들어졌나

즐거웁던 그 노래도 설운 눈물도

저 바다의 물결에 씻어 버리고
옛날의 푸른 잔디 다시 그리워
황혼의 길이나마 돌아가리라

그날 저녁 오빠는 밥상을 받은 자리에서 한미 은행에 관한 자세한 정보를 쏟아 놓았다.
"거기는 월급 이외에도 석 달에 한 번씩 보너스를 주고, 점심값으로 식권도 준대요. 영어만 잘하면 해외 파견 근무도 할 수 있대요. 그리고 여직원들이 다섯 명이 있는데, 전부 대학 출신이고 미끈한 미녀들이더라구요."
쑥스러워하면서도 상기된 기분을 감추지 못해 오빠의 얼굴은 소년처럼 붉어져 있었다.
"어떻게 그런 것들을 다 알아내었니?"
"볼일이 있어서 찾아온 것처럼 하고 수위한테 이것저것 물어보았어요."
"니가 그런 데 나가게 된다면 오죽 좋겠니. 오늘 밤 박 상무 들어오는 대로 좀 다잡아 보자꾸나. 뭣하면 와이로를 써서라도 넣어달라고 해 봐야지."
어머니가 교제비에 관한 운을 떼기 무섭게 박 상무는 기다렸

와이로 '뇌물'이라는 뜻의 일본어. 일의 편의를 봐달라고 건네는 돈.
교제비(交際費) 사람을 만나서 일을 추진하는 데 드는 비용.

다는 듯이, 그러잖아도 며칠 후에 지점장 대리하고 저녁 식사를 같이 하기로 약속이 되어 있는데, 그 기회에 담판을 지어 볼 생각을 하고 있었노라고, 은근히 교제비가 필요하다는 뜻을 비쳤다. 어머니는 부인회 간부 시절에 일선 장병 위문을 갔다가 수양아들을 삼은 청년이 제대 후 만화를 그려서 돈을 잘 번다는 소문을 듣고 그를 찾아가서 이십만 환을 빌려 왔다. 빌려 온 돈은 고스란히 봉투째로 박 상무 아내의 손을 거쳐, 박 상무의 양복 안주머니 속으로 들어갔다.

그즈음 한미 은행은 우리 식구 모두에게 고달픈 항해 끝에 가까스로 발견한 항구의 먼 불빛처럼 여겨졌다. 오빠는 동생이 새 운동화를 사 달라거나, 속옷이 낡았다고 투덜거리노라면, "조금만 참아. 내가 한미 은행에 취직만 되어 봐라."라고 흰소리를 서슴지 않았다.

또한 나에게도 은근한 기대 심리가 없지 않았다. 오빠가 월급이 좀 더 많은 직장으로 옮겨 가장으로서의 소임을 온전히 맡아 준다면, 나도 생계를 책임져야 할 압박으로부터 어깨를 빼내어, 집을 벗어나 절간이나 수녀원으로 들어가든지, 아니면 중단한 공부를 다시 계속하든지, 앞으로의 진로가 훨씬 분명해질 게 확실했다.

일선(一線) 최전선(最前線). 적과 맞서는 맨 앞의 전선(戰線).
환(圜) 1962년 화폐 개혁 이전의 통화 단위. '원'의 10분의 1.
흰소리 터무니없는 자랑이나 허풍.

그런데 교제비를 가져간 박 상무는 열흘이 넘도록 가타부타* 말이 없었다. 그의 입만 쳐다보고 있던 어머니는 답답함을 참지 못하여, 통금 시간이 가깝도록 자지 않고 기다린 끝에, 그가 비틀거리며 들어선 기척이 들리자, 뒤쫓아 가서 문을 두드렸다. 한동안 떠들썩한 웃음이 오갔음에도 우리의 골방으로 돌아온 어머니의 표정은 그다지 밝지 않았다.

"곧 좋은 소식이 있을 거라고 하더라만……." 말끝을 흐린 어머니의 표정은 결코 그 말을 믿는 기색이 아니었다.

그럴 즈음, 투박한 경상도 사투리를 쓰고, 모녀로 보이는 두 여자가 박 상무를 찾으며 대문을 두드렸다. 뚱뚱한 몸매에 얼굴이 희고 넙데데한 어머니 쪽은 길지 않은 머리채를 감아 올려 뒤통수에다 핀으로 꽂고, 자주색 계통의 한복에다 겨드랑이엔 검은 손가방을 끼고 있었으며, 긴 단발머리의 얼굴 생김이 어머니를 쏙 빼 박은 듯한 딸은 무릎에서 한 치나 올라간 미니스커트를 입고 있었다. 두 사람은 나름대로 멋을 내려고 애썼지만 어딘지 거칠고 드센 분위기를 감추지 못했다. "부산서 즈 어메가 올라왔다고 전해 주이소." 하는, 박 상무 어머니의 말투는 꼭 뭔가를 벼르고 있는 듯한 말씨였다.

그 무렵부터는 야근을 하고 정오가 조금 지나서 퇴근한 박 상무 아내에게 그 소식을 전했더니, 얼굴이 단박 창백해지더라고

가타부타(可 - 否 -) 옳다 그르다, 된다 안된다.

어머니는 고개를 갸우뚱했다. 퇴근하기 무섭게 쓰러져 자고 땅거미 질 때서야 일어나는 박 상무 아내가 그날은 잠시도 가만 앉아 있지 못하고 경황 없이 들락날락했다. 시장에서 채소 장사를 하는 친정어머니가 돈주머니를 허리에 묶은 채 달려왔고, 군 복무 중인 그녀의 큰동생도 어디선가 달려왔다. 그런 중에도 아이들만은 얼씬거리지 않았다.

그들의 방에서는 결전을 준비하는 듯한, 조심스러운 귓속말과 비장한 긴장감이 감돌았다. 그러나 긴장감만 고조될 뿐 밤이 이슥하도록 박 상무는 돌아오지 않고, 또 그를 찾아왔던 모녀도 나타나지 않았다.

새벽 3시쯤이었다. 연탄을 갈기 위해 나는 '아래층'으로 내려갔다. 연탄 광에 불빛이 환했고, 안에서 흘러나온 불빛이 축대 밑에 고요히 잠든 봉숭아 화단을 흔들어 깨울 듯 강렬하게 비추고 있었다.

"엄마, 내가 갈 텐데 왜 일어나셨어요." 하며, 광으로 들어가려던 나는, 집게에 연탄을 집어 돌아서 나오는 박 상무 아내와 마주쳤다. 한 지붕 밑에 살면서도 그녀와 나는 가볍게 스치기만 했을 뿐 한 번도 정면으로 마주친 적이 없었다. 내가 당황한 것은 그녀를 어머니로 착각했기 때문만은 아니었다.

울어서 눈두덩이 소복한 그녀는 나를 보고 웃는다고 미소를 지었는데, 나에겐 웃는 것이 아니라 우는 듯이 보였다. 그리고 다음 순간 휘청 하는 이상한 현기증이 몸의 균형을 깨뜨리는가 싶더니, 집게에서 연탄이 빠지며 우리의 발밑에서 팍삭 부서졌다. 눈에는 눈물이 핑그르르 도는데 그녀가 활짝 웃으면서, "나 취했어요, 아주 취했다구요." 했다. 그녀를 쳐다보는 동안 내 마음은 알 수 없는 고통과 기쁨으로 가슴 밑바닥까지 떨리는 듯했다.

그녀가 빈 집게로 부서진 연탄을 집으려고 더듬거리는 것을 보고, 나는 문득 내 몸을 짜르르 꿰뚫고 지나가는 기묘한 전율에서 깨어나, 그녀의 연탄집게로 새 연탄을 집어 주었다. 그녀가 가고 나서 나는 한자리에 오랫동안 붙박인 듯이 서 있었다.

이튿날 그녀는 직장을 쉬었다. 아무것도 먹지 않고 이불을 뒤집어쓴 채 누워 있다고 했다. 그녀의 곁을 지켜 주었던 친정 식구들은 아침이 되자 모두 뿔뿔이 흩어졌던 것이다. 점심이 지나 어머니는 그녀를 위해 미음을 끓였다. 맘속으로 흐뭇한 것을 감추느라 고심하는 나에게, 어머니는 속내 근심을 털어놓았다.

"아무래도 심상치 않아. 세를 잘못 준거 같애. 하지만 굶고 누워 있는 걸 보고 가만있을 수야 없지."

머릿속에서 바람같이 내닫는 생각을 쫓느라 나는 어머니의 말을 귓등으로 흘려보냈다. 기회를 봐서 그녀의 방 연탄을 갈아 줄 참이었다.

그날 밤이었다. 부산서 상경한 두 모녀는 뜻밖에도 박 상무를 앞세우고 다시 나타났다.

박 상무 일가가 방으로 들어가고 나서 오 분도 채 못 되어서였다. "어머니? 누가 니 어메란 말이고?" 투박한 사투리로 모질게 면박을 주는 소리가 들려왔다. 잠시 후 그 전화 교환수는 맨발로 우리 집 부엌문 앞에 나타나 어머니에게 부탁했다. "아주머니, 저희 어머니 좀 오시라고 해 주세요." 그녀는 어깨를 와들와들 떨면서 자기네 방으로 되돌아갔다.

그녀의 부탁을 받은 어머니는 날 듯 달려가서 친정어머니를 데리고 왔다. 그들의 방문 밖엔 차츰 더 많은 신발들이 모여들었다. 고무신과 운동화와 구두와 하이힐과 군화 따위들이.

"조근히, 조근조근히 말하기요." 하고 아내의 친정어머니도 나직한 음성으로 만만치 않게 응수하는 소리가 들려왔다. "니가 무슨 말로 내 아들을 꼬드겼는지 모르지만, 이 사람은 자식과 여편네가 두 눈 시퍼렇게 살아 있는 몸이라. 듣자 하니 자식까지 딸린 주제에 무슨 염치로 남의 앞을 탐내노." "아이, 꼬드기다니, 누가 할 소린데 그러기요." 본인들을 제쳐 놓은 입씨름에서 시작된 싸움은 급기야 본인들의 맞고함으로 번지고, 험악한 맞고함 끝에 무엇이 깨어지고 부서지고, 그러다가 소리 높이 통곡하는 울음소리가 시월 상달로 접어든 으스스한 밤공기를 뒤흔들었다.

고성이 오가는 동안 들추어진 뜻하지 않은 사실들이, 한 지붕 아래 사람들의 잠자리를 뒤숭숭하게 파고들었다. 박 상무는 광복동에서 옷 장사를 하는 어머니가 맺어 준 아내와의 사이에

시월 상달(十月上-) 10월을 예스럽게 이르는 말.

1남 2녀가 있으며, 아내는 빗물을 받아 빨래를 하는 살림꾼이며, 박 상무는 빚에 쫓기어 서울로 도망 왔으며, 친척 집을 전전하는 그를 뒷바라지하여 자리를 잡게 도와준 것은 전화 교환수인 서울의 아내이며, 그의 성 버릇 가운데는 병적인 점이 있으며, 전화 교환수는 군인이던 남편이 훈련 중 동료의 오발 사고로 희생되고 원호대상°이 되었으며, 소파수술°을 두 차례 했다는 것 등이었다.

갑자기 안마루로 통하는 문이 열리는 소리와 함께, 옷소매를 걷어붙인 박 상무 어머니가 "사나가 비치다! 사나가 비치야!"라고 방 안을 향해 주먹질을 해 댔다.

안방의 하숙생들이 쑤군대는 소리가 들려왔다. "저 아주머니 손 오브 어 비치를 사나가 비치라고 하는 거 아냐?" 그들의 킬킬대는 웃음소리를 밀치며 어머니가 방에서 달려 나왔다. 문 열리는 소리로 미루어 어머니는 단단히 화가 나 있는 것 같았다. "보자, 보자 하니까 사람을 무시해도 분수가 있지. 지금 도대체 몇 시야, 몇 시. 남 생각도 좀 해야지, 이 집에 자기들 혼자 사나?"

그것은 어머니가 박 상무에게 걸었던 기대를 스스로 산산조각 내는 순간이기도 했다. 부질없는 헛된 희망의 사슬을 풀어

원호대상(援護對象) 전쟁이나 군 생활 중에 죽거나 부상을 입은 사람으로서 국가의 보살핌을 받는 대상.
소파수술(搔爬手術) 낙태 수술을 이르는 말.

버린 어머니의 매서운 결의는 미친 듯이 흥분한 그들을 일시에 조용하게 만들었다. "귁댁에 폐 끼치지 말고 우리 길 건너 여관으로 갑시다."라고, 목소리를 낮추어 조심스럽게 말하는 박 상무는 이미 빠닥빠닥한 새 돈으로 계약금을 치르며 거드름을 피우던 때의 그가 아니었다.

밤의 고요 속으로 적막한 여운이 흘렀다. 단조로운 귀뚜라미 소리가 한층 영롱해지며 베갯머리 가까이로 다가왔다. 지붕 아래 깨어 있는 사람은 나 혼자뿐이었다.

나는 잠을 이룰 수가 없었다. 귀를 아무리 베개 속에 깊숙이 파묻고 있어도, 세상의 슬픔 한가운데를 가리켜 보이는 듯한 박 상무 아내의 울음소리를 지울 수가 없었다. 눈을 아무리 꼭 감고 있어도 그녀의 이런저런 모습 — 처음 집을 얻으러 왔을 때, 식구가 몇이냐는 어머니의 물음에 저고리 소매 속에서 가제 수건을 꺼내어 콧등을 자근자근 누르던 거라든가, 아침마다 안마루 문을 반쯤 열어 놓은 채 남편에게 엉거주춤 안기어 아으아흐흐 하는 교성을 지를 때의 창백하도록 하얀 얼굴, 해가 뉘엿뉘엿 넘어가는 시각에 칫솔을 입에 물고 우물가로 나와서 하염없이 이를 닦다 말고 맑은 하늘을 쳐다보며 난데없이 "비가 올래나?"라고 중얼거리던 거라든지, 박 상무의 모친이 다녀갔다는

여운(餘韻) 아직 가시지 않고 남아 있는 운치.

소리를 들은 뒤에 집 안팎을 들락날락하더니만 커다란 양푼에 쌀을 담아 가지고 우물가로 와서, 씻지는 않고 양푼만 그대로 두고 훌쩍 일어나던 거라든지 ─ 하나하나가 현실이기보다는 꿈속에서 본 듯한 영상처럼 생생하게 살아났다.

그 밑도 끝도 없는 영상 하나하나를 이어 주는 한 여자의 삶의 어렴풋한 전모, 엎어지고 넘어지며 생의 험준한 고개를 숨차게 넘어온 고달픈 역정이 내 마음에 벅찬 고통을 심어 주었다. 그 고통은 너무도 친숙한 것이어서, 나는 그녀와 흡사한 인생 역정을 걸어가야 할 운명의 불씨를 내 속에 담고 있지 않나 하는 의구심마저 들었다. 교사가 되기를 거부했을 때부터 나는 이미 평탄치 못한 인생 역정을 향해 걸음을 내딛었던 게 아닐까.

다락이 거처가 된 뒤부터 나는 늘상 옷을 입고 잠자리에 들었다. 천장이 낮고 주위가 옹색하여 옷을 벗고 입을 계제가 못 되었던 것이다. 동생이 이불자락을 끌어당겨 가 버리는 바람에 나는 그만 자리에서 벌떡 일어나 앉았다. 어둠 속에서 나는 물끄러미 창밖의 어둠을 응시했다. 밖에서 알 수 없는 힘이 나를 잡아당기고 있는 것 같았다.

나는 창문을 빠져나온 다음 사다리를 타고 아래로 내려왔다. 밤이슬에 축축이 젖어 있는 어머니의 헌 고무신을 발에 꿰자 나

전모(全貌) 전체의 모습.
역정(歷程) 지금까지 지나온 길.
계제(階梯) 어떤 일을 할 수 있는 형편이나 기회.

도 모르게 흠칫 몸이 떨렸다. 설풋이 기운 상현달 주위로 검은 먹구름이 몰려들고 있었다. 사방은 캄캄하고 조용했다. 나는 잠시 무엇을 해야 좋을지 모르는 채로 우물가에 서 있었다. 그때 오래 익은 술처럼 내 안에서 노래 하나가 맴돌았다. 그것은 차츰 삭일 수 없는 울음처럼 가슴을 밀고 밖으로 넘쳐 나왔다.

장미 같은 네 마음에 가시가 돋쳐
이다지도 어린 넋 시들어졌나
장미 같은 네 마음에 가시가 돋쳐
이다지도 어린 넋 시들어졌나
장미 같은 네 마음에……

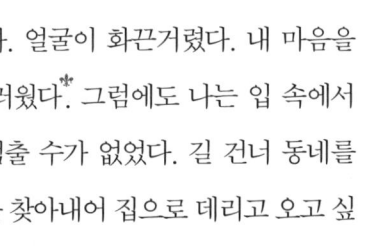

갑자기 나는 입을 다물었다. 얼굴이 화끈거렸다. 내 마음을 나 자신에게 들킨 것이 부끄러웠다.* 그럼에도 나는 입 속에서 절로 중얼거려지는 노래를 멈출 수가 없었다. 길 건너 동네를 다 뒤져서라도 박 상무 아내를 찾아내어 집으로 데리고 오고 싶었다. 그녀가 받을 모욕, 그녀에게 가해질 핍박으로부터 그녀를 보호하고 싶었다. 그러한 생각을 하자마자 나는 가슴이 두근거리기 시작했다.

✽ 내 마음을 나 자신에게 들킨 것이 부끄러웠다 '나'는 자신도 모르게 박 상무의 아내가 부르던 노래를 혼자 부르다가, 그녀에 대한 연민을 스스로에게 들킨 듯한 느낌에 부끄러움을 느끼고 있다.

발소리를 죽이고 뜰을 가로질러 대문께까지 가서 쪽문의 고리를 벗겼다. 캄캄한 어둠 속에서 파묻혀 버린 골목 저편으로부터 섬뜩하도록 고요한 바람이 불어왔다. 길 양쪽으로 늘어선 집들의 창문은 방금 구름을 헤치고 얼굴을 내민 희미한 달빛을 받아 더욱 어둡게 보였다.

나는 잠시 망설이다가 큰길 방향으로 나아갔다. 길 저편은 분명 어둠과 정적뿐인데도 나는 꼭 무엇에 이끌리어 가는 기분이었다. 생각은 박 상무 아내를 찾으러 간다고 하는데, 마음에선 다른 여인들의 얼굴이 명멸했다. 폭주가인 남편에게 저녁마다 구타를 당하고 우리 집으로 쫓겨 온 이웃집 아주머니(그녀는 어느 날 남편에게 코를 물어 뜯겨 피를 입으로 삼키며 달려오기도 했다), 한평생 다른 여자에 대한 사랑을 품고 조금씩 조금씩 폐인이 되어 가는 남편 때문에 세 번이나 약을 먹고 자살을 기도한 친척 올케, 전도사와 같은 검박한 옷차림에 항시 울고 난 사람처럼 눈이 벌겋게 충혈되어 수업 시작 전과 끝난 뒤에 묵상을 강요하던 노처녀 한문 선생님, 임신한 몸으로 아버지에게 얻어맞아 얼굴에 푸르스름한 멍 자국을 달고 우리 집에 숨으러 왔던 효순, 교사 임용 고시에 네 식구 생계를 걸고 시험관 앞에서 나풀나풀 뛰다가 벌렁 넘어진 사범 학교 선배……. 그렇다, 나는 또다시

명멸하다(明滅--) 나타났다 사라졌다 하다.
검박하다(儉朴--) 검소하고 소박하다.
묵상(默想) 말없이 마음속으로 기도를 드림.

사랑에 빠진 것이다. 마음이 무너지고 상심할 뿐, 다른 별 도리가 없는 허망한 사랑을.

갑자기 야경꾼의 딱따기 소리가 내 발걸음을 집으로 돌려놓았다. 대문은 열린 채로 있었다. 그것은 무언가가 그리고 빠져나간 빈 구멍이 아니라, 아직도 그 무엇의 늘어뜨려진 긴 자락을 가득 물고 있는 입처럼 보였다. 밖에서 들여다보이는 대문 안엔 희미한 불빛이 끌리고 있었다. 나올 때는 미처 느끼지 못했던 불빛이었다. 어디서 스며 나오는 불빛일까? 어머니가 깨신 걸까?

나는 대문 안으로 들어섰다. 그러자 그 불빛을 좀 더 가까이 느낄 수 있었다. 현관 옆에는 슬레이트 지붕을 잇대어 만든, 셋방에 딸린 간이 부엌이 있었다. 빛은 그 부엌 안에서, 더 정확히 말하자면 부엌 쪽으로 반쯤 열려 있는 방에서 흘러나오고 있었다. 그들이 몰려 나갈 때 열어 두고 간 듯했다.

보잘 것 없는 부엌살림 — 유리가 깨어지고 문짝이 비틀어진 조그만 찬장, 김칫국물 자국이 불그스름한 도마, 손잡이에 헝겊이 감겨 있는 부엌칼, 찌그러진 양푼, 뚜껑의 꼭지가 떨어져 나간 냄비, 새끼줄에 묶이어 기둥에 매달아 놓은 간고등어 한 마리 — 과 푸르스름한 빛깔의 캐비닛, 그 옆의 뚜껑 없는 사기요

야경꾼(夜警 -) 밤거리를 다니며 살피고 지키는 사람.
슬레이트 지붕을 덮는 데 쓰는 얇은 석판.

강, 조잡한 솜씨의 자개경대, 빨아서 옷걸이에 걸어 놓은 전화국의 푸른 제복 따위의 방 안 살림들을 바라보고 있는 동안 내 마음은 까닭 없이 미어지는 듯했다.

방문을 닫아 놓고 돌아서려는데 어머니의 기침 소리와 발자국 소리가 들려왔다. 하숙생 방의 연탄을 갈아 넣기 위해 일어나신 듯했다. 어느새 새벽이 가까워지고 있었다.

다음 날 아침 나는 흠씬 두들겨 맞은 사람처럼 온몸이 아팠다.

그날 이후로 박 상무는 집으로 들어오지 않았다. 박 상무의 발길이 끊기자, 전화국에 다니는 젊은 미망인˙은 퇴근하는 길로 곧장 친정으로 가서 밤이 되어도 돌아오지 않았다. 박 상무가 있을 때는 얼씬거리지도 않던 아이들이 늦은 시각에, 또는 아침 일찍 엄마의 심부름으로 무언가를 가지러 오곤 했다.

한동안 그들의 집안 속사정을 관망˙하기만 하던 어머니가 오빠에게 "아무래도 안 되겠다."라고 말문을 열었다. "취직은 이미 틀린 거고 어물어물하다간 돈까지 떼이게 생겼다. 박 상무에게 전화를 해서 만나든지, 직장으로 찾아가서 돈을 돌려 달라고 말해 봐라." 시선을 허공에 둔 채 자기의 후두˙뼈를 만지작대고 있는 오빠에게 어머니는 빨랫거리를 손질하며 당부했다.

미망인(未亡人) 남편이 죽고 홀로 남은 여자.
관망(觀望) 한발 물러나서 어떤 일이 되어 가는 형편을 바라봄.
후두(後頭) 뒤통수.

잠시 동안 어머니가 하숙생들의 이불 빨래에 입으로 물을 뿜는 소리만 계속되었다. 갑자기 오빠가 벌떡 일어나며, "에이 더러운 세상, 에이 좆 같은 세상, 이래가지고 살면 뭐 해!"라고 큰 소리로 울분을 터뜨렸다. 요 몇 년 사이에 그에게 일어난 일들은 그의 피해 의식을 자극하여, 그는 이기적이고 공격적으로 변해 갔다.

"얘가 왜 이래, 진정해! 앉아!"

어머니의 음성도 절망과 환멸감에 떨고 있었다.

　그런데 박 상무의 직장으로 찾아간 오빠는 더욱 나쁜 소식을 가져왔다. 그의 명함에 적혀 있는 제일 물산이란 무역 회사는 벌써 오 개월 전에 부도를 내고 문을 닫은 상태나 다름없더라는 것이었다.

"그 사람 고의로 우리한테 사기를 친 거라구요. 한미 은행 지점장하고 친구라는 것도 새빨간 거짓말이었어요."

"설마…… 그것까지야."

"지점장을 찾아가서 박 아무개씨 심부름을 왔다고 하니 그런 사람 전혀 모른다는 거예요. 명함을 꺼내 보여도 고개만 절레절레 저었어요."

　어머니와 오빠가 사기꾼인 박 상무와 그 일을 방조한 인애 엄마(어머니는 전화 교환수인 미망인을 그렇게 불렀다)를 어떻게 혼내

방조하다(幇助--/幚助--) 범인의 범죄 행위를 돕거나 알고도 모른 체하다.

주나 부심하고˙ 있는 동안, 나는 메울 길 없는 공허감을 노래로 달래며 그녀가 나타나기를 애타게 기다렸다.

'아래층'에 내려가면 무엇을 하거나 옆얼굴에는 그녀의 방이 느껴졌다. 그 방에는 비어 있는 동안 늘상 자물쇠가 채워져 있었고, 밤이 되어도 창문은 캄캄했다. 나는 우리 집 연탄을 훔쳐다가 그녀의 아궁이에 넣어 주곤 했는데, 불을 꺼뜨리지 않으려니 신경이 적지 않게 쓰였다. 뿐만 아니라 재를 어머니 눈에 띄지 않게 처리하는 것도 쉽지 않은 일이었다.

그러던 중 나의 행동은 어머니에게 발각되고 말았다. 밑불이 아직 괄한˙ 것을 무리하게 떼어 내서 연탄을 간 것이 문제였다. 나는 그녀의 아궁이에서 빼낸 연탄재를 어머니 눈에 띄지 않게 하려고, 집 밖으로 들어내 담장 밑에 쌓아 두는 다른 연탄재 속에 슬쩍 끼워 넣곤 했다. 거기엔 청소차가 미처 거둬 가지 못한 연탄재들이 늘상 쌓여 있어 어머니 눈을 감쪽같이 속일 수 있었다. 그런데 그날은 무슨 까닭에선지 어머니가 하숙생 방의 연탄을 갈고 그 재를 아침까지 아궁이 곁에 두었다가 나중에 한꺼번에 집 밖의 쓰레기 통 옆으로 옮겨 가는 습관을 깨고, 곧바로 집 밖에 버리러 나왔다가, 마치 비밀을 스스로 폭로하듯 어둠 속에서 이글거리며 타는 연탄불 하나를 발견했던 것이다.

부심하다(腐心--) 어떤 문제를 해결하기 위한 방안을 생각해 내느라고 몹시 애쓰다.
괄하다 1. 괄괄하다. 2. 불꽃이나 불길 따위가 거칠고 거세다. 여기에서는 2의 의미로 쓰임.

한밤중임에도 불구하고, 그리고 자칫하다간 하숙생들의 잠을 깨울 염려가 있는 것도 아랑곳없이, 어머니는 사다리를 타고 올라와 다락문을 조금 열고 손을 들이밀어 두 딸의 다리를 차례로 꼬집어 잠을 깨웠다.

 내 동생은 깊은 꿈속을 헤매는 참이었고, 나 역시 잠이 막 들려는 참이었다.

 "어찌 된 건지 말 좀 해 봐라."

 어머니가 나직한 목소리로, 그러나 단호하게 추궁했다. "대문 밖의 연탄재 누가 버린 거니?" "무슨 연탄재?" 투덜거리며 내 동생이 도로 몽롱한 잠 속으로 쓰러지자 범인은 절로 가려진 셈이었다.

 아래로 내려오라는 어머니의 호출을 받고 나는 사다리를 내려갔다. 어머니가 나를 연탄 광 그늘 속으로 끌고 갔다. 뜰에는 교교한 달빛이 가득했고, 귀뚜라미조차 숨을 멎은 듯 사위는 고요했다.

 "누가 자꾸 연탄에 손을 대나 했더니……. 난 도무지 무슨 영문인지 모르겠다. 남의 집 빈방에다 무엇 때문에 불을 갈아 넣어 주냔 말이다."

 나는 혀로 타는 입술을 축였다. 어머니로부터 꾸중을 듣는 나

교교하다(皎皎--) 달이 썩 맑고 밝다.
사위(四圍) 사방의 둘레.

는 나 같지가 않았다. 나는 내 행동 이상의 무엇인 '나'를 어머니에게 설명해 드릴 방도가 없었다. 어머니가 낯설었다. 어머니가 야속했다.

"에미는 연탄 한 장 아끼려고 밤마다 잠을 설치는데…… 딸년은 피도 살도 안 섞인 남에게 선심이나 쓰고, 잘한다 잘해. 네 나이가 도대체 몇이냐? 언제 철이 날 거냐?"

나는 벽에 등을 기댔다. 꼿꼿이 서 있는 것이 힘이 들었다. 갑자기 살아가야 할 앞으로의 길고 긴 나날들이 아득하게 느껴졌다. 그것은 결코 연탄 문제가 아니었다. 그날 밤 그녀가 눈에는 눈물이 가득한 채 웃으며 "나, 취했어요, 취했다구요." 했을 때, 한 여자의 삶이 나를 관통하고 지나가는 그 쩌르르한 전율……. 그것이 단지 연탄만의 문제라면, 남자 학교 운동회장 한복판에서 여학생 교복을 제비 뽑은 남학생을 도와주기 위해 창피한 것도 무릅쓰고 저고리를 벗어 주었던 그 정열적인 여학생으로 하여금, 삶이 연탄 몇 장에도 벌벌 떨도록 가르쳐 주는 거라면……. 나는 손바닥 가득히 얼굴을 파묻었다. 나는 철이 들고 싶지 않아. 나는 나이를 먹고 싶지 않아. 나는 살고 싶지 않아.

발자국 소리가 내 곁을 지나갔다. 나를 혼자 버려 둔 채 어머니는 내 밖을, 내 곁을 스쳐 지나갔다. 창백한 달빛과 가슴 밑바닥까지 저리게 하는 고요와 나뿐이었다. 살아 있음의 외로움, 사는 일의 두려움이여. 나는 차마 얼굴에서 손바닥을 떼어 낼 수가 없었다.

나는 어머니와 단둘이 아침상에 마주 앉을 일이 끔찍스럽도록 거북하고 싫었다. 동생과 하숙생들이 먼저 아침을 먹고 학교로 가고, 그 뒤를 이어 오빠가 직장에 나가고 나면, 어머니와 나는 이 상 저 상에서 남은 음식들을 거두어 맨 나중에 아침을 먹었다.

나는 어머니 앞에서 아무런 일도 없었던 듯이 나 자신을 꾸밀 수가 없었다. 간밤에 대면한 삶의 쓰디쓴 공포가 아직도 나를 가위처럼 짓누르고 있었다. 나는 결심했다.

집을 나서면서, 어머니가 생활비를 넣어 두고 쓰는 부엌 선반 위의 약탕관* 속에서 돈 천 환을 떨리는 손으로 끄집어냈다. 가능하면 집으로 다시 돌아오는 일이 없기를 바랐다. 어쩌면 그것은 가능할 것 같기도 했다. 다락에서 낮은 곳으로, 낮은 곳으로 흐르는 내 창을 통해 수없이 혼자 서는 연습을 해 왔기 때문이다.

만약 현실이 영화 같다면, 지금쯤 수녀원의 저 육중한 문은 나와 내 가족, 그리고 속세의 무거운 삶으로부터 나를 갈라놓으며 내 등 뒤에서 오싹하게 닫혔을 것이다. 그런데 명동 성당의 별관 앞 계단에서 마주친 그 수녀는, 수녀가 되고 싶다는 나를 즉시 손잡아 수녀원으로 데리고 가는 대신, 성당에 나가라는 말만 남기고, 나를 지나 총총히 사라졌다. 살기에 버거운 순간을 맞을 때마다 유일한 위안처럼 수녀를 동경해 온 이 나를 지나서

---

* 약탕관(藥湯罐) 탕약을 달이는 데 쓰는 질그릇.

말이다. 검은 옷자락을 휘날리며 그 수녀가 사라진 건물의 지붕 위에서 정오의 햇빛이 눈부신 축복을 내리고 있었다.

하지만 해가 지려면 아직 멀었다. 나는 당장 갈 데가 없었다.

버스와 전차를 갈아타고 여숙에게로 가는 동안, 줄곧 생각했음에도 나는 좀체 납득할 수가 없었다. 수녀가 되겠다는 나를 어째서 '수녀'가 모른 체할 수가 있단 말인가, 나는 어찌나 그 수수께끼를 결사적으로 물고 늘어졌던지, 차 속에서 줄곧 창밖을 내다보았음에도 눈에 담은 것은 아무것도 없었다. 마침내 적십자가 그려진 약국 간판이 내 속의 수녀로부터 나를 떼어 놓을 때까지.

굴레방다리를 지나 복개˙되지 않은 개천을 따라가면, 여숙이 일을 해 주고 숙식을 제공받고 있는 중학교 때 영어 선생님의 약국이 있었다. 암으로 돌아가신 여숙의 어머니가 딸에게 남겨 준 것은 노망든 친정어머니와 자신의 화려했던 시절을 담은 커다란 자개 화장대뿐이었다. 집과 두 대의 트럭은 모두 차압 딱지˙가 붙어 남의 소유가 되어 버렸다. 그리하여 할머니는 양로원에, 화장대는 어머니의 친구 집에 맡기고, 여숙은 학교를 휴학했다.

이제는 옛 스승과 그 스승에 얹혀 지내는 친구와 세상의 온갖 병에 대한 처방 약들이 수녀원 대신 나를 맞아 줄 것이다. 스승

복개(覆蓋) 개천 따위를 포장하여 덮는 것.
차압 딱지(差押-紙) 압류 물건임을 나타내는 표지.

이 머리맡에 라디오를 켜 놓고 방 안에 누워 있기만 하다면, 여숙과 나는 초록색 비닐 장의자에 나란히 앉아 다리를 흔들며 유리창 밖으로 지나가는 행인들을 구경하기도 하고, 활명수나 뇌신˙을 찾는 손님에게 약을 팔기도 하면서 그런대로 오붓한 시간을 즐길 수도 있으련만.

시장과 인접해 있는 약국은 난전˙들이 늘어놓은 함지˙들로 포위되어 있었다. 장날이었던 것이다. 목판에 놓여 출입문을 가로막고 있는 홍시 무더기를 조심스럽게 타 넘고 나는 간신히 출입문 안으로 들어섰다.

노처녀 약제사는 골이 잔뜩 난 얼굴로 책상 앞에 앉아 있고, 조제실 뒤의 좁은 부엌 쪽에선 설거지하는 소리가 들려왔다. 미처 낭패감을 숨기기도 전에 원병˙을 만난 듯이 벌떡 일어나 다가온 스승에게 나는 손을 잡혔다. 그녀의 하얀 가운 앞섶엔 방금 떨어진 김칫국물 자국이 아직도 시큼한 냄새를 풍기고 있는 듯했다.

"정애야, 너 잘 왔다. 지금 무슨 일이 있었는지 아니. 너도 들어오면서 봤지? 저 사람들 남의 상점 앞을 다 막아 버리면 우리 손님들이 어떻게 드나드니. 그래서 내가 길 좀 틔워 달라고

뇌신 '뇌신에이산'을 이르는 말로, 해열, 진통, 소염 등의 약효가 있는 약.
난전(亂廛) 허가 없이 거리에 벌여놓은 가게.
함지 장사하는 데 쓰는 큰 그릇.
원병(援兵) 도움을 주러 오는 군대.

했더니, 되레 나한테 남의 함지박을 발로 찼다고 떼거리 지어 달려드는 거야."

그것은 늘상 되풀이되는 시비였다. 변덕이 많은 그 노처녀는 어느 땐 장사꾼들 때문에 약이 잘 팔린다고 좋아하다가도, 또 어느 땐 그들의 함지박을 몽땅 쓸어 없앨 듯이 시비를 붙곤 했다.

어찌 됐든 집을 나온 나의 입장으로선 해 질 녘까지만이라도 이곳에서 어정거려야 할 판이었다.

"까딱했으면 봉변당할 뻔했군요."

약제사는 나의 미지근한 반응이 불만스러운 모양이었다.

"그게 바로 봉변이지 뭐니? 여숙이도 봤다구."

그릇 씻은 설거지 물그릇을 들고 나온 여숙은 나와 눈 맞춤할 겨를도 없이 증인이 되어야 했다.

"맞어. 내 눈으로 봤어. 함지박은 건드리지도 않았는데 발로 찼다고 억지를 쓰더니 선생님을 막 때리려고 덤벼들었어."

여숙이 개숫물을 버리러 출입문 밖으로 나갔기 때문에 약제사는 더 이상 그녀를 자기편으로 끌어들일 수가 없었다.

"저 여자야, 저 여자."

노란 금시계를 번쩍거리며 약제사가 손가락으로 유리창 밖 장바닥 한가운데를 가리켰다. 몸뻬 차림의, 얼굴이 볕에 익어 가죽처럼 두꺼워진 시골 여인이 삶은 고구마 줄기를 사기 공기에 담아 놓고, 한편으론 콩깍지의 콩을 열심히 까고 있었다. 그

죄 없는 시골 여인을 비난함으로써 약제사의 비위를 맞추어야 할까. 슬그머니 짓궂은 장난기가 꿈틀거렸다.

"선생님, 순경을 불러올까요?"

비로소 나는 약제사를 정면으로 쳐다보았다. 가벼운 당혹감이 약제사의 씩씩거리는 감정을 주춤하게 했다.

"그렇게까지야……."

"한 번은 시시비비를 가려 놓을 필요가 있다구요."

"그래, 그럼 네가 가서 순경을 좀 불러오렴."

나는 속으로 뜨끔했으나 이미 내친걸음이었다. 약제사도 마찬가지였다.

"여숙아, 너 정애랑 파출소 가서 순경 좀 데리고 와라. 오늘은 아주 결판을 내야겠어."

개숫물을 개천에다 버리고 돌아온 여숙이 영문을 알고 싶지도 않다는 듯, 피로하고 지친 얼굴로 장의자 위에 털썩 주저앉았다. 아마도 여숙은 날이면 날마다 이런 식의 부대낌을 적지 않게 받아왔던 것이리라.

"일어나, 가자!"

나는 여숙의 넓적다리를 힘껏 꼬집어 기운이 빠진 그녀가 무릎을 벌떡 일으켜 세우지 않을 수 없게 했다.

우리의 뒤에서 약제사의 불안해하는 눈길이 계속 뒤쫓아 왔다. 파출소는 약국에서 개천을 따라 일직선 거리에 있었던 것이다. 지나가는 트럭이 몸을 숨겨 줄 수 있게 되었으므로, 나는 여숙의 손을 골목 안으로 잡아끌었다. 그 골목은 시장통과 이어져 있어 목[•]을 잡지 못한 상인들이 드문드문 노점을 차리고 있었다.

"이리로 가면 어떡하니?"

몸을 돌려 골목을 도로 빠져나가려는 여숙을 붙잡으며 나는 태연하게 대꾸했다.

"뭘 어떡해? 파출소에 갔더니 순경들이 모두 일 나가고 아무도 없더라고 하면 되지. 너 풀빵 안 먹을래? 난 배고파."

우리는 어느 집 담 밑에 이르러 걸음을 멈추었다. 풀빵을 다섯 개씩 나누어 손에 들고, 봉지는 찢어서 땅바닥에 깔고 앉았다. 짙은 집 그늘이 우리를 뒤덮고 겨울에 재촉하는 쌀쌀한 바람이 옷깃을 파고들었다.

풀빵을 먹는 동안 내내 나의 눈길은 스커트 밑으로 가지런히 나온 여숙의 신발 위에 머물러 있었다. 대학 입학 때 사 신은 그 구두가 이제는 뒤축이 꺾이어 막 신는 신발이 되어 있었다. 콧등에는 고춧가루가 말라붙어 있었다. 보이지 않는 태양이 눈부신 양 여숙은 줄곧 손바닥으로 이마를 가리고 있었다.

"너 왜 안 먹니?"

마지막 하나 남은 빵을 입으로 가져가며 내가 물었다.

"너는 내가 이담에 뭐가 될 것 같으니?"

목 자리가 좋아 장사가 잘되는 곳이나 길.

"쩝쩝……."

나는 잠자코 그리고 한층 천천히 빵을 씹었다.

"나는 내가 스무 살이 넘었을 때 지금보다 훨씬 근사한 사람이 되어 있을 줄 알았어."

보이지 않는 태양이 사라져 더 이상 눈부실 것이 없는지, 여숙은 손을 내렸다. 그 손으로 이제는 싸늘하게 식어 버려 풀처럼 처진 빵을 집어 내 손에 놓아 주었다. 그녀가 한숨을 쉬며 혼잣말로 중얼거렸다.

"이런 날이 언제까지 계속될까."

나는 더 이상 빵을 씹을 수가 없었다. 여숙이 울음을 터뜨릴까 봐 나는 겁이 났다. 우리 생애에서 참으로 짧고도 긴 순간이었다. 시장통 어디에선가 다리를 묶인 수탉이 홰치는 소리가 들려왔다.

"난 요새 의자에서 잠을 자."

그와 동시에 나는 씹지도 않은 빵을 한꺼번에 꿀꺽 삼켜 버렸다. 여숙이 추운 듯 몸을 옹송그리며 말을 계속했다.

"밤에는 선생님 애인이 찾아와서 자고 간단다. 그 남자가 안 오면 괜히 이것저것 트집 잡고 사람을 들들 볶아. 가정교사라도 하면 좋겠는데 누가 알아봐 주는 사람이 있어야지."

물건을 팔고 집으로 들어가는 여인이 함지를 머리에 인 채 엉덩이를 씰룩이며 우리 앞으로 지나갔다. 여숙과 나는 약속이나 한 듯이 그녀의 모습이 보이지 않을 때까지 뒤를 배웅했다.

사다리가 놓인 창(窓)　189

"이대로 약국에서 나올 수는 없을까."

어쩌면 여숙은 나를 따라 우리 집에 갔으면 하는지도 몰랐다. 나는 그녀를 만나 하고 싶었던 이야기를 한마디도 꺼낼 수가 없었다. 나는 코가 빠진 내 스타킹만 물끄러미 바라보았다.

"어머나!"

여숙이 갑자기 자지러지듯 비명을 지르며 벌떡 일어났다. 어느새 저만큼 달려가는 그녀를 뒤쫓으며 내가 소리쳤다.

"왜 그러니? 무슨 일이야?"

"연탄불에 빨랫거리를 얹어 두었어."

약국이 보이자 숨을 돌리려고 잠시 뛰기를 멈춘 여숙은 내 손의 풀빵을 보고 또 한 차례 놀랐다.

"애, 빵 치워."

우리는 다섯 개의 빵을 다섯 입에 모두 먹어 치우고, 입가를 닦은 뒤 약국으로 들어섰다. 비장한 각오를 하고서.

약제사는 우리들이나 우리들이 데리러 간 순경이나를 전혀 기다리지 않은 눈치였다. 방 안에서 그녀의 목소리가 들려왔다. 방문 밖엔 윤이 반짝거리는 남자 구두 한 켤레가 안쪽을 향해 놓여 있었다. 유리창 속에 갇힌 날파리 한 마리가 붕붕거리며 출구를 찾고 있었다.

여숙과 나는 재빨리 안도의 눈 맞춤을 나누었다. 그렇다고 문제가 모두 해결된 것은 아니었다. 여숙이 발소리를 죽이고 부엌으로 가고 있는 사이에, 나는 기어드는 목소리를 가까스로

잡아 늘였다.

"선생님, 파출소에 갔더니……."

입속에 외워 둔 말을 미처 다 맺기도 전에 방 안에서 한껏 너그러운 목소리가 나를 제지했다.

"그래 알았다. 수고했어. 저녁 먹고 여숙이랑 가게 좀 봐 줘."

부엌에서 혓바닥을 길게 늘인 여숙이 나왔다. 눈에는 웃음을 가득 담은 채. 빨래에는 이상이 없는 모양이었다. 내게로 다가온 여숙이 입술을 내 귓바퀴 속에 묻을 듯이 파묻고 속삭였다.

"너 오늘 여기서 자고 가."

그날 밤이었다. 약국의 홀에 마련된 딱딱한 비닐 침상 위에서 우리는 몸을 찰싹 붙인 채 귀와 입술을 맞대고 스물한 해를 살아온 자기 이야기를 모두 털어놓았다. 흥분한 우리는 전장에서 일시 집으로 돌아온 휴가병이 가족들에게 무용담을 털어놓듯 자신의 가장 아픈 치부까지 신이 나서 열어 보였다.

"잠깐 기다려 봐. 보여 줄 게 있어."

스커트 주머니에서 성냥을 꺼낸 여숙은 손으로 불 주위에 동그란 갓을 씌우고 약장 앞으로 걸어갔다. 두 사람이 잠든 방문 위로 그림자가 미끄러져 갔다. 여숙은 일단 불을 끄고 약장의 맨 밑 서랍을 잡아 뽑았다. 어둠 속에서도 그녀의 손길은 매우 익숙해 보였다.

치부(恥部) 부끄러운 부분.

"이거 뭐니?"

여숙에게서 받아 든 작은 약병을 나는 어둠 속에서 높이 쳐들어 살펴보았다.

"약이야."

"무슨 약?"

"내가 자살할 때 먹을 약."

"약 이름이 뭔데?"

"세코날. 본래는 수면제야. 치사량이 되려면 오십 알은 먹어야 하는데, 마흔두 알밖에 안 돼. 아직 여덟 알이 모자라."

"어떻게 모았니?"

"훔쳤어. 식모들도 월급 받는데 나는 공짜로 일해 주는 대신 세코날 좀 훔쳤기로서니 죄가 되겠니."

여숙은 나에게서 도로 약병을 빼앗아 본래 있던 자리에다 신중하게 감춰 두었다. 그날 밤의 클라이맥스는 그렇게 해서 서랍 속으로 도로 자취를 감추었다.

어느새 우리의 머리맡 약장 위에 놓아 둔 자명종 시계가 푸른 야광 초침으로 새벽 3시를 가리키고 있었다. 하품 소리에 뒤이어 여숙은 이내 코를 쌕쌕 골기 시작했다.

그러나 여숙이 잠이 든 뒤부터 내 가슴은 뛰는 말처럼 두근거렸다. 비굴한 목숨을 단칼에 베어 낼 무기가 내 손 가까이에 있는 것이다. 성당 같은 데다 시간을 쓸어 박지 않아도, 그것은 내 맘 먹기에 따라 당장 바람을 이루어 줄 수 있을 것이다. 이제부터 내 삶의 위안은 수녀가 되는 것이 아니라, 저 마흔두 알의 세코날이란 약이다! 나는 살그머니 몸을 일으켰다. 떨리는 기쁨을 이빨로 지그시 깨문 채.

그 빨간 알약의 무기를 써 먹을 날은 의외로 빨리 다가왔다. 가출에서 돌아온 지 일 주일이 지났을 때였다.

거의 한 달 만에 집으로 돌아온 인애 엄마는, 얼굴은 야위고 핼쑥한데 표정은 침착하고 평온해 보였다. 연탄 광 옆에서 신문지와 번개탄으로 연탄불을 피우느라 매운 연기를 마시고 연방 기침을 해 대던 그녀가 뜰로 나온 어머니의 기척에 얼른 일어나서 허리를 굽혔다.

"내가 참견할 일은 아니지만……." 하고 어머니가 그녀의 사적인 문제에 대해 관심을 보였고, 그녀는 담담한 목소리로 그날 밤 이후의 자초지종을 들려준 끝에 덧붙였다. "아주머니, 저 그 사람이랑 아주 헤어졌어요." 난데없는 기침의 폭발 때문에 헤, 어, 졌, 어, 요, 하는 낱말이 눈물처럼 방울방울 끊어졌다.

다락 문틈으로 그 광경을 지켜보고 있던 나는 왠지 마음이 조마조마했다. 어머니의 표정 뒤에 뭔가 감추고 있는 것이 있어 보였기 때문이다.

"진작 내가 알았으면 우리 밑불을 줄 걸 그랬네." 하고 돌아서 부엌으로 들어가던 어머니가 발걸음을 되돌려 그녀에게로 다가갔다. 뭔가 망설이던 표정이 결연한 빛으로 바뀌어 있었다.

"인애 엄마, 서운하게 듣지 마시우⋯⋯." 나는 가슴이 심하게 두근거리고, 무거운 쇳덩이가 목을 짓누르는 듯하여 어머니의 말을 계속 듣고 있을 수가 없었다. 라디오의 리시버를 귀에 꽂고 낭랑한 음성의 아나운서가 들려주는 일기 예보에 귀를 기울였으나, 이미 마음으로 알아 버린 사실은 어쩔 수 없었다. 어머니는 인애 엄마에게 방을 비워 달라고 요구했다. 뿐만 아니라, 박 상무에게 교제비 조로 주었던 돈을 전세 값에서 제하겠노라는 말도 덧붙였다.

"네, 알겠어요, 아주머니. 내일 나가서 집을 구하러 다녀 보겠어요."

체념한 듯 낮고 조용한 음성으로 인애 엄마가 대답했다. 그러고 나서 다시 댓살만 남은 부채로 연탄불을 붙이기에 부심했다. 그녀가 어머니의 요구를 아무리 담담하게 받아들인다 하더라도 내 미어지는 마음엔 아무런 위안이 되지 않았다. '비열해. 비인간적이야.'라고 나는 속으로 외쳤다.

마침내 번개탄 위에 얹은 숯불이 빨갛게 살아 오르자, 그녀는 그 위에 연탄을 얹어 놓고, 자기네 방으로 돌아갔다.

나는 '아래층'으로 내려갔다. 가슴이 터질 듯 답답하여 가만히 앉아 있을 수가 없었다. 나는 마치 대문 밖에 볼일이라도 있는

리시버(receiver) 라디오 소리를 귀에 꽂아 듣는 장치. 이어폰.
조(條) 어떤 명목이나 조건.
부심하다(腐心--) 어떤 문제를 해결하기 위한 방안을 생각해 내느라고 몹시 애쓰다.

듯이 황급히 대문으로 가서 쪽문의 고리를 벗겼다. 그 짧은 한순간, 내 옆얼굴에 스치는 그녀의 방이 뜨거운 지문처럼 느껴졌다. 대문 밖에 서서 나는 한동안 우두커니 한길 쪽을 지켜보았다. 그리고 다시 문을 닫고, 이번엔 반대쪽 옆 얼굴에 그녀의 방을 묻혀 가지고 나의 다락으로 되돌아갔다.

나는 내가 무엇을 해야 하는지 확실히 알 수 있었다. 그녀를 위해 내가 아무 힘이 되지 못해 슬프고 괴로운 것이 아니라, 이제야말로 그녀를 위해 가장 결정적인 용기를 보여 줄 수 있게 된 것이 너무도 기쁘고 대견스러웠다.

나는 여숙이처럼 유서 같은 것은 남기지 않기로 했다. 내가 스스로 목숨을 끊는 이유는 오직 나만의 비밀로 내 속에 복장(伏藏)하기로 결심했다. 그 결심으로 해서 나는 내가 스물한 해를 살아온 것과 맞먹는 성장을 한순간에 성취한 것 같았다. 내일 아침이면 나의 어머니, 나의 가족들은 웃으면서 죽은 나를 발견하게 될 것이다.

한밤중에 응급실로 실려 온 나를 위세척시키고 나서, 의사는 이마의 땀을 훔치며 중얼거렸다고 한다. "모를 일이로군. 어떻게 색깔 하나 변하지 않은 약이 입에서 튀어나올 수 있었을까." 의사에게 말하지는 않았으나, 나는 의사보다 먼저 내 목숨을 살려 낸 것은 웃음이었다고 믿고 있다. 식도를 거쳐 위장과 십이

복장(伏藏) 깊이 감추어 둠.

지장과 소장에 이른 알약을, 들어온 통로로 다시 그토록 말짱하고 화끈하게 도로 밀어 올릴 수 있었던 힘이란 웃음뿐이다. 웃음은 마치 강냉이 튀기듯 빨간 알약을 입 밖으로 튕겨 내었을 것이다.

나흘 만에 서른일곱 개의 시디신 배(梨) 속(그 뇌쇄적인 신맛은 정신을 세척해 준다)만 먹고 나는 회복되었다. 누워 있는 동안 나는 한 번도 그녀를 생각하지 않았다. 일시적인 치매증 비슷한 증세였다.

동생으로부터 인애네가 이사를 간다는 말을 듣고도 나는 아무런 느낌이 없었다. 죽었던 느낌이 되살아나 동생의 말을 다시 떠올려 본 내가 후들거리는 다리로 아래로 내려갔을 땐, 인애네가 벌써 이사를 떠난 뒤였다.

노끈과 종잇조각, 못 같은 것이 흩어져 있을 뿐, 사시장철 햇빛 한 점 들지 않아 어둠침침한 빈방을 먼발치서 넌지시 들여다보고 있던 나는 방바닥에서 뭔가 반짝이는 것을 발견하고 방으로 들어갔다. 내가 허리를 굽혀 그것을 주웠을 때 그것은 더 이상 반짝이지 않았다. 그것은 하얀 빛깔의 구멍이 네 개 뚫린 조그만 단추였다. 그 모든 것은 야멸친 저버림을 드러내고 있었다. 아, 얼마나 어리석은가. 얼마나 허망한가. 그녀로 해서 애태

뇌쇄적(惱殺的) 애가 타도록 매혹적인. 괴로울 정도로 애가 타는.
사시장철(四時長 -) 봄 · 여름 · 가을 · 겨울의 네 철 중 어느 때나 늘.
야멸치다 자기만 생각하고 남의 사정을 돌볼 마음이 없다.

우고 조바심치던 그 마음의 미망이 환히 걷히고, 모든 것이 분명해졌다. 그러고 보니 나는 그녀와 말 한마디 제대로 나눠 보지 못한 사이였다.

손에 단추를 가졌다는 생각도 없이 나는 방에서 나왔다. 이렇게 해서 또 한 여인의 모뉴망이 내 마음속 폐허 위에 세워지는 것이었다.

현관 옆방의 새 주인인 과부댁은 남편도 자식도 없는 홀몸의 오십 대 여자였다. 키가 작고 엉덩이가 팡파짐한 그 여인은 언제나 머리에다 삼각으로 접은 스카프를 덮어쓰고 있었는데, 주근깨가 담뿍 뿌려진 동그란 얼굴에는 표정이 거의 담기지 않아 마음을 읽을 수 없었다. 거기다 말수가 극히 적어 한 달이 넘도록 한 지붕 밑에 살면서도, 우리는 그 여인이 언제 집을 나갔다가 언제 들어오는지, 무얼 해서 생계를 꾸려 가는지, 왜 그 나이 되도록 홀몸으로 지내는지 아는 바가 전혀 없었다. 다만 한 가지 분명한 점은, 그녀가 머리에 썼던 스카프를 벗어 던지고 한복을 곱게 차려입은 채 두꺼운 성경책과 찬미가를 겹쳐 들고 교회에 나가는 날이 일요일이 아니라 토요일이라는 것이었다.

어느 날 어머니는 부엌에다 신문지를 펼쳐 놓고 시금치를 다

미망(迷妄) 사리에 어두워 갈피를 잡지 못하고 헤맴. 또는 그런 상태.
모뉴망(monument) 기념비.

듣던 중, 부엌문 앞을 가득 메우는 그림자가 소리 없이 이마 위에 얹히어 고개를 쳐들었다. "어이구머니나, 깜짝 놀랐네. 이 사람아, 인기척이라도 낼 일이지."

어머니의 핀잔에도 아무 표정이 없던 과부댁이 아직 상표도 뜯지 않은 알루미늄 양푼을 불쑥 내밀며 말했다. "이것 좀 드셔 보시라구요." "강냉이 가루네." 양푼 속에 칠 푼 남짓 담겨 있는 가루를 엄지와 검지로 비벼 보는 어머니의 표정은 달갑다기보다 어리둥절했다. 잠시 후 어머니가 그 가루의 출처와 용도에 대해 물어보려 했을 때, 그녀는 벌써 자리를 떠 버리고 없었다.

그 뒤 과부댁은 사람이 있거나 없거나 우리 집 부엌문 앞에다가 자기가 교회에서 받은 구호품들을 말없이 놓아두고 산타클로스처럼 사라졌다. 강냉이 가루를 비롯한 나머지 것들, 분유·빨랫비누·버터 따위는 우리 살림에 적지 않은 보탬이 되었다. 특히 분유는 아침잠이 많은 오빠가 뜨거운 물에 진하게 탄 우유 한 잔으로 한 끼를 때우기엔 안성맞춤이었다.

어머니는 "과부댁에 대한 인사로나마 교회에 한번 얼굴을 비쳐야겠다."라고 하면서도 단서를 붙이곤 했다. "일요일 날 나가는 교회 다 놔두고 하필이면 토요일 날 나가는 교회에 나갈 게 뭐냐."라는 거였다. 어머니가 토요일을 들먹이는 이유는 단지 그것이 요일의 문제만이 아니었다. 종로 4가의 어느 극장 입

구호품(救護品) 어려운 사람을 돕기 위한 물품.

구에서 담배를 파는 과부댁이 토요일마다 꼬박꼬박 가게 문을 닫고 교회에 나가는 것은 그렇다 치더라도, 금요일 해 질 녘부터 토요일 해 질 녘까지 아무 일도 해서는 안 된다 하여, 하루치 밥도 미리 한 솥 해 놓을 정도로 안식일˙에 관한 규율이 엄격한 점 때문이었다.

"글쎄, 무슨 교회가 두 손이 부르트도록 일해도 살지 말지 한데……." 하고 어머니가 도저히 납득하지 못하는 것도 당연했다. 어머니의 입장으로선 드넓은 푸른 허공뿐인 하늘나라를 구하기 위해, 하숙생들에게 찬밥을 먹인다는 것은 생각조차 할 수 없는 일이었다.

그러는 사이에도 옥수수 가루와 우유 가루는 계속 어머니 마음에 부담스러운 짐을 더했다. 드디어 어머니는 빈 그릇을 돌려주기가 미안한 나머지, "집˙에는 왜 나더러 교회에 나가자는 말을 한 번도 안 하느냐."라고 자진해서 미끼를 던졌다. "아이, 아주머니. 그런 거 부담 느끼실 필요 없어요." 하고 과부댁이 짐짓 면구스러워했다.˙ "신앙이란 마음에 변화가 일어나야 하는 거지, 누가 끈다고 해서 되는 게 아녜요." 모처럼 말문을 연 과부댁의 까무잡잡한 얼굴이 붉게 상기되어 있었다. 그쯤 되니 어머니도 빈말에 속을 채우지 않을 수 없었다. "사는 데 골몰하다 보니

안식일(安息日) 기독교에서 일을 쉬고 예배 의식을 행하는 날.
집 여자 어른을 낮잡아 이르는 말.
면구스럽다(面----) 낯을 들고 대하기에 부끄러운 데가 있다.

마음의 여유가 없어서 그렇지, 신앙을 가질 생각이야 왜 없겠수." "그러시면 이번 주 안식일 날에 함께 교회에 나가 보시겠어요?" 어머니의 마음속을 신앙이란 이름으로 스치고 지나간 이승의 고뇌˙, 구원에의 희구˙를 꿰뚫어 본 과부댁은 눈에 이상한 광채를 띠었다.

그로부터 나흘 뒤 안식일 날이었다. 어머니에겐 영하로 내려간 날씨로 해서 김장 걱정·연탄 걱정으로 세상살이의 시름이 한층 깊어진 터에다, 하숙생들이 벗어 놓은 빨래를 점심시간 전에 빨아 널어야 하는 등, 집안 일거리가 숨 가쁘게 밀려드는 다른 어느 날과 조금도 다름없는 하루였다.

어머니는 필시 과부댁과의 약속을 까맣게 잊어버린 게 분명했다. 시리고 곱은 손으로 먹물처럼 진한 구정물을 꾸역꾸역 뱉어내는 작업복을 빨기에 힘이 부쳐서, 등 뒤에서 인기척이 나는 것도 깨닫지 못했다. 과부댁은 검은 홈스펀˙ 외투를 단정하게 차려 입고, 손에는 두툼한 성경책이 들어 있는 낡은 손가방을 들고 있었다. 화장을 한 것도 아니고 장신구로 몸치장을 한 것도 아닌데, 화사한 생기가 감돌았다.

물끄러미 하수구로 흘러 내려가는 비누 거품을 지켜보던 과부댁이 혼잣말처럼 중얼거렸다.

고뇌(苦惱) 괴로워하고 번뇌함.
희구(希求) 바라고 구함.
홈스펀 양털로 된 손으로 짠 모직물.

"시몬과 안드레는 어떻게 해서 나를 따라오너라는 그 한마디 말씀에 그물을 집어던질 수 있었을까."

그제야 어머니는 어깨 너머로 그녀를 돌아다보았으나, 일손을 멈추지는 않았다.

"안 가시겠어요?"

과부댁은 어머니의 스웨터 밑자락을 잡아당겨 몸뻬의 고무줄 밖으로 벌겋게 드러난 허리를 덮어 주며 간곡한 음성으로 며칠 전의 약속을 상기시켰다.

"빨래를 하다 말고 어떻게 가겠어요. 다음에 가지요."

어머니의 대답은 아주 시큰둥했다.

"하지만 옛날에 시몬과 안드레라는 사람은 나를 따라오너라는 그 한마디에 고기잡이하던 그물을 던져 두고 예수님을 따라나섰지요. 그리고 새 삶의 길로 들어섰지요."

"나도 내 앞에 예수가 나타나 그렇게 말씀하신다면 당장 따라나서겠어요."

작업복을 주물러 대느라 규칙적으로 들썩거리는 어머니의 엉덩이는 비록 예수가 나타난다 해도 좀체 멈출 것 같지 않아 보였다.

"아주머니, 믿어지지 않으실지 모르지만, 예수님은 겉보기엔 저보다도 더 허술한 옷차림에, 외모도 보통 사람과 조금

시몬, 안드레 어부 생활을 하다가 예수의 제자가 된 이들.

도 다를 바 없는 분이셨어요. 지금, 여기 나타나신다 하더라도 지금 상태로선 아주머니가 몰라보실 거예요. 그분이 하나님 독생자 되심을 겉모양에서 찾으려 했기 때문에 사람들은 그분을 십자가에 못 박았답니다. 예수님을 알아보기 위해선 마음의 눈을 떠야 합니다. 그리고 그분이 걸어가신 발자국을 따라 한 걸음 한 걸음 새 삶의 길로 들어서는 동안, 예수님은 우리의 마음속에 조금씩 떠오릅니다. 예수님은 십자가상에서 돌아가심으로 해서 오히려 매 순간순간 우리 마음속에서 다시 부활하십니다. 사람들이 이 세상 삶을 통해 만들어 가야 하는 가장 지고한 영혼의 한 상태, 그것이 부활하신 예수님입니다. 그러므로 우리가 이 세상을 살아가는 방법 여하에 따라, 눈먼 마음에서 진흙을 씻어 내 예수라는 놀라운 기적의 빛을 빚어낼 수도 있고, 눈먼 그대로 죽을 수도 있습니다. 따라서 우리 앞에 주어진 삶은 커다란 시련인 동시에 기쁨을 낳기 위한 기나긴 고투이기도 해요."

어느새 어머니는 일손을 놓고 뜻밖이라는 듯이 과부댁의 얼굴을 살폈다. 그러고 나서 어머니는 다소 언짢은 기색으로 말했다.

"이제 보니 집에는 그렇게 말을 잘하면서 입을 딱 닫고 있었구려."

고투(苦鬪) 몹시 어렵고 힘들게 싸우거나 일함.

"무슨 영문인지 나도 모르겠네요. 내 스스로가 말을 한 것 같지 않아요. 아시다시피 전 말을 할 줄 모르잖아요."

얼굴을 빨갛게 붉힌 채 어쩔 줄 몰라 하면서도, 비밀스러운 어떤 확신으로 그녀의 표정은 활짝 핀 꽃처럼 보였다. 갑자기 그녀가 어머니의 비누 묻은 손을 덥석 붙잡으며 감격에 떨리는 음성으로 말했다.

"감사해요, 아주머니! 아주머니 덕분에 저는 입이 트였어요."

잠시 후 과부댁은 영문을 몰라 어리둥절해 있는 어머니를 남겨 두고 교회로 달려갔다.

교회에 나가게 됨으로써 어머니의 토요일은 한층 바쁜 하루가 되었다.

전날에 안식일을 맞기 위해 완벽한 준비를 끝내고 아침 기도까지 느긋하게 하고 나서 기쁜 마음으로 옷을 차려입는 과부댁과는 달리, 교회에 함께 가기 위해 기다리는 과부댁을 문밖에 세워 두고 급히 얼굴에 크림을 찍어 바르고 옷을 갈아입는 동안에도 어머니는 집안일에 몸이 친친 묶여 있었다.

"생선묵은 납작납작하게 썰어서 간장 좀 넣고 살짝 볶다가 나중에 파를 넣어야 한다. 그리고 가운뎃방 연탄불을 갈았으니 삼십 분쯤 있다가 불 문을 닫아라. 잊어버리면 안 돼. 경상도 학생이 열두 시 반에 점심을 먹으러 온댔어. 쌀만 좀 씻어 놔라. 밥은 내가 와서 할 테니까. 그리고…… 가만있어, 무슨 할 말이 또 있었는데. 내 마후라. 내 가방. 아유, 이거 정신이 헷갈려서 살 수가 있나."

문밖까지 나가서 어머니는 갑자기 생각난 듯 되돌아왔다.

"정애야. 나 없는 사이에 연탄 가지고 오거든, 안쪽으로 차곡차곡 쌓아 달라고 해라. 돈은 며칠 후에 준다고 하고."

그렇게 해서 간신히 집안일에서 헤어난 어머니는 교회에 당도하여, 수많은 신자들이 엉덩이로 비비적거려 빤질빤질 윤이 나는 의자에 앉는 순간부터 그만 몸과 마음이 나른해지며 졸음이 쏟아진다고 했다.

체면 때문에 눈은 뜨고 있었으나, 정신이 가물가물 졸고 있었으므로, 주를 찬양하는 우렁찬 합창도, 눈먼 마음과 눈먼 귀를 트이게 하려고 열정적으로 복음을 전하는 목사의 설교도 그만 귓등으로 스쳐 지나가기만 할 뿐이었다.

어머니의 졸음이 말짱하게 달아날 때는 헌금을 거두는 권사°들이 검은 주머니가 달려 있는 긴 막대를 들고, 가볍고 경쾌한 노래의 반주에 발 맞춰 신자들의 열 속으로 들어설 때였다.

가방을 열고, 백 환을 낼까 이백 환을 낼까 하는 그 망설임이 바로 졸음에 취해 있던 어머니의 정신을 반짝 깨어나게 하는 것이었다.

"나는 교회에만 갔다 하면 졸음이 오니 무슨 조화 속인지 모

권사(勸師/勸事/勸士:) 기독교의 한 직책.

르겠다."

집으로 돌아온 어머니가 나갈 때만큼 바삐 옷을 벗으며 자신에 대해 변명 삼아 말했다. 당장 두 팔 걷어붙이고 해야 하는 많은 일거리들과, 몇 푼 안 되는 생활비로 매일같이 세 개의 밥상을 차려야 하는 힘겨운 생활이 기다리고 있는 집으로 돌아오자마자, 교회에서와는 달리 어머니의 얼굴엔 긴장된 생기가 감돌았다.

교회에 나간 지 두 달도 못 되어 어머니는 구호 대상 명단에 올랐다. 그것은 집으로 심방˚온 목사와 전도사 앞에서 어머니가 신세 한탄을 하며 울었기 때문이었다.

"밥을 굶는 것도 아닌데, 우리가 뭣 때문에 구호를 받느냐?"는 나의 항의에 어머니는 "나쁠 것 하나 없다."라고 일축했다˚. 그리고 덧붙였다. "믿음만 좋으면 자식들 유학 보낼 길도 얼마든지 있다더라."

나가다 말다 하던 교회에 어머니가 매번 빠지지 않고 나가게 된 것은 그 말을 들은 뒤부터였다.

그 빨간 재킷은 구호 대상이 된 어머니가 처음으로 교회에서 받아 온 구제품 옷 보따리 속에서 나왔다.

심방(尋訪) 방문하여 찾아봄.
일축하다(一蹴--) 의견이나 주장을 단번에 거부하거나 물리치다.

양 어깨에 크고 높은 봉이 들어 있는 데다 소매 끝에 요란한 장식이 붙어 있어 마음에 들지는 않았다. 그러나 실이 질기고 포근하여 그냥 처박아 두기에는 아까웠다. 봉과 장식을 뜯어내고 나니 그런대로 입을 만해 보였다. 하룻밤 내내 비눗물에 담가 놓았다가 건져서 빨려는데, 오른쪽 주머니 속에 들어 있던 종이쪽지 하나가 젖은 채 뒤늦게 발견되었다.

쪽지에는 검은 볼펜으로 미시즈 윌리엄 넬슨이란 이름과 주소가 적혀 있었다. 미국 네브래스카 주 링컨 시. 글씨는 둥글둥글한 흘림체였다. 태평양 건너 미지의 땅에 사는 어느 여인이 다른 미지의 땅에 사는 누군가를 위해 자신이 입었던 옷을 보내면서 이름과 주소를 적어 호주머니 속에 넣어 둔 그 훈훈하고 애틋한 배려가 내 마음을 저리게 했다. 나는 한 조그마한 도시를 상상할 수 있었다. 네모난 돌로 정교하게 모자이크 된, 크지도 작지도 않은 어느 광장 한복판에 볼이 홀쭉하게 패고, 턱이 짙은 구레나룻 속에 파묻혀 있는 링컨의 청동 입상이 세워져 있을 듯싶은 조용하고 단아한 이국의 한 도시……. 젖은 손에 젖은 종이를 든 채 나는 한동안 꿈에 잠겼다.

그 종이쪽지를 잘 펴서 따끈따끈한 솥뚜껑 위에 펼쳐 놓았다. 빨래를 다 하고 나서 보니 종이는 말라서 가랑잎처럼 오그라들어 있었다. 나는 그 쪽지를 내 동생의 수업 시간표가 붙여져 있는 벽의 반대쪽 편에다 풀로 붙여 놓았다.

때 아닌 겨울비가 음산한 낙수 소리를 내며 귓전을 파고들던 어느 날이었다. 방학을 맞은 하숙생들은 모두 귀향하고 집 안은 텅 비어 절간처럼 조용했다. 비어 있는 하숙생의 방에서 어머니는 아랫목에 담요를 덮고 밀린 잠을 주무셨고, 나는 설혹 비어 있다 해도 그들의 짐이 그대로 있는지라, 추위도 무릅쓰고 엄동을 다락에서 나겠다고 오기를 부리던 참이었다.

불기 하나 없는 널빤지 쪽에다 가슴을 붙이고 〈팡세〉를 읽던 나는 어느새 손에서 책을 놓고 무연히 창밖을 응시했다. 덜컹거리는 창 너머 비바람 자욱한 풍경 쪽으로 내 눈길을 들어 올린 것은 불현듯 끓어오른 자괴감과 쓰디쓴 비애였다.

며칠 전에도 나는 신문에서 오려 낸 구인 광고를 서양사 노트 갈피 속에 끼우고 집을 나섰다. 도심의 빌딩과 빌딩 사이의 좁은 골목길에서 쪽지를 펴 들고 기웃거리노라니, 누군가 나를 불러 세웠다. 양 갈래로 머리를 땋아 내린 앳된 소녀가 길을 물었다. "삼원 빌딩이 어디 있어요?"

내가 고개를 가로젓자, 소녀는 무심히 내 곁을 지나갔으나 나는 움직일 수가 없었다. 구인 광고를 꼭꼭 접어, 험난한 세파를 헤쳐 나가는 해도(海圖)마냥 손에 들고, 모퉁이를 돌아가는 그 소녀의 뒷모습이 바로 나 자신이었기 때문이다.

팡세 프랑스의 사상가 파스칼이 지은 철학적 에세이집. 인간의 불완전성과 모순성, 위대함과 비참함을 독특한 문체로 그리고 있다.
무연히(憮然-) 크게 낙심하여 허탈해하거나 멍하게.
자괴감(自愧感) 스스로 부끄러워하는 마음.
해도(海圖) 바다의 상태를 자세히 적어 넣은 항해용 지도.

곧이어 나는 회전의자 속에 푹 파묻힌 채, 책상 위에 놓인 나의 보잘것없는 이력서를 비스듬히 흘겨보며, 입 속에서 은단을 굴리는 중년 남자 앞에 섰다. 그가 정구공을 벽에 대고 치듯이 말을 던졌다. "타이프 칠 줄 알아요?" "못 치는데요." "속기 할 줄 알아요?" "못해요." "주판, 주판도 놓을 줄 몰라요?" "네." "그럼 도대체 할 줄 아는 게 뭐요?" 그렇다. 직업을 얻어야 한다는 절박한 희구뿐, 내가 할 줄 아는 것은 아무것도 없었다. 삶의 비정한 메커니즘 앞에서 나는 등에 식은땀이 맺히는 것을 느꼈다.

그 후에 계속 나는 눈앞에서 내 뒷모습을 지울 수가 없었다. 절박한 희구, 식은땀, 절박한 희구, 식은땀 사이를 나는 계속 오락가락했다. 내 자의식은 그 사이에 압정처럼 꽂혀 있었다. 파닥거리면 파닥거릴수록 비애는 피처럼 진해졌다.

지붕을 두드리는 빗소리 사이로 언뜻 내 이름을 부르는 소리를 들은 것 같았다. 착각인가 했지만, 대문에 달아 놓은 조그만 종이 딸랑거리며 그 목소리와 합세했다. 아무도, 더욱이나 남자가 이렇듯 심한 우중에 날 찾으러 왔을 리 만무했다. 나는 몸을 반쯤 일으킨 채 여전히 망설였다. 그러는 사이, 부르던 소리도 딸랑거리던 종소리도 뚝 그치고 한층 요란해진 빗소리가 귓전을 가득 메웠다.

속기(速記) 빨리 적는 일. 속기법으로 적는 일.
희구(希求) 바라고 구함.
메커니즘(mechanism) 사물의 작용 원리나 구조. 체제.

하지만 갑자기 그 목소리의 남자가 누구라는 것이 깨달아지면서 나는 아찔했다. 아래로 내려갈 일이 그토록 까마득하게 느껴지긴 처음이었다. 더 이상 꾸물거리다간 그를 놓칠지도 모른다는 생각과, 쏟아지는 빗속에 놓인 사다리를 밟고 내려가서 젖은 얼굴, 젖은 머리로 그를 만나야 하는 참담함이 나를 갈팡질팡하게 했다.

마침내 나는 수개월 동안 손조차 대기를 꺼려해 온, 벽보다 더 높이 담을 쌓고 지낸 다락 문을 열고, 하숙생들의 옷과 이불과 책상과 책꽂이에서 나는 짙은 숫내를 가로질러, 밖으로 달려 나갔다.

그는 건넛집 처마 밑에서 우산 끝을 들어 올리고 우두커니 우리 집을 바라보고 있었다. 하얀 터틀 셔츠 위에 받쳐 입은 베이지색 바바리, 그 끈에 묶여 있는 세피아 색 버클이, 그가 날 보는 순간 떠는 듯 달랑거렸다.

나 역시 가슴이 심하게 뛰었다. 우리는 한동안 길을 가운데 두고 말없이 건너다보기만 했다. 그가 군에 입대한 뒤로 소식이 끊긴 그 삼 년 남짓한 세월이, 또는 그 사이에 각자가 겪었을 변화가 그 길을 선뜻 좁힐 수 없게 했다. 우산 속에 얼굴을 깊숙이 파묻은 남자가 우리 사이를 지나갔다. 그 참에 그가 내 쪽으로 건너왔다.

"집을 어떻게 찾았어?"

그가 받쳐 주는 우산 속으로 들어서자, 삼 년의 세월이 낯익은 그의 체취 속에 묻혀 버렸다.

"잘못 찾았나 해서 번지수를 다시 확인해 볼 참이었어. 우리 차나 한잔 마실까?"

그를 문밖에 세워 두고 나는 안으로 달려 들어왔다. 마음의 허둥거림 때문에 하숙생의 방문을 열어젖히고, 어머니가 잠이 든 머리맡을 돌아 다락으로 오르는 발판에 올라설 때까지도 그 방에서 나던 역한 숫내는 내 후각에 전혀 느껴지지 않았다. 오른쪽 다리를 높이 쳐들어 다락 바닥에 발을 얹은 순간, 지금 이 광경을 그가 만약 뒤에서 보고 있다면, 하는 생각이 스쳐 감과 동시에 몸이 차디차게 식는 것 같았다. 내 몸은 이미 다락에 올라와 있음에도 역한 숫내가 코를 찔렀다. 마음이 하얗게 비워지는 그 정지의 한순간, 나는 그 무엇을 똑똑히 보았다. 그것은 한 치의 자기기만도 용납하지 않는 생의 무시무시한 정면(正面)이었다.

나는 옷을 갈아입을 마음도, 입술에 연지를 바를 생각도, 머리 매무새를 가다듬을 생각도 싹 가셔 버렸다. 설혹 그가 아무것도 눈치채지 못한다 하더라도 내가 나를 용납할 수가 없었다.

그가 군에 입대하기 전전날의 일이 불현듯 떠올랐다. 교외선

자기기만(自己欺瞞) 스스로를 속인다는 뜻으로, 자신의 신조나 양심에 벗어나는 일을 무의식중에 행하거나 의식하면서도 강행하는 경우를 이르는 말.
✤ 그것은 한 치의 ~ 무시무시한 정면(正面)이었다 부유한 가정의 남자 친구가 불쑥 집을 찾아와 매무새를 가다듬을 생각에 급히 다락방에 올라가던 중, '나'는 자신의 가난, 초라한 신세를 뼈저리게 느끼며 스스로가 처한 현실을 자각하고 있다.
교외선(郊外線) 도시와 도시 주변을 연결하는 철도.

을 타고 송추로 놀러 갔을 때였다. 그가 싸온 깔끔한 일본식 도시락 반찬 가운데 내가 생전 처음 보는 불그레한 열매가 있었다. 나는 그것이 무엇이냐고 물어보기가 싫었다. 아니, 이제까지 자기를 한껏 과장해서 그에게 보여 준 바의 나는 그런 것쯤 당연히 알고 있어야 했다. 나는 그것을 한입에 쑥 집어넣었다. 그 맛은 눈물이 날 만큼 떫고 짜디짰다. 그는 내가 무안해할까 봐 모른 체했다.

얼굴에 한 점의 쓴 내색도 하지 않고 그 고약한 것을 꿀꺽 삼키며 나는 깨달았다. 아, 이 사람을 더 이상 감당할 수가 없겠구나. 내가 꾸민 나 자신의 가공할 허상이 짐스러워졌다. 〈스지웡의 세계〉에 나오는 주인공 스지웡이 입었던 검은 우단 바지에 흰 블라우스, 〈초원의 빛〉에 나오는 나탈리 우드의 머리 모양을 흉내 내어 왼쪽 머리카락을 오른쪽 귀밑까지 잡아당겨 핀을 꽂고, 발뒤꿈치를 퉁기듯 걷는 걸음걸이의 나는 내가 아니었다.

그는 군에 입대한 뒤 여러 차례 편지를 보내 왔다. 나는 한 번도 답장을 쓰지 않았다. 그러는 동안 그에 대한 기억도, 그 뼈아픈 낭패감도 흐르는 시간 저편으로 희미하게 잊혀져 갔다.

나는 입은 옷에 외투만 걸치고 집을 나섰다. 내가 나오는 것을 보고 그는 입에 물고 있던 담배를 뽑아, 물웅덩이에 버렸다. 피식 하는 소리와 함께 빨간 불똥이 물 속으로 삼켜졌다.

"벌써 제대를 하다니. 시간이 참 빠르지?"

우산 귀를 마주 댄 채 우리는 나란히 걷고 있었다.

"그보다 더 빠를 수도 있었지. 하지만 내가 거절했어. 특권층은 나의 아버지지, 내가 아니니까. 휴학은 언제 했어?"

"니가 입대한 후에."

"이유는?"

"등록금 마련하기가 어려워서."

"오빠가 좀 도와주지 않았어?"

나는 말문이 막혔다. 그는 나의 오빠가 유솜(USOM)에 나가는 줄 알고 있었다. 나는 그가 진실을 알게 될까 봐 은근히 겁이 났었다. 잠시 망설인 끝에 나는 솔직히 털어놓았다.

"그는 실업자였어. 지금은 시 산하의 조그만 회사, 아니 공장에 나가지만."

"내 편지들 받았지?"

"답장을 하고 싶었지만 할 수가 없었어."

"왜?"

"설명하기 힘들어. 답장을 안 하고 있으면 니가 저절로 깨닫게 되리라 믿었어."

"지금도 같은 생각이니?"

"음."

나는 과거에 내가 나를 가둬 놓았던 허상의 감옥으로부터 서서히 풀려나고 있었다. 그러나 그 단호함 뒤에 두려움이 없는 게

유솜(USOM) 미국 대외 원조 기관(United States Operations Mission).

아니었다.

"그 이유가 뭐야?"

그가 발걸음을 멈추고, 그러나 시선은 머리 위에 쓰고 있는 우산 속의 한 정점을 바라보며 물었다.

"한쪽은 발꿈치를 땅에 대고 있는데, 다른 한쪽은 키를 맞추려고 발꿈치를 치켜들고 있는 그런 차이 때문이랄까. 니 앞에 있으면 나는 본연의 나 자신이 될 수가 없어. 매실 장아찌를 한입에 삼키는 짓은 다시 되풀이하고 싶지 않아."

그와 헤어지고 돌아와서, 나는 영어 사전을 옆에 펼쳐 놓고 편지를 쓰기 시작했다.

사랑하는 넬슨 부인
사랑하는 넬슨 부인

나는 신음처럼 그 말을 되풀이했다. 얼굴 한 번 본 일이 없는 이국의 한 여인에게 다짜고짜 '사랑하는……'으로 시작되는 편지를 다 쓰고 났을 때, 비로소 싯누런 코 같은 울음이 목구멍이 뻐근하도록 차올라 왔다. 그러나 울음은 아프고도 후련했다.

그날 오빠는 안뜰의 양지바른 담벼락에 등을 붙이고 해바라기 하듯 서 있었다. 그의 고개는 짐스러운 생각을 머릿속에 가득 담아 지탱할 수 없는 듯 아래로 푹 꺾여 있었다. 그는 가끔

고개를 뒤로 젖히고, 갑자기 햇빛에 눈이 부신 듯 한쪽 눈을 감고, 다른 한쪽 눈은 실눈을 한 채 오래도록 엷은 아지랑이 너머 저 멀리 허공을 응시하다가 빈 코를 훌쩍 들이마시며 도로 고개를 떨어뜨렸다.

어머니는 부엌문과 연탄 광문 사이에 묶여 있는 빨랫줄에 가득 널려 있는 빨래 사이를 숨바꼭질하듯 나왔다 들어갔다 하면서 손질을 하고 있었다. 두 사람은 세 발짝도 못 된 거리에 서 있으면서도 서로에 대해 없는 듯 행동했다.

그러다가 갑자기 골몰했던 생각에서 풀려나듯, 오빠의 손이 붉은 바탕에 검은 줄무늬 진 긴팔 남방셔츠 윗주머니로 옮겨 갔다.

"어무이요!"

어머니가 하얀 베갯잇 앞에서 몸을 돌리고 오빠를 돌아다보았다. 오빠는 막상 어머니가 돌아다보자 당황함을 감추지 못해 윗호주머니에 손을 찌른 채 킬킬 웃어 댔다.

"싱겁긴."

"이것 좀 보세요."

어머니 앞으로 다가와 그가 호주머니에서 꺼내 보인 것은 여자의 명함판 사진이었다. 어머니는 무심히 힐끗 스쳐 보았다.

"그게 누구니?"

"자세히 좀 보세요."

"아무리 봐도 아는 여자 같지는 않다."

"미국 텍사스 주에 살고 있는데 고국에서 신랑감을 찾고 있대요."

"그래서?"

어머니의 얼굴빛도 목소리도 긴장했다.

오빠는 또다시 킬킬거리고 웃어 댔다.

"편지라도 보내 볼까 하구요. 뭐, 밑져야 본전 아녜요."

쑥스러움을 감추기 위해 그는 아무렇지도 않은 표정을 꾸미며 사진을 도로 주머니에 집어넣었다.

"가만, 어디 좀 자세히 보자."

며칠 뒤 그는 퇴근길에 문방구에 들러, 붉은 마름모와 푸른 마름모로 테가 둘러져 있는 푸른 항공 봉투와 눈처럼 깨끗한 타자 용지 한 묶음을 사와서 다락으로 올라왔다.

"니네들 아래로 좀 내려가 있어."

그의 표정이 하도 진지하여 우리는 두말없이 자리를 내주고 사다리를 내려왔다.

그 뒤 그는 직장에서 돌아오면 우리가 무슨 말을 해 주는 게 없나, 기다렸다가 물어보곤 했다.

"나한테 뭐 온 거 없니?"

"없어."

그의 표정에는 다시 희망의 불씨를 키우는 사람의 행복한 불안이 서리고, 서성이는 기다림이 담기었다. 그를 제외한 나머지 가족들이 그 사진 건을 까맣게 잊어 갈 무렵, 조지 워싱턴 초상이 담겨 있는 우표의 힘으로, 편지 한 통이 우리 집 대문 안으로 날아와 떨어졌다. 내용이 궁금한 나머지 봉함 선을 조심스럽게 뜯다가 만 편지를 어머니는 나에게 내밀었다.

"니가 기술적으로 잘 뜯어 봐라."

그리하여 나는 예리한 바늘 끝으로 자국이 나지 않게 봉함을 여는 데 성공했다. 어머니가 편지를 훑어보고 있는 사이, 나는 동봉된 천연색 사진 한 장을 꼼꼼히 들여다보았다. 귀가 헛바닥처럼 축 늘어진 커다란 개를 앞에 앉히고 뒤에 서 있는 여자는 명함판의 사진보다 나이가 좀 들어 보이긴 해도 같은 여자임이 분명했다. 팔이 긴 스웨터를 입지는 않고 어깨에 걸치기만 했는데, 그 소매 끝이 개의 머리에 닿을 듯했고, 허리에 얹고 있는 오른팔이 팔꿈치까지 드러나 손목에 차고 있는 검은 줄의 시계를 반짝거리게 했다. 명함판 사진에서는 서글서글해 보이던 눈매가 맵고 야무지게 변해, 활짝 웃고 있음에도 그 표정은 어딘지 선뜻 호감이 가지 않았다. 개와 여자의 등 뒤로는 푸른 잔디밭에 둘러싸인 하얀 집의 현관이 보였고, 현관 오른쪽으로는 분홍 꽃을 활짝 피운 유도화 나무가 있는가 하면, 왼쪽으로 블라인드가 걷혀 올라간 차고 앞에는 잿빛 승용차가 한 그루의 풍성한 나무 그늘 속에 잠기어 있었다.

유도화(柳桃花) 협죽도. 높이는 2~5미터이며, 침 모양의 단단한 잎이 세 개씩 돌려나고 7~8월에 붉은색, 흰색, 노란색의 꽃이 핌.

잔디도 집도 자동차도 애완용 개도 시계도 하늘도 부유한 미국, 풍요로운 미국을 은연중 과시하고 있는 듯했다. 그럼에도 그 사진은 모르는 곳에 깊은 함정을 숨겨 가지고 있는 것처럼 보였다. 이것은 희롱이 아닐까. 금방 깨어질 꿈.

편지와 사진을 보고 난 어머니가 혼잣말처럼 중얼거렸다.

"무언지 얼떨떨하다. 길에서 백만 환 뭉치를 줍는다 해도 이보다는 실감이 나겠다. 본디대로 잘 봉해 놔라."

봉투의 내면에 칠해져 있는, 접착성이 강한 풀 때문에, 오빠는 자기보다 먼저 편지를 뜯어 본 사람이 있음을 전혀 눈치채지 못했다.

편지를 보고 난 오빠는 표정이 덤덤했다. 적어도 겉으로 보기엔 그랬다. 저녁밥을 먹으면서도 그는 회사에서 생긴 가벼운 누전 사고에 대해서만 말했다. 의아한 나머지 어머니는 그를 슬쩍 떠보았다.

"그래, 그 여자는 뭐라는 거냐?"

"읽어 보세요."

그는 남방셔츠 윗주머니에서 편지를 꺼내어 어머니에게 내밀었다. 어머니는 편지를 읽는 척만 하다가 사진을 한 번 더 들여다보았다.

"인물도 이만하면 반반해 뵈는데, 무엇이 아쉬워 이런 여자가……."

저녁 내내 가시지 않은 의문을 그런 식으로 흘려버렸다.

"최근 사진을 한 장 더 찍어서 보내야겠어요."

어쩌면 그는 일부러 외면하려는 것인지도 몰랐다. 사실을 직시한다면 그의 앞에 가로놓인 것은 벽뿐이었으므로. 함정에 빠지는 한이 있더라도 새로운 돌파구를 마련해 보고 싶은 것인지도 몰랐다.

"하기야 니가 무슨 절름발이도 아니고, 애꾸눈도 아닌데, 기죽을 것 없다."

오빠의 의중을 희미하게나마 간파한 어머니는 생각을 돌리기로 작정한 모양이었다.

편지가 네다섯 차례 오가는 동안, 우리는 며느리와 올케가 될 여자에 대해서 단편적인 신상 파악을 할 수 있게 되었다. 그녀의 나이는 오빠보다 세 살 위였고, 하와이로 이민 온 부모가 죽고 나서 유산을 정리하여 본토로 이주했으며, 흑인 한 명과 한국인 유학생 두 명을 고용하여 조그마한 슈퍼마켓을 운영하고 있는데, 교회에는 나가지 않고, 영화 보는 것이 취미라고 했다.

혼담은 급진전되었다. 초청장과 수속에 필요한 서류 일체가 오고, 오빠는 고향의 시청으로, 동회로 뛰어다니며 수속을 밟기 시작했다. 그러는 한편, 무엇이든지 기술을 배워 가면 그곳에서 자리잡기가 유리하다는 직장 동료의 권고로 용접을 배우러 다녔다. 직장에서 돌아와 손에 묻은 쇳녹을 닦고 저녁을 먹

동회(洞會) 예전에, '동사무소'를 이르던 말.

고 나면 쓰러져 자는 것이 고작이던 그의 일과는 새로운 삶으로 탈바꿈하려는 몸부림으로 열기가 가득했다. 푸른 범선이 그려진 우윳빛 사기 용기에 담긴 화장수를 바르고, 나르시스처럼 얼굴을 두들겨 대는 옛 습관도 되살아났다. 그는 그녀의 생일에 카드를 보내기도 하고, 김과 오징어를 사서 소포로 부치기도 했다.

그가 미 대사관 지정 병원으로 엑스레이 사진을 찍으러 가기 전날 밤, 어머니는 연탄 광 지붕 위에 마련된 장독대로 가서 정안수를 떠 놓고 하늘을 우러러 두 손을 맞비볐다. 예전에 오빠가 앓던 병의 흔적이 사진에 나타나지 않게 해 달라는 것이었다.

비자 면접을 앞두고서는 밤마다 정안수를 갈아 놓고 빌었다. 어머니가 꺼림칙하게 여기는 것은 오빠의 다친 손가락이었다. "손을 무릎 사이에 꼭 감춰야 한다."라고 당부하기까지 했다. 오빠를 피엑스의 굳게 잠긴 문 밖에 세워 두고 오랫동안 희롱해 온 망령이 되살아난 듯했다.

그러나 내가 사진 속에서 언뜻 엿본 것은 그런 것이 아니었다. 함정은 저쪽 미국 땅에 숨겨져 있다고 나는 확신했다. 너무나 깊어 상대방의 일체를 불문에 부치려는 듯한 함정. 유도화와 잔디밭과 승용차와 슈퍼마켓이 있는, 그래서 부족함이 없는 풍족한

정안수(井-水) '정화수'의 잘못. '이른 새벽 우물에서 길은 물'의 뜻으로, 정성을 들여 기원을 할 때 그릇에 떠서 앞에 놓고 빌었다.

미래를 약속해 주는 듯한 그 눈부심이 나에게 본능적인 경계심을 불러일으켰다.

공항 도로 양쪽으로 멀리까지 펼쳐진 김포평야에는 금빛 물결이 출렁거렸다. 달구지를 타고 가는 오누이의 손에는 날개를 파닥거리는 메뚜기들이 가득 담긴 사이다 병이 들려 있었다.

오빠는 명동 에스콰이어에서 맞춘 구두와 불입˙기한이 두 달 더 남은 월부 양복으로 몸치장을 하고, 속주머니에는 아직 얼굴도 보지 못한 신부에게 줄 쌍금가락지를 품고, 손에는 스케치북만 한 엑스레이 사진을 든 채, 출국 통로 앞에 열 지어 늘어선 사람들의 뒤꽁무니에 몸을 붙였다. 그는 출영˙나온 사촌이 건네준 껌을 입 안에서 우물거리고 있었다.

자동문이 한 번씩 열렸다 닫힐 때마다 줄은 짧아져 갔다. 울어서 눈이 퉁퉁 부은 사람들이 손을 흔들며 보이지 않는 국경선 너머로 사라졌다. 차례가 가까워지자 오빠는 입 안에서 우물거리던 껌을 꺼내어 어머니의 손바닥에 올려놓았다.

"어머니, 내 아들의 호적은 한국에다 올리겠어요."

아들이 씹던 껌을 어머니는 주저 없이 입에 넣었다. 북받치는 울음을 그 껌이 야금야금 삭여 가라앉혀 주었다.

불입(拂入) 돈을 내는 것.
출영(出迎) 마중을 나감.

드디어 오빠의 차례가 되었다. 양쪽으로 갈라지는 문 앞으로 다가가며 그는 주머니에서 뭔가를 꺼내었다. 그를 삼킨 문이 닫히기 직전, 우리는 검은 색안경을 낀 그가 손을 흔들고 있는 모습을 마지막으로 보았다.

그는 자기 앞에 닥칠 어떠한 고난에 대해서도 못 본 듯이, 앞으로만 돌진하려는 것처럼 보였다. 푸른 잔디밭으로 둘러싸인 하얀 집과 영양이 풍부하여 말만큼 큰 개, 활짝 웃고는 있으나 어딘지 눈매에 날카로운 발톱을 감추고 있는 듯한 여자의 모습을 한 함정, 그 속으로 두려움 없이 뛰어들기 위하여.

마침내 나는 취직이 되었다. 그것은 오빠가 손가락 세 개를 잃은 데 대한 보상인 셈이었다.

추석 무렵 오빠는 갈비 한 짝을 사 가지고 부인회장의 아들을 찾아갔다. 직장 얘기를 묻는 김 회장에게 오빠는 사고를 당한 얘기를 했다. "내가 무능하여 자네에게 그런 변을 당하게 했네. 모친 뵐 면목이 없네."라고 김 회장은 몇 번씩 되뇌었다고 한다. 오빠가 손을 다치게 된 것이 자기 책임이라도 되는 듯이 난감해하면서 김 회장은 동생의 취직자리를 적극 알아봐 주겠노라고 약속했다는 것이다.

그런 지 일주일 만에 나는 독립문 근처에 있는 ○○ 수도 사업소의 총무과장을 찾아가 보라는 전갈을 받았다. 타자직 자리 하나가 생겼다는 것이다.

그날로 타자 학원에 등록을 하고 나는 자판과 손 자리를 익혔다. 수강료를 더 내고 타자기 한 대를 완전히 혼자 독점하여 하루 열 시간씩 두드려 댔다. 나흘 만에 더듬더듬 타자를 칠 수 있게 된 나는 ○○수도 사업소의 총무과장을 만나러 갔다.

독립문과 서대문의 중간 지점에 새로 지은 3층 벽돌 건물이 있었다. 아래층에는 은행이 있고, 이층·삼층으로 오르내리는 계단이 은행의 출입구와 별도로, 건물의 우측에 있었다. 그 계단 바깥에는 나무로 된 초라한 간판이 세로로 걸려 있었다.

나는 계단을 올라갔다. 검은 장화를 신고, 시청의 노란 마크가 가슴 오른쪽에 그려져 있는 감색 점퍼를 입은 남자들이 무리를 지어 아래로 내려오고 있었다. 나는 그중의 한 사람에게 총무과가 어디냐고 물어보았다. 고된 일터로 가는 그들의 철떡거리는 고무장화 소리가 내게 까닭 모를 두려움을 자아냈다. 절박한 희구, 식은땀……. 그러나 나는 내 뒷모습에 매여 있을 겨를이 없었다.

3층에는 총무과와 조정계가 함께 쓰는 커다란 방이 있었다. 학교의 교실 모양, 책상이 빽빽이 놓인 조정계에서는 수도 검침계원들이 검침 카드를 작성하고 있었다. 수도 계량기 뚜껑을 여는 갈고리가 군데군데 눈에 띄었다.

조정계(調停係) 수도 요금 관련한 민원 따위를 처리하는 부서.
검침계원(檢針係員) 수도, 전기, 가스 따위의 사용량을 계량하는 사람.

나는 북쪽 벽을 등지고 기역 자 모양으로 책상이 놓인 총무과로 갔다. 턱에 수염 자국이 거뭇거뭇하고 아랫배가 튀어나온 뚱뚱한 총무과장이 김 회장의 이름을 들먹이는 나에게 의자를 내밀었다. 총무과장의 옆 자리에는 양 볼을 빨갛게 물들인 타자수가 앉아 있었다. 그녀가 두드려 대는 타자 소리는 프라이팬에 콩을 볶는 소리와도 같았다. 그녀의 손가락 끝에는 보이지 않는 눈알이 박혀 있는 것 같았다.

내 마음은 비로소 후들후들 떨리기 시작했다. 문득 임용 고시 때의 일이 생각났다. 시험관 앞에서 유희를 해 보이다 뒤로 벌렁 넘어진 선배. 굴욕스러움을 정직한 용기로 바꾸는 안간힘. 그때 나는 얼마나 바보였었나.

남대문 시장에서 사 신은 내 싸구려 기성화˙를 물끄러미 내려다보던 총무과장이 물었다.

"김○○ 회장님이랑 무슨 사입니까?"

어디선가 시멘트 바닥에 철제 의자를 잡아끄는 소리가 났다. 어머니가 귀띔해 준 말이 떠올랐다. 누가 묻거든 김 회장의 사촌 동생이라고 해라.

"먼 친척이 돼요."

"타자 칠 줄 알지요?"

"네."

기성화(旣成靴) 주문을 받지 않고 일정한 기준 치수에 맞추어 미리 지어 놓고 파는 구두.

"일 분간에 몇 자 정도 칩니까?"

"백오십 자 정도."

"미스 리, 잠깐 자리 좀 비켜 줘요."

또 다시 시멘트 바닥에 철제 의자 잡아끄는 소리가 났다.

"한번 쳐 보시겠습니까?"

잿빛의 비닐 덮개를 씌운 의자는 볼이 빨간 그 타자수의 체온으로 미적지근했다. 종이를 롤러에 끼우고 나서 나는 총무과장을 쳐다보았다.

"무얼 칠까요?"

"아무거나 생각나는 대로."

나는 자판을 두드려 댔다. 등을 적시던 식은땀이 진짜 땀으로 바뀌며 하얀 종이엔 활자들이 찍혔다.

솟사락 세게 송가락 세개 속사랑 에개 손가락 세개 쇠가락 혜개 솜가랑 세개 속가락 세?

내가 치는 타자 소리가 '콩 볶는 소리'와 흡사하게 들리도록 나는 안간힘을 썼다. 일 분에 백오십 타로 부족하면 이백 타를 치는 흉내라도 낼 것이다. 그러다가 뒤로 벌렁 넘어져 치마가 추켜 올라간다 해도, 나는 이 삶을 부둥켜안고 씨름할 것이다. 비록 엎어지고 구르더라도 삶 앞에서 가련하도록 정직한 나의 어머니, 나의 선배, 그 밖의 다른 많은 여자들이 그랬던 것처럼. 그것은 취직을 하느냐 못하느냐보다 훨씬 중요한 문제였다.

"그만."

나는 롤러에서 종이를 빼내어 총무과장에게 주었다. 오자 투성이의 타자지를 훑어본 총무과장이 빙긋이 웃었다. 나는 그의 눈 속에서 내 비위를 맞추려는 미세한 떨림을 보았다. 그는 감히 나를 비웃지 못했다. 나는 총무과장이라는 거대한 조직으로부터, 그 너머의 더 큰 힘으로부터 시험을 받으면서도 내가 더 강하다는 것을 느꼈다. 그들보다 내가 더 강하다는 것을 알았다. 왜냐하면 내 속엔 몰락이든, 죽음이든, 진창이든, 심연이든, 저 정복되지 않는 생의 영원한 깊이 — 그 소름 끼치는 정면을 소리 지르지 않고 지그시 바라다 볼 수 있는 눈이 열렸기 때문이다.

"손가락 세 개, 뭔지는 모르지만 아주 의미심장하군."

나는 고개를 창밖으로 돌렸다. 전봇대를 가로지르는 전깃줄에 검은 제비 두 마리가 나란히 앉아 꽁지를 빳빳이 세우고 있었다. 멀지 않은 곳에 먹이라도 발견된 것일까. 총무과장은 서랍에서 신원 진술서 용지를 꺼내어 나에게 주었다. 출근은 아침 아홉 시, 퇴근은 저녁 여섯 시라고 했다.

✤ 나는 그의 눈 속에서 ~ 감히 나를 비웃지 못했다 총무과장은 '나'가 김 회장과 매우 가까운 사이라 생각하기에 '나'를 함부로 대하지 못하고 호의를 베풀려는 태도를 보이고 있다.
심연(深淵) 좀처럼 빠져나오기 힘든 구렁을 비유적으로 이르는 말.
✤ 나는 총무과장이라는 거대한 ~ 눈이 열렸기 때문이다 가난과 그에 따른 좌절, 자살 시도 등의 체험을 통해서 어느덧 삶을 정면으로 응시할 수 있게 된 '나'는 세속의 어떤 권위나 힘보다도 자신이 지닌 내면의 힘이 더욱 강함을 느끼고 있다.
의미심장하다(意味深長--) 뜻이 매우 깊다.
신원 진술서(身元陳述書) 취직 등에 사용되는 개인의 신상 명세를 기록한 서류.

나는 밖으로 나왔다. 바람도 없는데 갑자기 이마가 서늘했다. 전깃줄에 앉아 있던 제비는 이미 어디론가 날아가 버리고 없었다. 하늘이 창호지처럼 뽀얗게 보였다. 나는 걸음을 옮겼다. 포도˙를 물들인 짙은 가로수 그늘이 파문을 일으키듯 일렁거렸다. 이제 나의 창에서도 사다리가 치워질 모양이었다. 그러나 더 많은 사다리로 불어난 나의 미래는 방금 시작되었던 것이다.

■ 『현대문학』(1990. 1) ; 『제3회 연암문학상 수상작품집』(문학과비평사, 1990)

포도(鋪道) 포장도로.

사다리가 놓인 창(窓) | 작품 해설

● 등장인물 들여다보기

나(한정애)

국민학교(초등학교) 이급 정교사 자격증을 가지고 있지만, 그 자격증을 사용하여 자신의 가난한 상황을 벗어나기는 한결같이 거부하는 인물입니다.

'나'는 사범 학교를 졸업하고 대학에 진학하였으나 가정 형편 때문에 휴학을 하고 집안일을 돕고 있습니다. 기울기만 하는 집안의 형편에 보탬이 되어야 하는 상황에서 자격증이라도 따 두면 나쁠 게 무어냐는 어머니의 권유로 임용 시험을 보러 갔으나, 실기 시험장에서 남편을 잃고 아이 셋을 키우며 임용 시험을 보러 온 어느 여자의 필사적인 모습을 보고는 일부러 실격이 되어 시험에 떨어지지요. '나'는 현실에서 벗어나기 위하여 수녀가 될 것을 꿈꾸지만, 이마저도 좌절되자 친구 여숙을 만나러 갑니다. 그리고 여숙이 모아 둔 수면제를 가져와서 자살을 시도하나 다행히 살아나지요.

자꾸만 궁핍해 가는 집안 사정 때문에 자기가 가고자 하는 길과 해야만 하는 일 사이에 격차가 벌어지자 '나'는 좌절감과 절망감, 현실에 대한 무기력과 증오 등을 가슴에 쌓아갑니다. 하지만 치열하게 혹은 자기만의 방식으로 현실과 실랑이를 벌이는 여러 사람들의 모습을 보면서 마침내 삶의 현장에서 계속 도피하는 식으로 살 수만은 없다는 것을 깨닫게 되지요.

오빠가 손가락 세 개를 잃었다는 사실을 알고는 미안해하던 김 회장(부인회장의 아들)의 추천으로 타자수 채용 면접의 기회를 갖게 된 '나'는, 비로소 혼신의 힘을 다하여 비록 오자 투성이일망정 타자를 치며 면접을 치릅니다. 그러면서 삶과 맞서겠다는 의지를 마음에 새기지요.

어머니

점차 어려워만 가는 집안 살림을 악착같이 버텨 내는 생활력 강한 인물입니다. 동시에 애국 부인회의 부인회장과 민주당 후보의 국회 의원 선거 운동을 쫓아다니며 열을 올리기도 하는, 오지랖 넓고 외향적인 성격을 지니고 있지요. 학생 시절 어느 남학교의 체육 대회에서 여학생 저고리를 구해 오라는 쪽지를 뽑은 남학생을 위해 자신의 저고리를 벗어 준 일화는 그녀의 열정적 성격의 면모를 잘 보여 줍니다. 그러나 자유당 정권하에서 그녀의 열성적인 야당 활동은 결국 시청 직원이었던 아버지의 퇴직 원인이 됩니다.

가세가 점점 기울자 결국 고향의 재산을 정리하여 서울 청량리 밖 어느 대학 근처에 방 네 칸짜리 후생 주택을 간신히 마련하며 다소나마 마음의 안정을 찾게 됩니다. 하지만 형편이 점점 안 좋아져 다시 집에 있는 모든 방을 하숙생과 세입자에게 내주어야 하는 상황으로까지 몰리게 되지요. 생계를 위해 억척스러울 수밖에 없는 터라 가끔은 작은 이익에 골몰하는 모습을 보이기도 하지만, 남의 불행을 보면 안쓰러워하고 도와주려 애쓰는 인정 많은 모습도 간직하고 있는 인물입니다.

오빠

집안 형편이 넉넉할 때에는 하루가 멀다 하고 여학생들의 연서(戀書)를 받던 수려한 외모의 소유자입니다. 일찍이 아버지가 돌아가시면서 가장의 지위를 떠맡게 되었으나 야무진 구석이 없어서 제대로 감당해 내지 못하지요. 미군 피엑스 관리자가 되기 위해 애쓰다가 폐결핵을 앓은 흔적으로 실패한 후, 과거 어머니가 따라다니며 수행하던 부인회장의 아들인 김 회장의 주선으로 수도 사업소의 정비 공장에서 일하다가 손가락 세 개가 잘리는 부상을 입게 됩니다. 현실에 좌절한 그가 찾은 돌파구는 한국에서 신랑감을 찾는, 한 재미 교포 여성의 구혼 광고입니다. 결국 그는 그녀와 결혼하게 되어 미국으로 떠납니다.

인애 엄마

'나'의 집에 세 들어 살던 여인으로, 전화국에 다닙니다. '나'의 집에 전세살이를 하러 찾아왔을 때는 박 상무라는 사람과 부부 사이로 행세하였으나, 실제로 박 상무는 이미 지방에 처와 자식이 있는 유부남이었고 서울에서 인애 엄마를 만난 것입니다. (인애 엄마 역시 사별한 남편과의 사이에 자식들이 있었죠.) 그러나 부산에서 박 상무의 어머니와 누이가 올라와 인애 엄마와 그녀의 친정 식구들과 맞고함을 지르며 싸운 사건을 계기로 하여, 박 상무와는 완전히 헤어지게 됩니다. 멍한 표정을 지을 때가 많고 구성진 노랫가락에서 짙은 한(恨) 같은 것을 느끼게 하는 여자로서, 현실에 꽉 발을 디디고 사는 사람이라기보다는 뭔가 한구석이 비어 있는 듯한 모습의 인물입니다. '나'는 인애 엄마를 보면서 왠지 모를 연민과 슬픔을 느끼며 삶의 짙은 상흔과도 같은 깊은 인상을 받게 됩니다.

박 상무

인애 엄마와 함께 '나'의 집에 세 들어 살던 중년 남자입니다. 지방에서 살다가 빚에 쫓겨 서울로 도망을 왔고, 그 과정에서 인애 엄마를 만나 함께 살고 있지요. 부유하고 호탕하며 신사적인 듯이 행동하지만 사기꾼 기질이 농후한 인물입니다. 그의 명함에 적혀 있는 회사는 오 개월 전에 문을 닫았다고 하고, '나'의 오빠의 취직자리를 주선해 준다는 명목으로 이른바 교제비를 가져가지만 이 또한 거짓임이 드러나지요. 결국 자신과 함께 살던 인애 엄마를 지켜 주지 못하고 헤어지고서는, 지방에서 자신을 찾아 올라온 가족을 따라 고향으로 돌아간 것으로 생각됩니다.

효순

'나'와 같은 학교에 다니던 친구이면서 어머니 쪽 친척 아저씨의 딸입니다. '나'는 공부도 잘하지 못하면서 겉으로 바람이 잔뜩 든 것처럼 멋을 부리는 그녀를 탐탁히 여기지 않습니다. 그러던 어느 날 그녀는 아이를 밴 채로 '나'와 한 방에서 지내게 됩니다. 그러나 아이는 낳자마자 죽고 그녀는 어디론가 행방불명 되지요. '나'는 임신한 그녀, 〈부활〉을 애독하는 그녀, 중년의 교감 선생님을 사랑하는 그녀를 통해 여태 미처 알지 못했던 삶의 또 다른 모습을 체험하게 됩니다.

● 작품 Q&A

"선생님, 궁금해요!"

Q 이 작품의 시대적, 공간적 배경은 어떤가요?

A 이 작품의 시대 배경은 대략 자유당 정권 말기부터 4·19 혁명과 5·16 군사 정변을 거쳐 박정희 정부로 이어지는 1950년대 말에서 1960년대 초의 시기입니다.

바로 이 시기에 주인공인 '나'는 사범 학교(오늘날의 고등학생 시기에 해당합니다.) 시절(10대 후반)부터 20대 초반까지의 시기를 보냅니다. 한창 감수성이 예민하고 진로에 대한 고민이 많은 시기라고 할 수 있지요. 그러나 지방에서 유복하게 살다가 어머니의 정치 활동과 아버지의 실직으로 점점 살기가 어려워져 서울로 올라오면서 급속도로 가세가 기울기 시작하는 시기라서 '나'는 환경적, 정신적으로 많은 어려움을 겪지요. 가난에서 비롯된 굴욕감과 좌절은 소녀에서 처녀로 이어지는 감수성 예민한 시기의 '나'의 마음에 많은 상처를 안깁니다.

이 모든 아픔과 상처는 하숙을 치는 '나'의 집이라는 공간 배경 속에서 깊어 갑니다. 가세가 기울자 '나'의 식구는 집에 하숙을 놓아 생계를 꾸립니다. 그러나 기울어져 가는 가세를 감당하지 못하고 하숙을 더 놓기 위해 가족이 지내던 방들을 하나둘씩 내놓게 되지요. 결국에 안방을 비롯해 모든 방들을 하숙생들에게 내주고 '나'와 '나'의 동생이 기거하게 되는 다락방은 공간 배경으로서 특히 깊은 의미를 갖습니다. 그 다락방으로 드나들기 위해서 사다리를 놓는데, 사다리를 타고 다락으로 올라가는 혹은 다락에서 내려오는 일은 '나'에게 굴욕의 상징입니다. 동시에 다락방의 작은 창으로 보이는 바깥 세상에 대한 '나'의 응시는 상처를 간직하면서도 내면을 키워가는, 다락방이라는 공간의 복합적 의미를 보여 줍니다.

Q '나'는 교사 자격증을 갖고 있어서 임용 시험을 치르고 교사가 될 기회가 있었는데, 막상 풍금 반주에 맞추어 율동을 하는 실기 시험장에서 어이없게도 꼼짝도 하지 않고 서 있다가 시험에 떨어집니다. '나'의 이러한 행동은 어떤 이유에서 비롯된 것인가요?

A 임용 시험장에서 보인 '나'의 이상한 행동을 이해하기 위해서는 '나'가 교사가 되기 싫어하는 심리부터 이해하는 것이 순서일 것 같습니다.

예전에는 사범 학교라는 교육 과정이 있어서 고등학교 과정과 동일한 시기에 그 학교를 졸업하면 별도의 시험 없이 바로 교사가 되었습니다. (물론 이러한 방침은 '나'가 졸업할 때 바뀌어 '나'는 임용 시험을 치러야 했지만요.) '나'는 집안 사정에 의해 학비가 면제되고 졸업 후 취직이 보장된 그 사범 학교에 억지로 입학을 했고, 현재는 졸업한 상태입니다.

그런데 '나'는 교사가 되는 것보다는 대학에 진학하여 다른 일을 하기를 원합니다. 작품의 흐름으로 추리해 보면 '나'가 교사가 되기를 싫어하는 것은 교사라는 직업 자체가 싫어서라기보다는 생활의 압박에 못 이겨 자신의 꿈을 포기해야만 하는 현실이 싫은 탓입니다. 임용 시험을 치르고 국민학교(초등학교) 교사가 되면 안정된 삶을 살 수는 있으나 스무 살 안팎의 '나'로서는 그런 삶이 성에 차지 않을 뿐만 아니라 굴욕적으로 느껴지기까지 했던 것입니다.

그런 상황에서 마침 실기 시험을 볼 때 함께 시험을 보는 여자가 남편을 잃고 아이가 셋이나 있는 처지로 시험에 붙기 위해 필사적인 모습을 보이자, '나'는 그녀에게 연민을 느끼는 한편, 비굴해 보이는 그 모습에 혐오감을 느끼기도 합니다. 시험을 보던 당시에 '나'의 감정은 후자가 더 강했다고 말할 수 있습니다. 아직까지 '나'는 삶의 무게랄까 생활의 터전에 대한 이해가 부족하고, 감상적인 태도로 삶을 바라보는 시기였던 셈이지요. 그래서 '나'는 반주가 이어지는 동안 아예 아무런 동작도 하지 않고 서 있게 됩니다. 일종의 시험 거부라 할 수 있겠지요. 그녀의 이런 행동에는 원하지 않는 교직을 얻기 위해 시험을 치러야 하는 자신의 현실에 대한 저항감, 자신의 옆에서 필사적으로 시험을 치르고 있는 여인의 치열한 삶의 모습에 대한 반감이 섞여 있다고 볼 수 있습니다.

Q '나'는 왜 인애 엄마의 방에 연탄불이 꺼지지 않게 해 주었을까요? 또 '나'는 왜 하필이면 어머니가 인애 엄마에게 방을 빼라고 요구한 날에 자살 시도를 하였을까요?

A 인애 엄마는 남편을 잃고 혼자 아이를 키우며 살다가 사기꾼 기질이 농후한 박 상무를 만나 함께 살림을 차립니다. 박 상무에게

는 이미 아내가 있었습니다. 이 작품에서 인애 엄마에 대한 상세한 정보는 얻을 수 없으나 '나'는 인애 엄마의 구슬픈 노랫소리, 그녀가 수돗가에서 쌀을 씻는 모습, 어느 날 보았던 그녀의 취한 모습 등을 통해서 그녀에게 연민을 느낍니다. 한(恨) 많은 여인의 모습 혹은 모진 세파를 겪으며 살아가는 한 여인의 쓸쓸하면서도 처량한 모습이 '나'의 마음에 깊이 각인되었다고 볼 수 있겠지요.

'나'의 연민은 인애 엄마가 박 상무의 가족이라는 사람들한테 호되게 당하고 난 후 더욱 깊어집니다. 어느 날 박 상무의 가족이라며 찾아온 여자들과 실랑이를 하고 나서 인애 엄마는 오랫동안 보이지 않게 되지요. 하지만 이미 마음 깊이 인애 엄마에 대한 연민의 정을 간직한 '나'는 항상 인애 엄마의 방에 연탄 불이 꺼지지 않도록 어머니 몰래 살펴 줍니다. 언제든 인애 엄마가 오면 따뜻한 방에서 잘 수 있도록 배려한 것이겠지요.

박 상무가 거짓을 말한 것임을 알게 되어 오빠의 취직 문제가 아무런 결실을 거둘 수 없다는 사실이 명백해지자 어머니는 결국 인애 엄마에게 방을 빼라는 말을 합니다. 전세금에서 교제비 조로 주었던 돈을 제하기까지 하지요. '나'는 어머니의 그 말이 너무나 매정하고 잔인한 것이라 생각하며 괴로워합니다. 그러고는 미리 준비해 두었던 약을 먹고 자살을 감행합니다.

사실 '나'의 자살 시도는 인애 엄마더러 집에서 나가라고 하는 어머니의 말 때문은 아닙니다. 친구 여숙이 모아 둔 수면제를 가져오던 날부터 자살은 이미 계획되어 있었습니다만, 그 일을 실행하는 계기를 이 일이 마련해 준 것이지요. 매정하게만 보이는 어머니의 언행이 '나'로 하여금 삶의 가혹함을 더욱 절실하게 느끼도록 했고, 그 결과 자살을 실행에 옮기도록 한 것이죠.

Q 작품의 말미에서 수도 사업소 총무과장이 시험 삼아 타자를 치게 하자 '나'는 '손가락 세 개'라는 말을 반복해서 칩니다. 과연 '나'의 이런 행동에는 어떤 심리가 깔려 있는 것일까요?

A '나'의 오빠는 수도 사업소에서 양수기를 수리하는 일을 하다가 기계를 잘못 다루어서 손가락 세 개를 잃습니다. 삼대독자로 온 집안의 기대를 모았었고, 살림이 넉넉하였을 때에는 숱한 여자 문제들까지 일으키며 제 하고 싶은 대로 살았던 오빠의 부상은, 집안 식구들 모두에게 커다란 상처였을 겁니다. 이는 '나'에게도 마찬가지이겠지요. '나'에게 오빠의 상처는 단지 가족이 입은 불행이라는 의미를 넘어서 앞으로 자신이 헤쳐 나가야 할 삶이라는 커다란 장벽을 말해 주는 것이라 할 수 있습니다.

그런데 아이러니하게도 '나'에게 찾아온 취직의 기회는 바로 오빠가 손가락 세 개를 잃었다는 사실을 알게 된 김 회장('나'의 어머니가 따라다니던 부인회장의 아들)의 주선에 의한 것이었습니다. 작품에 서술된 것처럼, 그 취직은 오빠가 손가락 세 개를 잃은 덕분에 주어진 것이지요. 그렇게 얻은 취직 기회로 면접을 보게 된 '나'는 아무 것이든 타자를 쳐 보라는 총무과장의 말에 '손가락 세 개'라는 말을 반복하여 칩니다.

당연히 '손가락 세 개'는 오빠가 잃은 손가락 세 개를 의미합니다. 그것은 '나'의 가족이 겪었던 불행을 압축하고 있는 말입니다.

동시에 '나'가 앞으로 겪어야 할 삶의 시련이나 어려움을 의미하는 것이기도 합니다. 그런 의미에서 '손가락 세 개'라는 말을 하얀 타자지에 반복하여 치고 있는 '나'의 행위는 일종의 다짐이자 결심의 표현이라고 할 수 있습니다. 삶에 대한 막연한 두려움, 소녀의 예민한 감수성 혹은 감상적 태도에서 비롯된 여러 가지 일들, 수녀가 되겠다는 생각이나 자살 시도 등과 같은 지난날의 방황에서 한 걸음 나아가 현실 속으로 걸음을 내딛겠다는, 내면의 다짐과 의지를 보여 주는 것입니다.

Q 이 작품을 성장소설이라고 말할 수 있을까요?

A 성장소설은 독일어로 'Bildungsroman'이라고 합니다. 다른 말로는 교양소설이라고도 하지요. 주인공이 어린 시절부터 어른이 되기까지 자신의 인격을 완성해 가는 성장 과정을 그린 소설로, 대개는 미성년의 주인공이 '어떤 사건'을 겪으면서 정신적, 내면적 성숙에 이르는 과정을 그린 소설을 일컫습니다.

결론부터 말하자면, 이 작품도 성장소설이라 할 수 있습니다. 이 작품 속 '나'는 10대 후반에서 20대 초반의 시기를 보내고 있는데요, 살림이 기울어지는 가정 형편 속에서 많은 좌절을 겪고 있습니다. 종국에는 자살을 택할 정도로 삶에 대한 애착을 버리기도 하지요. 하지만 그런 나날을 통해서 '나'는 적지 않은 삶의 교훈을 얻게 되고, 결국에는 삶에 대한 새로운 다짐에 도달합니다. 말하자면 정신적, 내면적 성숙에 도달하는 것이지요. 따라서 이 작품은 성장소설의 범주에 넣을 수 있습니다.

Q 이 작품의 제목 '사다리가 놓인 창'의 의미는 무엇일까요?

A 먼저 '사다리'의 의미부터 이해하는 것이 순서겠지요. 이 작품에서 '사다리'의 의미는 복합적이라고 할 수 있습니다.

우선 사다리는 표면적으로는 살림이 어려워져서 방을 하숙을 놓느라 다락방에서 머물게 된 '나'와 '나'의 여동생이 다락방을 오르내릴 수 있도록 오빠가 만들어 준 것입니다.

그런데 '나'는 이 사다리를 오르내리는 것을 죽기보다 싫어합니다. 그 이유는 창피해서지요. 하숙생들에게 방을 다 내어주고 다락방에 살면서 사다리를 오르내리는 것은 '나'에게는 아무에게도 보여 주고 싶지 않은 치욕스러운 일이지요.

이 작품에서 사다리는 또 다른 의미를 함축하기도 합니다. 바로 '나'의 상승 욕망을 상징하는 것이죠.

'나'는 멋진 삶, 그럴듯한 삶을 강렬하게 갈망하는 인물입니다. 그래서 자신의 처지를 부유한 것으로 속여 가며 부유한 환경의 남자 친구를 사귀기도 했지요. 하지만 점점 기울어 가는 집안 형편을 보면서 그러한 자신의 소망이 실현되기가 갈수록 힘들어진다는 것을 느끼며 좌절감에 빠집니다.

다락방 아랫방에 하숙생이 처음 들어온 날, 동생과 함께 쥐 죽은 듯이 있었는데 동생이 잠결에 낸 발길질 소리에 하숙생의 친구가 다락문을 확 열어젖힙니다. 한창 감수성 예민하고 내성적인 '나'에게는 무척 당황스럽고 창피한 일이었죠. 그러니 사다리를 타고 올라가는 다락방은 일단 '나'에게 궁핍과 좌절의 공간입니다.

하지만 사다리를 타고 올라간 다락방, 그 다락방에서 유일하게

밖을 볼 수 있는 '창'은 '나'의 내면을 키워 주는 창이기도 합니다. '나'는 그 창으로 세상을 보며 '세계의 현존'과 삶의 '신비스러운 고요'를 느낍니다. 깊은 좌절감에 싸인 한 소녀가 머무는 다락방, 그 다락방에서 바깥세상을 내다볼 수 있는 창, 그 창은 좌절감 속에서도 내면의 성장, 정신의 성숙을 이끌어 주는 창이었던 셈입니다.

❋ 더 읽어 봅시다 ❋

한 소녀의 정신적 성숙을 그린, 또 다른 성장소설
오정희, 〈완구점 여인〉 _불행한 가족사를 지닌 한 소녀가 자신에게 주어진 아픔과 절망을 온몸으로 견뎌나가는 슬프고 처절한 내용을 독백풍의 담담한 필체로 그리고 있다.

> **작가 소개**

서영은(1943~)

창공의 별을 보며 사막을 건너는 낙타의 영혼에 관한 보고서

내면의 향기가, 짙은 커피 향기처럼 퍼지다

밀폐된 공간에 짙은 향기가 퍼지면 그 향기는 금세 온 공간을 메우기 마련이다. 서영은의 소설을 읽노라면 좁은 공간을 순식간에 메워 버리는 짙은 커피 향기를 느낄 수 있다. 그 향기는 작가가 그려 내는 내면으로부터 흘러나온다.

바로 그러한 의미에서, 서영은은 우리 문학에서 매우 소중한 존재이다. 수많은 작가들 중 누구 하나 소중하지 않은 작가가 없음에도 불구하고, 이런 말을 서슴지 않는 것은 그저 하나마나한 소리를 하는 것이 아니며, 그만큼 서영은의 소설이 풍기는 내면의 향기가 독특하고 특별하기 때문이다.

〈사막을 건너는 법〉에서 '나'는 월남전에 참전하여 겪은 충격적인 체험을 통해 깊은 상처를 입은 인물이다. 그는 식수를 아군에 공급하기 위하여 아군 주둔지를 향하여 가다가 적군의 기총 사격을 받아 총상을 입고, 바로 옆자리에 있던 전우가 죽는 끔찍한 경험을 하게 된다. 총상을 통해 입은 상처도 상처이지만, 그의 더 심각한 상처는 마음의 상처, 즉 심리적 외상(흔히 '트라우마'라고 하는)이다. 제대 이후 그는 이 심리적 외상을 극복하지 못하여 무기력감에 시달린다.

  그렇게 무기력한 생활을 하던 그는 집앞 공터에서 마을 아이들을 상대로 뽑기 장사를 하는 노인을 보게 된다. 처음에는 호기심에서 그를 살펴보게 되었으나 마침내 노인이 품은 진실의 전모를 알게 된 후 그는 삶의 큰 전기를 맞이하게 된다. 전사한 아들이 남긴 훈장을 일부러 버리고서는 마치 잃어버린 것처럼 행세하는 노인은, 교통사고로 죽은 손녀가 아직 살아 있으며, 길거리에서 주워 기르는 늙은 개를 아들이 키우던 개라고 거짓을 말했던 것이다. 그리고 자신의 훈장을 물웅덩이에 버렸다가 마치 노인의 아들이 남긴 훈장을 찾은 것처럼 내미는 '나'에게 분노와 경멸의 눈초리를 보내는 노인을 통해 '나'는 또 다른 충격을 경험하게 된다. 노인은 좌절하지 않고 살아가기 위해, 자신의 가혹한 현실을 버틸 수 있는 실낱같은 희망을 만들기 위해 거짓으로 환상을 지어내었다는 것을 알게 되었기 때문이다.

  〈먼 그대〉의 문자가 보여 주는 내면 풍경은 어떤 면에서 더욱 지독한 것이라 하지 않을 수 없다. 그녀는 자신을 경멸하고 놀리는 세상 사람들을, 자신의 헌신적인 사랑에 이기심으로 보답하는 한수를, 세월이 흘러도 전혀 나아질 기미가 보이지 않는 자신을 둘러싼 환경의 악의를 순순히 받아들이고 감내하고, 고스란히 당하며 산다. 그러면서 이러한 삶의 형태가 이 모든 환경에 대한 복수라고 생각하고 맞서는 인물이다.

  〈사막을 건너는 법〉의 노인이나 〈먼 그대〉의 문자가 보여 주는 내면의 풍경은 필사적이라는 면에서, 한 치의 이완도 허락하지 않는 긴장감을 간직하고 있다는 면에서, 자신만의 방식으로 온몸을 다하여 삶에 맞서고 있다는 면에서 독특하고 치열하며 개성적이다. 이들은 비록 자신들을 둘러싸고 있는 세계의 폭력성이나 잔인함에 비할 바 없이 연약하고, 현실적으로는 그 어떤 승리도 거둘 수 없는 처지에 놓여 있으나, 오히려 그렇기 때문에 숭고하고 비장한 느낌마저 줄 정도로 막상막하의 싸움을 세계 전체와 벌이고 있다고 볼 수 있다. 마치 파스칼이 〈팡세〉에서 비록 인간은 연약한 갈대이지만, 생각하는 갈대라고 말하며 인간의 내면성이 지닌 위대함을 강조했던 것을 떠올리게 만든다.

  가족의 불행, 가난, 타인의 냉대 등은 당하는 사람의 입장에서 상처를 입지 않을 수 없고, 견디기 힘든 고통을 수반하게 마련인 일들이다. 이런 일들을 겪으면서도 인간다움을 지키며 그 최소한의 인간다움으로 심지어는 영혼의 고결함까지 지향하는 모습들은 독자로 하여금 전율을 느끼게 하기에 충분하다. 불행과 고통이 사람을 괴롭게 만들 수는 있을지 몰라도 사람의 영혼마저 손쉽게 점령할 수 있는 것은 아니라는 사실을 서영은이 그려 낸 내면의 풍경처럼 극명하게 보여 주는 경우란 매우 드물 것이다. 그래서 어느덧

독자는 서영은의 소설을 읽으며 고통과 상처에만 매몰되지 않고 인간의 내면이 풍기는 짙은 향기에 취하고, 영혼 저 깊은 곳까지 도달하려는 나지막한 목소리를 경청하게 된다.

낙타, 별을 보다

서영은이 그리는 세계는 그다지 밝지 않다. 세계는 비정하거나 삭막하고, 폭력적이거나 잔인하다. 서영은의 소설에 등장하는 주인공들은 이 세계 속에서 끊임없이 상처를 입고 고통에 시달리며 좌절을 맛보아야만 한다. 그들은 때로는 〈사다리가 놓인 창〉의 '나'처럼 삶의 잔혹함을 더 이상 견디지 못하고 자살을 기도하기도 하며, 〈먼 그대〉의 문자처럼 지금껏 자신이 살아온 방식이 모두 헛된 것은 아닐까 하는 회의에 빠지기도 한다. 그만큼 세계의 잔혹함은 모든 삶에 대하여 압도적이다.

실제로 한 인물과, 그 인물을 제외한 세계의 나머지 모든 부분이 맞서는 대결은 적어도 현실적으로는 상대가 전혀 되지 않는 것이라 할 수 있다. 그것은 불공정한 듯 보이고 형평성이 전혀 맞지 않는 것처럼 느껴진다. 그래서 사람은 세계와의 대결에서 타인과 연대를 하기도 하고, 대결을 피하거나 잊으려 하는지도 모른다. 그런데 서영은 소설의 인물들은 그러한 세계에 대하여 기꺼이 홀로 맞선다. 이런 점을 볼 때, 서영은 소설의 인물들이 회의와 좌절을 수 없이 맛보는 것은 지극히 당연한 것이다.

  하지만 우리가 서영은의 소설을 읽을 때, 소설의 마지막 페이지를 넘기는 순간, 소설이 그리고 있는 세계가 끝까지 어둠으로만 점철되어 있는 것은 아님을 발견하게 된다. 서영은 소설에서 세상 혹은 삶이라고 하는 '사막'을 건너는 낙타와도 같은 주인공들은 언제나 창공에 떠 있는 별을 지향하고 있다.

  〈사막을 건너는 법〉에서의 노인은 가혹한 현실을 이겨 낼 수 있는 희망의 끈을, 〈먼 그대〉의 문자는 고통을 통해 도달할 수 있는 저 높은 곳에 매달린 신의 등불을, 〈사다리가 놓인 창〉의 '나'는 오빠의 손가락 세 개와 맞바꾼 취직 면접에서 혼신을 다해 타자를 두드리며 새로이 삶과 정면으로 맞서려는 의지를 지향하고 있다. 그 모든 것들은 사막을 건너는 낙타를 이끄는 별빛이다.

  우리가 세상을 온통 점령하고 좌지우지하며 호령할 수 있는 것은 아닐지라도, 삶이라는 것이 본질적으로 무언가를 누리고 지배하며 장악하는 것과는 거리가 먼 것일지라도, 인간의 내면은 끊임없이 별빛과도 같은 존재(그것이 현실에 있어서는 어떤 양상으로 나타든 간에)를 상정(想定)하고 지향하며 그 속에서 인간다움과 고결함을 끊임없이 추구한다는 것을 서영은의 소설은 웅변으로 말하고 있다. 그래서 소설의 마지막 문장, 마지막 마침표를 읽는 순간, 우리의 입에서는 나지막한 신음과도 같은 소리가 흘러나오게 된다.

절망만도 아니고 안도만도 아닌, 기쁘거나 혹은 슬프다고 일면으로만 말할 수는 없는 그런 감탄사가.

연보

1943년 _ 강원도 강릉 남문동 205번지에서 아버지 서장일과 어머니 신봉진의 장녀로 태어남.
1950년 _ 강릉 초등학교 2학년 때 6·25 전쟁이 발발함.
1955년 _ 강릉 여자 중학교에 입학함.
1958년 _ 강릉 사범 학교에 입학함. 괴테·도스토예프스키·톨스토이 등의 외국 작가와 정비석·김말봉 등의 작품들을 탐독함.
1959년 _ 어머니가 민주당의 부녀 부장으로 활동을 한 탓에 공무원이었던 아버지가 직장을 잃음.
1961년 _ 강릉 사범 학교를 졸업하였으나, 임용 시험을 거부하고 대학 입시를 준비함. 같은 해에 서울로 이사함.
1962년 _ 경희대학교 영문과에 입학하나 등록금이 없어 진학하지 못함.
1963년 _ 건국대학교 영문과에 입학함.
1965년 _ 건국대학교 영문과를 중퇴함. 서울시 수도국에 취직함.
1968년 _ 「사상계」 신인 작품 모집에 단편 〈교(橋)〉가 입선하며 등단함.
1969년 _ 「월간문학」 신인 작품 모집에 단편 〈나와 '나'〉가 당선됨.
1973년 _ 한국문학에 경리 겸 기자로 입사함.
1975년 _ 〈사막을 건너는 법〉(문학사상)을 발표함.
1976년 _ 문학사상사에 입사함.
1977년 _ 창작집 『사막을 건너는 법』(문학예술사)을 출간함.
1978년 _ 창작집 『살과 뼈의 축제』(문예비평사)를 출간함.
1980년 _ 〈시인과 촌장〉(창작과 비평)을 발표함. 「서울신문」에 〈술래야 술래야〉를 연재함.

1981년 _ 장편 〈술래야 술래야〉(대운당)를 출간함.

1983년 _ 단편 〈먼 그대〉로 제7회 이상 문학상을 수상함.

1984년 _ 창작집 『황금 깃털』(나남출판사)을 출간함.

1985년 _ 미국에 사는 모친을 방문하고 캐나다 지역을 여행함. 특히 40대 이후 많은 곳을 여행하게 되는데, 현재까지 45개국 160여 도시를 다녔다고 함. 작가는 종종 걸으면서 묵상하는 것과 낯선 땅 낯선 도시의 골목골목을 다니는 일이 춤과 함께 삶의 큰 즐거움이라 말한 바 있음.

1986년 _ 『서영은 작품선』(문학사상사)을 출간함.

1987년 _ 산문집 『새와 나그네들』(청림출판사)을 출간함.
작가 김동리와 결혼함.

1989년 _ 장편 〈그리운 것은 문이 되어〉(청맥)를 출간함.

1990년 _ 중편 〈사다리가 놓인 창〉으로 제3회 연암문학상을 수상함. 창작집 『사다리가 놓인 창』(문학과비평사)을 출간함.

1991년 _ 산문집 『내 마음의 빈 들에서』(고려원)를 출간함.

1992년 _ 창작집 『길에서 바닷가로』(작가정신)를 출간함.
동화집 『금빛 자유』(동아출판사)를 출간함.

1993년 _ 산문집 『한 남자를 사랑했네』(미학사)를 출간함.

1994년 _ 여행 산문집 『사막 그리고 지중해에 바친다』(문학동네)를 출간함.

1995년 _ 장편 〈꿈길에서 꿈길로〉(청아출판사)를 출간함.
남편 김동리가 별세함.

1996년 _ 동화집 『바다를 꿈꾸는 달팽이』(신태양사)를 출간함.

1997년 _ 『서영은 중단편 전집』 전5권(둥지)을 출간함.

2000년 _ 장편 〈그녀의 여자〉(문학사상사)를 출간함.

2002년 _ 산문집 『안쪽으로의 여행』(바다출판사)을 출간함.

2003년 _ 회갑을 맞아 50인의 에세이집 『그 꽃의 비밀』(이룸)과 12인 소설집 『그대에게 꽃을』(시공사)을 헌정받음.
2004년 _ 산문집 『내 사랑이 너를 붙잡지 못해도』(해냄)를 출간함.
2005년 _ 산문집 『일곱 빛깔의 위안』(나무생각)을 출간함.
일본어판 〈먼 그대〔遠〕〉(草風館)를 출간함.
2006년 _ 추계예술대학에 출강함.
2008년 _ 산티아고 순례길 여행함.
2010년 _ 산타아고 순례길 여행의 체험을 바탕으로 산문집 『노란 화살표 방향으로 걸었다』(문학동네)를 출간함.